锦衣为夫

上

青木有山 著

北京出版集团
北京出版社

图书在版编目（CIP）数据

锦衣为夫 ： 全2册 / 山有青木著. — 北京 ： 北京
出版社，2023.1
ISBN 978-7-200-17406-9

Ⅰ．①锦… Ⅱ．①山… Ⅲ．①长篇小说－中国－当代
Ⅳ．①I247.5

中国版本图书馆CIP数据核字(2022)第168064号

锦衣为夫
JINYI WEI FU

山有青木　著

*

北 京 出 版 集 团
北 京 出 版 社　出版
（北京北三环中路 6 号）
邮政编码：100120

网　　　址：www.bph.com.cn
北 京 出 版 集 团 总 发 行
新 华 书 店 经 销
河北宝昌佳彩印刷有限公司印刷

*

165 毫米 ×240 毫米　33.5 印张　580 千字
2023 年 1 月第 1 版　2023 年 1 月第 1 次印刷
ISBN 978-7-200-17406-9
定价：69.00 元（全 2 册）
如有印装质量问题，由本社负责调换
质量监督电话：010-58572393

目／录

第一章　那位陆九爷

芙蓉帐暖，一袭薄纱遮住春光。

简轻语手指紧紧攥着床单，双眼蒙眬地看着上方男子，如一叶小舟般随海波摇荡，起初她还咬牙生受着，慢慢地终于忍不住轻泣："培之，轻些……"

"喃喃可知错了？"男子声音透着情动的哑意，一双微微上挑的眼睛却冷若寒冰。

简轻语眼角泛红，闻言哽咽回答："知错了。"

"还跑吗？"男子攥紧她纤细的手腕，轻易将自己的指痕留在了上面。

简轻语急忙摇头："不跑了，再也不跑了……"

"是吗？"

男子似笑非笑，唇角闪过一丝冰冷的邪气，接着猛地将她扯进怀里，肌肤相亲，他灼热的呼吸拂动她鬓边的发丝，引得简轻语阵阵发颤。

"若真知错了，为何还对我下药？"

……

简轻语猛地惊醒，黑暗中大口喘着气，心口也起伏剧烈，过了好一阵儿才缓过劲儿来，她这是……又梦到陆培之了？

这一个多月来，她已经不知是第几次梦到他了，或许是因为在一起时，他对那件事过于热衷，所以每次梦到他，大多都是这样令人难以启齿的内容。

想起梦中的一切，简轻语不由得头疼地叹了口气，待眼睛适应黑暗后，下床给自己倒了杯清茶。

一杯凉茶下肚，身上的汗消了许多，噩梦引起的心悸也减轻了不少，简轻语冷静下来，却也没了睡意，只能回到床上发呆。

然后不可避免地想到了陆培之。

她是宁昌侯嫡女，却自幼随母亲在漠北生活，四个月前母亲离世，京都来了书信要她回宁昌侯府，她便带着一众随从上京，不料途中遇到恶匪，随从都被杀害，自己也被卖到了青楼。

　　她也是在沦落青楼之后，才认识了陆培之。彼时的她正被迫等待首位恩客的出现，而陆培之则是兴致寥寥的寻欢客，一脸厌烦地点了她来伺候。

　　也正是他这随手一点，简轻语才在他与同伴的交流中得知，他是江南一家镖局的少东家，此行目的是从漠北护送一批货物去京都。

　　要去京都，却并非京都人士。那一刻简轻语心如擂鼓，瞬间确定他便是能救自己且不必怕他暴露自己曾身陷青楼的人。

　　于是她撒娇卖痴，用尽一切在青楼听来学来的手段讨好他，总算在镖局启程那日哄得他为自己赎了身，带着自己一同上路。

　　从漠北回京都那些日子，她每一日都过得如履薄冰，生怕陆培之会突然对她失去兴趣，会将她随意丢弃。因为这点担心，她只能更加卖力地哄着他，日日展现自己对他的痴情，却又识趣地不去过问他的所有事。

　　就这么熬到了到京都那日，一行人暂时宿在了京郊的客栈，她拿出了偷偷积攒的蒙汗药，药翻了镖局众人后只身跑回了宁昌侯府。

　　想起陆培之醒来后会是何等表情，简轻语忍不住拢紧了里衣，小声地祈祷："你赎我只用了五十两银子，我给你留了一百两，虽然钱是你给我的，可那是我为你洗衣做饭暖床挣来的，所以我们也算两清了，希望你放过我，别再让我梦见你了……"

　　她生在漠北那等民风开放之地，并非视贞操如命的人，加上刚被卖进青楼便遇上了陆培之，之后便一直跟着他，所以也没受什么磋磨羞辱，之所以会做噩梦，纯粹是因为怕了陆培之那反复无常的性子，生怕他会为了找她，将京都掘地三尺。

　　但仔细想想，在他眼中她只是一个玩物，他应该不至于这般大动干戈……吧？

　　"求求你千万别犟，送完货物赶紧回你的江南去吧，千万千万别来找我……"简轻语又嘟囔一句，眼皮越来越沉，终于忍不住睡了过去，总算没有再梦见陆培之了。

临近夏季，夜里的风越发燥热，她眉头紧皱，鬓角微微出了些汗，却也算睡得香甜。

或许是因为先前睡得并不安稳，她这一次直接睡到了日上三竿，原本是还能继续睡的，只可惜门外丫鬟们叽叽喳喳的声音，吵得她只能睁开眼睛——

"大小姐近来起得越来越晚了，虽说侯爷准许她不必每日向夫人问安，可她当真日日就这么睡着，连今日是初一都忘了，未免也太不知好歹。"

"嘘，小声点，不怕她听到惩戒你啊?"

"怕什么，她不过是侯爷早年风流所出的野种，若非侯爷跟夫人仁慈，给了她母亲平妻的身份，她也配做侯府的嫡小姐? 你且看吧，本就生得丑，又这般不知礼数，最后说不定嫁得连个丫鬟都不如。"

"话不能这么说，大小姐只是起了疹子，待疹子下去，定然就不丑了。"

"她说什么你就信什么啊? 蠢不蠢，哪有什么疹子能起一个多月的，要我说呢她就是……"

是什么? 简轻语支棱起耳朵，突然有些好奇，只可惜她还没听到丫鬟下面的话就被一道泼辣的声音打断了: "你们两个是什么东西，也配在这里议论主子? 都给我滚出去!"

俩丫鬟没想到说坏话被抓个正着，顿时手忙脚乱地离开了。

简轻语眼底闪过一丝笑意，刚坐直了身子，一个圆脸丫头就从外头进来了，一对上她的视线，当即苦了脸: "大小姐，您都听到了?"

"听到了，本还想再听下去，可惜被你打断了，"简轻语眨了一下眼睛，"我都不知道，原来英儿也有如此泼辣的时候。"

英儿嗔怪地看她一眼，手脚麻利地伺候她更衣: "都是些混账话，大小姐千万别放在心上，待奴婢得空，定会狠狠地教训她们一通。"

"混账吗? 我怎么不觉得，"简轻语随意看了眼铜镜中的自己，不太当回事地道，"其实她们说的，也不算空穴来风。"

英儿顿了一下，抬头看向她布满红疹还有些肿胀的脸，顿时红了眼眶: "大小姐、大小姐貌美如仙，奴婢是亲眼见过的，她们那些俗物也配编排? 待您的病好了后，定要用事实狠狠地打她们的脸。"

简轻谙本来只是随口玩笑，一看到她要哭急忙道: "哭什么，我过两天就好了。"

她这话可是认真的，毕竟这些红疹是她每日以薯蓣擦脸所致，为的是理所当然地躲在家中，以免会突然碰上可能还未离开京都的陆培之。如今差不多有一月余了，陆培之十有八九已经回了江南，她自然不必再装病。

然而她难得认真，英儿却不相信，只是觉得她在强打精神安慰自己，于是更加伤心："大小姐，您真是受苦了……"

以往简轻语都是哭的那个人，还从未试过看旁人哭，一时间有些无奈，不知该拿这丫头怎么办了。

好在英儿很快就哭完了，伺候她戴上面纱，然后给自己擦擦眼角："大小姐可要去后花园散散步？"

"先去佛堂吧。"简轻语温声道。

今日是初一，宁昌侯会在佛堂礼佛，一众子女按规矩也是要随侍的，简轻语先前一直称病没去，如今算算时间"病"要"好"了，也不好再拖着不去。

毕竟母亲临终前交代的事还是要做的。简轻语叹了声气，有点儿提不起精神。

听到她主动要去佛堂，英儿惊讶一瞬，要知道大小姐回府后，还从未主动去见过侯爷，每次都是侯爷过来探望，父女俩才会匆匆见一面。

不过大小姐愿意主动亲近侯爷，也是再好不过的事了，毕竟在这侯府之中，过得好与不好全在侯爷一念之间，更何况大小姐快要过婚配的年纪了，能不能得个好婚事，还得看侯爷怎么想。

英儿偷偷瞄了简轻语一眼，祈祷她家小姐能苦尽甘来。

简轻语一看便知道英儿在想什么，她扯了一下唇角没有多说什么，只是一脸平静地往佛堂走。

不知不觉已快到晌午，府内各处都飘来了饭菜香，两个人刚走出院落，不远处突然传来一阵孩童哭声，接着便是妇人的怒骂，伴随着燥热的风，叫人听得阵阵心烦。

妇人的骂声越来越大，孩子却不见停，反而哭得越发厉害，英儿一脸烦恼："这些家生子越发没规矩了，我现在就叫他们去别处闹，别扰了大小姐清净！"

结果还未动身就听到妇人怒吼："你若再哭，我就叫陆九爷将你捉去下酒！"

妇人话音未落，孩童的哭闹声戛然而止，周遭突然静了下来。

简轻语愣了愣，没忍住，乐了："陆九爷是谁，竟还有止小儿啼哭的本事。"

"大小姐刚回京，不知道也是正常，陆九爷便是当今圣上身边的红人，锦衣卫指挥使陆远，"英儿说完直龇牙，"这粗妇也太狠了，竟拿他吓唬孩子，也不怕给吓出病来。"

"陆远?"简轻语睁大眼睛，"确实没听说过，他很凶恶吗?"

她远在漠北，只知道锦衣卫权势滔天手段阴狠，上到皇子、宰相下到黎民百姓都惧怕不已，旁的就不太晓得了。

她生出一点好奇，歪着脑袋看英儿，硬生生把英儿看得脸红了，心想大小姐不愧是大小姐，即便生出满脸疹子，单靠一双美目也压得了号称京都第一美人的二小姐。

"英儿?"简轻语见她不说话，便又唤了她一声。

"……岂止是凶恶，都说阴间有黑白无常八位爷，他便是那多出来的第九位爷，这世上除了圣上，就没他不敢杀的人，"英儿回过神后赶紧说完，接着紧张地看一眼周围，"咱们还是不要说他了，锦衣卫耳目通天，万一被他们听到了，那可是要死无葬身之地的。"

简轻语听完蹙起眉头："这般狠戾，确实不宜多提。"

这么一看，同是姓陆的，陆培之跟这位陆九爷比起来，可真是小巫见大巫了。

不知不觉已是晌午，大日头将院落晒得热腾腾的，若隐若现的蝉鸣预示着夏日的逼近，阵阵燥意叫人忍不住犯懒。

简轻语本就起得晚，经过院门口一耽搁，等她同英儿到了佛堂时，佛堂里只剩下她那个侯爷爹和如今唯一的侯爷夫人秦怡了。

这二人礼佛结束正要出门，与刚来的简轻语遇了个正着。

简轻语回来一个多月了，还从未主动出过院子，二人乍一在佛堂见着她，眼底都闪过或轻或重的惊讶。

"轻语，你怎么来了?"对这个几年都没见一次的女儿，宁昌侯对她的生分大过熟悉，连关心的话都透着客气，"身子好些了吗?"

"劳烦父亲挂念，好多了，"简轻语敛起神色回答，"今日初一，我来陪父亲礼佛。"

宁昌侯连连点头，仿佛没看到她脸上连白纱都遮不住的红疹："好了就行，好了就行，礼佛一事不必着急，你再休养些时日再来也行。"

"轻语一片孝心，你就别推拒了，"秦怡端庄一笑，继而看向简轻语，"只是咱们家礼佛向来是辰时起巳时终，你今日来得晚了些，已经结束了。"

这是挑礼了？简轻语唇角翘起一点不明显的弧度，直接以袖遮唇轻咳起来。

英儿机灵地扶住她："大小姐您没事吧？就说您身子还没大好，不该这般着急随伺侯爷，您怎么不听呢！"

宁昌侯跟这个女儿向来不亲，没想到她会有如此孝心，眼底顿时闪过一丝动容，再看秦怡时便略带了责备之意："轻语身子还虚，来晚了也是情有可原，你身为当家主母何必苛责。"

秦怡表情一僵："是，侯爷教训得对。"

简轻语的目光在二人之间转了一圈，心情稍微愉悦了些，但想到母亲的盼咐，到底还是收敛了："是轻语来迟，下次会注意些，父亲切莫动怒。"

宁昌侯抿着唇应了一声，又看了秦怡一眼，这才对简轻语道："时候不早了，慢声和震儿去了酒楼用膳，你便随我和夫人一同吃些吧。"

他口中的慢声乃是秦怡所出的女儿，与她只差了半岁，震儿则是姨娘所出的庶子，如今也有十五岁了。秦怡生完简慢声后便伤了身子，再也无法生育，于是将简震抱到了身边养，虽然没有正式收为嫡子，但待遇比起嫡子也不差多少。

至少比她这个正经嫡长女的待遇要好多了。

这两个便宜弟妹一向不待见她，今日不在也好，省得又多俩绊脚石。简轻语唇角翘起，乖顺地答应了一起用膳。

秦怡本以为她会拒绝，一看她点头了，不由得撇了一下嘴角。但不耐烦也只是一瞬的事，她很快便慈笑着招呼起来。

几人一同去了主院，刚一落座，秦怡便一脸慈爱地看向简轻语："明明还是个小姑娘，怎么衣衫穿得这般素净，明日叫管家领你去趟绸缎铺，挑些鲜亮点的料子做衣裳。"

方才还对秦怡略有不满的宁昌侯，顿时跟着附和："夫人说得对，还是穿得

6

鲜亮些比较好。"

简轻语本来还在想该怎么进入正题，听到这夫妻俩丧良心的话后，干脆就单刀直入了："我母亲刚离世不过四个月，我这个做女儿的，怕是还不能穿得太鲜亮。"

秦怡提起衣料是存心的，闻言也没多大反应，倒是宁昌侯面露尴尬，匆匆端起茶杯抿了一口："也是，也是，那还是穿得素净些好了……"

简轻语扯了一下唇角，平静地看向宁昌侯："父亲，我娘已经走了这么久了，您打算什么时候将她迁入祖坟？"

宁昌侯顿了一下："她不是已经在漠北下葬了吗？"

"是已经下葬，可她身为您的嫡妻，在京都祖坟至少该有个衣冠冢吧？"简轻语尽可能地耐心道，"这是她临终前的遗愿，这最后的体面，您总要给她吧？"

说罢，她看向秦怡，加重了自己的筹码："我这次来，就是为了此事，待母亲的衣冠冢立好便回漠北继续守孝，夫人您觉得如何？"

她本就打算完成母亲遗愿后就离开，自此跟这个狗屁侯府断绝关系，所以如今也不怕直说，只想视她们母女为眼中钉的秦怡，即便是为了日后清净，也能就此答应。

果然，她在说了会离开京都后，秦怡略微动心了，但也只是一瞬，她便挂上了假笑，简轻语的心顿时沉了下来。

"轻语，不是你父亲不答应，实在是不好答应，你有所不知，在你母亲去了之后，便有高僧来过侯府，说你母亲八字与祖坟犯克，若是迁入祖坟，不仅对她自己不好，还会影响子孙后代和你父亲的仕途，你父亲也是没办法，你就别逼他了。"秦怡略带伤感道。

简轻语眼神微冷："那还真是巧，我母亲刚去，就有高僧来了，简直像故意的一般。"

"轻语，不可妄言。"信佛的宁昌侯皱起眉头，显然不喜欢她对高僧的态度。

简轻语深吸一口气，耐着性子道："父亲，我母亲身世再单薄，那也是你娶的第一位正妻。"

她刻意加重了语气，强调了"第一位正妻"几个字，秦怡眼底果然闪过一丝暗恨，只不过很快掩饰了过去。

"我知道你的一片孝心，但也不能为了你母亲一人，就赌上侯府的未来不是，"秦怡一副耐心的长辈模样，"不如这样，立冢一事暂且延后，待到你父亲百年之后再行合葬之礼，你觉得如何？"

宁昌侯正值壮年，等他死还不知要等多久，更何况到时候侯府已是秦怡的一言堂，更不是她能左右的了。

简轻语见秦怡铁了心不愿母亲进祖坟，眉头蹙得越来越紧，半晌才缓缓道："我来京都便是为了完成母亲遗愿，若母亲一直不进祖坟，我怕是也不能安心回漠北了。"

"那就不回，你母亲已走，漠北再无亲人，你回去做甚？"宁昌侯想也不想道。

秦怡也笑着附和："是啊，别走了，你如今也十七有余了，京都的小姐们这个岁数早就许了人家，你也要尽早找门亲事才行，要再这么拖下去，怕是会叫外人觉得我与侯爷不重视你。"

"亲事？"简轻语眼眸微动。

秦怡忙道："是啊，你这个年纪的姑娘，终身大事最为重要，即便是守孝，也是守够百天便好，不必像寻常人一般守够三年，如今算算时间够了，也该操心婚事了。"

简轻语沉默地看着她，突然明白她为何不动心自己方才提出的条件了，合着是鱼和熊掌都想拿，既要把自己撵出侯府眼不见为净，又要外人觉得她这个主母大度和善，简直是什么便宜都想占。

只是以秦怡的小肚鸡肠，恨不得把好人家都给简慢声留着，又怎会舍得给她安排好亲事？

刚冒出这个想法，秦怡便突然开口了："如今你也回来一月多了，是时候设接风宴，宴请各府前来见见了，也正好为轻语相看人家，择日不如撞日，不如就三日后吧，侯爷觉得如何？"

"轻语还病着，不如等病好之后再设宴吧。"宁昌侯皱起眉头。

"侯爷，"秦怡嗔怪，"轻语如今已经好转，三日的时间足够她休息了，再说过段时间圣上便要去行宫避暑，到时您也要跟着去，还不知何时能办家宴，您等得，轻语的年岁可等不得啊！"

"夫人的话也有道理，"宁昌侯沉思片刻，最后点了点头，"那便这样吧，轻语，你这两日好好休息，三日后侯府设接风宴。"

听到这夫妻俩你一言我一语地将事定了，简轻语终于流露出一丝不耐烦："父亲，我今日来是与你商议母亲衣冠冢一事的，不是要聊如何将我嫁出去。"

"你母亲既然已经在漠北安葬，就别扰她清净了，如今还是你的婚事更为重要。"宁昌侯不大喜欢她再提此事，眉间沟壑越发深了。

简轻语定定地看着他，半晌猛地站了起来，冷眼看着对面的二人："简慢声只比我小半岁，还不用守孝，既然你们这般喜欢做媒，不如先把她嫁出去吧！"

说罢，不理会宁昌侯的斥责转身就走，英儿见状赶紧跟了上去。

简轻语气恼地往外走，英儿小跑着才勉强跟上，快到大门口时才压低声音问："奴婢知道夫人不想大小姐留在侯府，也知道她为您寻亲事，只是不想被人说三道四，可奴婢不懂她为何这般着急为您设接风宴。"

接风宴，说白了也是相亲宴，夫人既然怕落人话柄，完全没必要这么着急。

简轻语看了英儿一眼，心里的烦躁减轻了些："大概是因为我如今这张脸吧。"

英儿先是一愣，看到简轻语面纱都遮不住的红疹后突然回过味儿："夫人竟然如此歹毒，连您的婚事都想做手脚，简直是欺人太甚！"

京都虽不算小，可显贵圈子总共就这么大，侯府设宴定然都会到来，一看到大小姐如今的模样，那些世家望族定然会歇了心思，只剩一些妄图攀附高门的杂鱼，到时候夫人即便给大小姐找个低门小户，旁人也不会说什么。

毕竟在那些人眼中，大小姐一脸红疹，能寻到亲事已属主母尽力了。

英儿越想越慌，着急地问简轻语："大小姐可有应对之策？"

简轻语正想说话，前方的大门突然开了，惨叫声顿时传了进来，然后便是几个仆役匆匆跑了出去，方才还安静的侯府，顿时热闹了起来。

"听声音好像是少爷，"英儿说着，手疾眼快地拉住一个跑进来报信的奴仆，"匆匆忙忙的发生了何事？"

奴仆刚要怒斥，看到简轻语后忙把粗话咽了下去，着急忙慌地解释："少爷被锦衣卫的周大人打断了腿！"

简轻语扬眉："锦衣卫为何会打少爷？"

"少爷和二小姐今日去酒楼吃席，无意间遇上了几位锦衣卫的大人，其中一位大人说二小姐生得与故人有几分相似，当时这几位大人未着飞鱼服，少爷便将他们当成了宵小，说了一句，这就、这就被打断了腿!"

说话间，简震哀号着被抬了进来，昔日还算看得过去的脸，此刻青肿得厉害，门牙也掉了一颗，嘴里呜呜地往外冒血沫，一双眼睛更是被打得通红，反倒是断掉的腿看起来没那么严重了。

奴仆急得出了一头汗，随便擦了两把，对简轻语躬了躬身："奴才得尽快知会侯爷和夫人一声去，就不打扰大小姐了。"

说罢便急匆匆离开了。

英儿目送奴仆离开，这才心有余悸地开口："少爷胆子忒大了，竟然连锦衣卫都敢招惹。"

"他招惹时，又不知道是锦衣卫，"看着简震身上的伤，简轻语不喜欢这个弟弟，也不由得皱起了眉头，"更何况即便是锦衣卫，说未出阁的姑娘与故人相似，便不算下作了吗?"

这种老旧的搭讪手段，被当作宵小又有什么奇怪?

"嘘，大小姐小声点，别被锦衣卫听见了，"英儿一脸紧张，"曾经有世家公子只因和锦衣卫拌了句嘴，就被砍了脑袋挂在城门楼上七七四十九日，尸体变成干儿了都没摘，少爷此次能留一条命，已经是烧高香了。"

简轻语蹙了蹙眉，便没有再说话了，只是在心里默默念了一遍"锦衣卫"三个字，提醒自己日后定要离这些人远一点儿。

第二章　重逢

因为简震受伤，整个侯府都乱作一团，显然不是再提衣冠冢的好时候，简轻语干脆回了寝房，思索如何让父亲改变主意。

"既然侯爷因听信高僧，才不肯让先夫人进祖坟，不如咱们给那个高僧塞些银子，叫他说几句好话，劝侯爷回心转意如何？"英儿说着，给简轻语倒了杯清茶。

简轻语轻叹一声："哪儿那么容易，那高僧既然深得父亲信任，必然是与侯府往来多年，且与秦怡关系匪浅，并非我们使些银子便能糊弄的人。"

"那、那我们也找个和尚假扮高僧！"英儿有些着急。

简轻语无奈地看向她："我在京都没有可用之人，即便找个和尚，也极易被拆穿，说不好还要被倒打一耙。"

"……如此说来，我们就什么法子都没了？"英儿苦了脸。

简轻语沉思片刻："倒也不是。"

"大小姐有主意了？"英儿眼前一亮。

"父亲和秦怡都极看重脸面，若我将此事闹得人尽皆知，说不定会答应下来，又或者我寻些他们的把柄，逼他们为母亲立冢。"简轻语说完，不等英儿回应，便自己先否决了，"不行，祖坟要如何进、葬在哪儿，都是有讲究的，若是强迫他们，说不定要把母亲葬在偏墓里，一旦尘埃落定，我即便闹得再厉害，怕是也无法更改。"

她倒是不怕鱼死网破，只是母亲被姓秦的压了一辈子，唯一的心愿便是最后先她一步，以宁昌侯夫人的身份葬进祖坟正墓。

这是她最后能为母亲做的事，也是她千辛万苦要来京都的原因，她绝不允许有半点闪失。

"这也不行那也不行，难道就真要等到侯爷百年之后，先夫人才能进祖坟？"英儿眉头深皱。

简轻语好笑地看她一眼："怎么会，你容我再想一想，定然能找到为母亲立冢的法子。"

"嗯！大小姐自幼聪慧，定然能想到办法的！"英儿忙道。

简轻语扯了一下唇角，端起茶杯轻抿一口清茶。

窗外树影斑驳、人影匆匆，即便远离她的别院，似乎也闹哄哄的。

简震的伤比看上去还重，除了断掉的右腿，内伤也极为严重，下午吐了很多血，一直到晚上才转危为安。

简轻语虽然觉得侯府的一切都与她无关，可衣冠冢的事还没有定论，该有的体面还是得有，于是翌日一早便去看简震了。

简震的院子离主院最近，她走了一段路才到，刚迈进院子，便听到屋里传来了宁昌侯的怒骂——

"你说你招惹谁不好，偏偏招惹那群瘟神！你若是死了还好，至少我不用提心吊胆，担心整个侯府都会被你连累！"

"侯爷！震儿已经伤成这样了，您又何苦再说如此伤人的话，再说了，您若真舍得他死，又怎会请这么多名医为他医治，还担心得整夜都睡不着？"秦怡急切地劝道，"再说震儿也是为了保护慢声，他何错之有啊！"

"是啊爹爹，明明是那些人轻慢我在先，说什么我似故人，弟弟也是为了护我，您就别生他的气了。"简慢声也跟着劝道。

听着屋里一家三口的对话，简轻语扬了扬眉，正思索现下要不要进去时，便听到宁昌侯怒气冲冲的声音："轻慢你？你知道个……"

像是想说脏话，但还是硬生生憋了下去，半晌才咬牙切齿地继续道："说你似故人的那个，不是季阳便是周骑吧？朝堂之上谁人不知，他们随陆远从漠北回来之后，便在京都城中大肆寻人，不少女子都被他们打量过，哪个又说自己被轻慢了?!"

漠北，陆远，寻人……

肯、肯定不会这么巧，她不认识什么季阳和周骑，只知道陆培之那两个兄弟，名唤小十和十一，且家在江南，跟京都没什么干系……嗯，一切只是巧合而已。

简轻语深呼一口气，强行压下心中的不安，这才抬脚往屋里走。

寝房中，一家四口还要说话，看到简轻语后同时静了下来，简轻语佯装没看出他们的生分，只是因屋里浓郁的血腥气蹙了蹙眉头。

"父亲，我来看看震儿。"简轻语缓声道。

"猫哭耗子……"简慢声嘟囔一句，在被秦怡瞪了一眼之后便闭嘴了。

简轻语斜了她一眼，直接走到了简震面前："你可好些了?"

简震不喜欢这个姐姐，却碍于在宁昌侯面前，只能闷闷应了一声，只是再多也没有了。

简轻语也不在乎，觉得任务完成了，便扭头对宁昌侯道："震儿似乎还很虚弱，不如叫大夫再来看看吧。"

"都看过了，没什么不好的，"宁昌侯表情不好地看向秦怡母女，"慢声今日起便不要出门了，一切等我见过陆远再说。"

又一次听到陆远的名字，简轻语眼眸微动："父亲去找他做甚?"

"自然是要赔礼道歉!"宁昌侯一肚子怨气，狠狠瞪了床上的简震一眼，"总不能因为一个不肖子，就搭上宁昌侯府一家老小的性命!"

简震闻言颤了一下，屁都不敢放一个。

宁昌侯骂完便急匆匆地走了，简轻语又在简震寝房杵了会儿，觉得时候差不多了才转身离开，全程无视脸色难看的秦怡和简慢声。

从简震房里出来后，简轻语便看到一群人忙前忙后，不住地往马车上搬箱子，有几个箱子还未封口，她随意扫了一眼，是两箱珠宝和金银。

简轻语顿了顿，叫住一个奴仆："这些东西侯爷打算送去哪儿?"

"回大小姐的话，自然是陆府。"

简轻语微微颔首，便叫奴仆去忙了。

宁昌侯这次显然下了血本，这么多箱东西，怕是能掏空大半个侯府。

英儿找来时，便看到简轻语坐在树荫下，一副若有所思的模样盯着忙碌的奴仆们。她见状赶紧迎了上去："大小姐，您在这儿做什么?"

"我只是想通一件事，"简轻语抬眸看向英儿，一双眼睛清澈干净，又透着一种若有似无的风情，与她布满疹子的脸格格不入，"也许定一门亲事，于现在

13

的我而言是有利的，只是这门亲事不能是下嫁，至少要让宁昌侯府都重视、心甘情愿地给我体面才行。"

英儿："？"

简轻语勾起唇角，心情愉快地回别院了。

这一日宁昌侯一直到夜深才回，回家第一件事便是去骂简震，显然是在外头受了不少气，但骂过之后表情又算轻松，估摸着这事儿算是过去了。

因为简震得罪锦衣卫一事，为她准备的接风宴便推迟了小半个月，眼看着简轻语脸上的红疹开始消了，秦怡有些坐不住了，又一次提出操办接风宴的事。

"既然夫人如此看重轻语，那便按夫人说的办吧。"简轻语只留下一句话，便直接离开了。

英儿跟了过去，直到回了别院才愤愤道："夫人明知道大小姐的脸已经好转，要不了几个月应该就会大好，却还要这个时候办接风宴，明显是要看您笑话！"

"早晚都要办的，早些办反而更好。"她为了不让秦怡放弃为她相亲，又多擦了小半个月的薯蓣，再不赶紧设宴，她的脸可真要烂了。

英儿闻言不解地看向她："为何早办了更好？"

"因为再晚一点儿，她可能就不办了。"简轻语眨了一下眼睛。秦怡这么着急设宴，无非是想叫所有世家子弟都看不上她，再顺理成章地为她寻一门低下的亲事，还不必被人说闲话，若是知晓她这张脸生得并不难看，又怎会再费心办什么接风宴？

英儿还是不懂她的意思，简轻语只是轻笑一声："今日天儿不错，陪我出门买些胭脂水粉吧，再买些退疹的药回来。"她都在家闷了快两个月，也是时候出门透透气了。

英儿一听她要出门，也顾不上追问什么了，赶紧叫人备了马车，便陪着她出门了。

主仆二人先去了胭脂铺，简单买了几样后便去了药铺，买完药便一同乘着马车，慢悠悠地在城中闲逛。

京都不比漠北人烟稀少，到处都显得很挤，即便是最宽的路上，也是人流如织。

英儿掀着帘子往外看了片刻，一回头便看到简轻语正盯着一盒香粉看，不

14

由得轻笑一声："大小姐身上的香味最好闻，不必用这些俗物添色。"

"我身上能有什么香味？"简轻语好笑地看她一眼。

"说不好，像莲花，又像牡丹，还透着一点点药味，最特别了。"英儿煞有介事地说。

简轻语蓦地想起露宿山野时，那人将衣衫不整的自己抱在怀里，在她耳边低声询问："擦了什么勾人的东西，怎么这般香甜？"

"大小姐？"英儿见她不语，不由得好奇地叫了她一声。

简轻语猛地回神，轻咳一声正要掩饰过去，便感觉马车停了下来。

"怎么了？"英儿高声问。

车夫压低了声音紧张道："大、大小姐，前方锦衣卫办事，须停车避让。"

又是锦衣卫？简轻语心头一跳，正欲说什么，前方突然传来拳脚打斗的声音，还伴随着阵阵惨叫，听得叫人心头发慌。

英儿面色苍白地看向她，大气都不敢出，显然是吓得不轻。

惨叫声先是越来越高，接着便突然低了下来，明明不如先前凄厉，却叫听的人越发紧张。简轻语绷着脸听了半晌，终于忍不住抬手去撩面前的车帘。

英儿手疾眼快地抓住她的手，无声地对她摇了摇头。

简轻语安抚地笑笑，示意自己只是想看看何时结束，英儿见她坚持，只得担惊受怕地松开她。

简轻语这才轻轻撩起车帘一角，看向声音传来的方向。因为离得太远，只能隐约看到动手的三人身形高大，都着同色衣衫，上头的绣样看不清楚，但泛着冷铁一般的色泽，而他们的腰间都挂了一把官制腰刀。

这便是锦衣卫？

简轻语注意到其中一个侧影，隐约觉得有些眼熟。

她怎么觉得……此人和十一有些像？

不等她凑近看，方才还如死狗一般趴在地上的人突然一跃而起，朝着马车这边冲了过来。她心里一惊，瞬间松开了车帘，还未等叫车夫后退，一只沾满了血的手便抓住了车帘，仿佛抓住了最后一根救命稻草。

然而最后的稻草到底无法救命，此人还未登上马车，便被后方出现的刀抹了脖子，喷出的血足有三尺高，直接溅了一马车，连车帘都湿透了，部分血迹

15

还从车帘下的缝隙溅进马车，鲜红，且透着热气。

"大小姐……"英儿抖得几乎要说不成话，却还是坚强地护在了简轻语身前。

简轻语定定地看着抓紧车帘的手缓缓松开，在车帘上留下五道指印。

扑通。

重物落地的声音，到处都是人的大街寂静无声。

"啧，溅了老子一身血，又得洗衣服了。"

"你不过是一件衣裳，人家马车可全脏了……哦，宁昌侯家的啊，那就没事了。"

似乎想起了什么有趣的事，二人玩笑似的闹趣起来。

"行了，事儿办成了就赶紧去复命吧，指挥使该等急了。"又一道颇为沉稳的声音响起。

简轻语原本只顾盯着指印看，并未在意外头的嬉笑声，但听到最后一句，她心里突然咯噔一下。

此人的声音……怎么这般像十一？简轻语咽了下口水，想要透过暗色的车帘看对方，然而车帘虽然轻透，但也只能看到一个轮廓，别的什么都看不到。

正当她心中疑惑越来越深时，一阵急促的马蹄声由远及近，最后停在了马车前，方才还吊儿郎当的二人立刻唤了声："指挥使。"

接着便是漫长的沉默，即便看不到外面的景象，也能感受到对方带来的威压，简轻语甚至能猜到高头大马上的人如何审视地上的尸体。

冷漠、无谓，像在看一个被摔碎的破瓶子。

片刻后，马蹄踏步的声响打破了沉默，简轻语听着马蹄声从马车前绕到一侧，再缓步朝马车后踏去，便知晓这人要走了，于是紧绷的身子略微放松了些。

然而没有放松太久，一阵风突然吹过，将车帘吹开了一角，轻轻拂过简轻语的脖颈，再吹向马车外。

马蹄声猛地停了下来。

"指挥使?"有人不解地唤了他一声。

马蹄声再次响起，只是没有按照原本的方向离开，而是重新折回了马车前。

长街静谧，简轻语只觉心如擂鼓，耳边充斥着"怦怦怦"的跳动声。

车帘颤动一下，这次却不是因为风。

简轻语绞紧了手中的帕子，死死盯着挑起车帘的刀尖。她方才看见过，同样的刀挂在那几个锦衣卫身上。

轻透的车帘被刀尖从左往右缓慢且稳定地拨开，越来越多的风吹进马车，简轻语盯着映在车帘上的高大身影，却丝毫察觉不到凉意。

正当她的身子越来越紧绷时，远处突然传来一阵疾驰声："指挥使！圣上召您进宫！"

刀尖突然停下，静了一瞬后便抽了出去，车帘重新垂下，马车里的简轻语也猛地放松下来，抬手擦了擦下颌上的汗。

听着马蹄声渐远，静止的长街开始流动，耳边再次响起热闹的嘈杂声。简轻语轻呼一口气，将手中的帕子丢在了小桌上，正要叫车夫起程，突然注意到挡在她身前的英儿一动不动。

"英儿?"她试探地唤了一声。

只见前方的小姑娘轻颤一下，接着欲哭无泪道："……大小姐，奴婢好像动不了了。"

简轻语："……"

英儿吓得浑身僵硬，简轻语只得扶她到侧边矮凳上坐下，待她好些后才忍不住笑："胆子这么小，为何还要护在我身前?"

"您是主子，奴婢自然要护着您的，"英儿小声说了一句，眼底流露出些许佩服，"大小姐您真厉害，方才那刀都快戳到眼前了，也没见您害怕，您胆子真是太大了。"

简轻语脸上的笑意一僵，瞬间没有那么自然了。其实，她方才也是有些怕的。

说来奇怪，她平日胆子是挺大的，就连当初被马匪劫去时也没多恐惧，还有工夫思索如何自保，可今日不知怎的，看着一小截刀鞘，竟然紧张得连呼吸都忘了。

或许她怕的不是刀，而是拿刀的人。就好像当初她看着陆培之折牡丹的样子，拧断花枝仿佛拧断了谁的脖子，即便唇角带着笑，也叫人心生惧意。

"大小姐，"英儿又唤了她一声，见她看向自己后才道，"您在想什么?"

"无事，只是有些累了。"简轻语打起精神，说完自嘲一笑。

她近来真是越发魔怔了，不仅因有些熟悉的声音想起十一，还因一截刀鞘联想到陆培之……开玩笑，锦衣卫指挥使与镖局少主，如此悬殊的身份怎么可能会是同一个人。

马车疾驰，以最短的时间回了侯府，简轻语不再多想，缓了缓神后便带英儿往别院去了，结果还未等走近，就远远看到宁昌侯身边的小厮守在院门口。

简轻语蹙起眉头停在了原地，小厮看到她后急忙迎了上去："侯爷已经在院内等候大小姐多时了，大小姐快些进去吧。"

她先前就是因为不想听宁昌侯说议亲的事，才会找借口出门，却没想到他竟然一直在自己院中等着，看他是非要为自己议亲不可了，即便避过了今日，也避不过明日。

简轻语想了一下，到底是走了进去，却没想到秦怡也在。

"父亲。"她福身行礼。

"回来啦，快过来，我与夫人正在商议设宴的事，届时整个京都的显贵人家都会来，你是家中嫡长女，我定要为你寻一门好亲事。"宁昌侯笑呵呵地招呼她。

简轻语垂着眼眸走了过去，还未等开口，一旁的秦怡就急忙道："不一定要找多显贵的人家，重要的是人品好、心性好，毕竟轻语在漠北长大，不比慢声习惯高门大户的规矩，若找了太高的门户，恐怕也会不自在。"

口口声声为她好，其实是怕她嫁得比简慢声好，日后会压了简慢声的风头。宁昌侯却听不出其中含义，只觉得秦怡今日格外懂事："夫人说得也有道理，那便只看人品，不重门户，不过若有家世好、人品好的就更好了。"

秦怡闻言看了眼简轻语还有些瘀痕的脸，唇角顿时勾起一个轻蔑的弧度，心想家世好、人品好的人家，怕是看不上简轻语。

她心里这般想，面上却跟着附和："是啊是啊，轻语乖巧懂事，定能觅得良人。"

两人你一言我一语说了半天，才意识到简轻语并未说话，于是二人突然静了一瞬。

宁昌侯咳了一声，放缓了声音询问："轻语对未来夫婿可有什么要求？"

简轻语眼皮微动，看了二人一眼后重新垂下眼眸，半晌略带惆怅地开口："昨夜我又梦见母亲了。"

一听她提起母亲，宁昌侯便以为她又要说立冢的事，当即沉了脸色："我已经叫高僧在法安寺为你母亲做了法事，你母亲泉下有知也该瞑目了，立冢的事不必再说，我是不会同意的。"

"父亲别动怒，我想了许久，已经明白了您的难处，所以没想再劝您为我母亲立冢。"简轻语苦涩一笑。

宁昌侯表情缓和了些："你能想清楚就好，相信你母亲也会理解……"

"但无法完成母亲遗愿，亦是我做女儿的不孝，所以我打算剃度为尼，长伴青灯为母亲祈福。"简轻语缓缓打断。

宁昌侯瞪眼："你说什么?!"

"她说要剃度，"秦怡忙回答，说完还假模假样地擦了擦眼睛，"轻语真是孝顺，姐姐肯定会高兴的，说起来静菩寺也是个好去处……"

"母亲已逝，但父亲还在，所以剃度归剃度，寺庙就不去了，"简轻语对秦怡笑了一下，"反正家里也有佛堂，我每日去那边诵经便好，还能就近侍奉父亲。"

秦怡猛地睁大眼睛："你的意思是……"

"我不嫁人了，在侯府做一辈子的老姑娘，"简轻语说完觉得不太对，又更正道，"不对，是老尼姑。"

"胡闹！你才十七，怎能自此长伴青灯，若是传出去叫旁人知道，定会觉得我这个做父亲的容不下你这个女儿，你母亲一去便逼迫你出家！"宁昌侯激烈反对。

简轻语斜了他一眼："父亲别怕，您又不沾家中事务，即便有人传闲话，也不会说您的半分不是。"

不说他，那说谁？秦怡一脸见鬼的神情看着她，终于回过味儿来了，赶紧跟着反对："不、不行！慢声和震儿都还未成家，你这个做姐姐的若是出家，定会影响到他们的婚配，我不答应！"

简轻语眼角一红，凄婉地看向秦怡："难道为了弟妹，我便不能尽孝心了吗？"

"你……我……"秦怡你我了半天，也没说出一句话来，只能求助地看向宁昌侯。

宁昌侯也觉得头大，心里止不住地烦躁，偏偏每次想发火时，就会对上她那双与先妻极像的眼睛，顿时什么火都发不出来了。

气氛越发严肃，简轻语在一片沉默中竟然困了，于是偷偷瞄了英儿一眼，英儿相当上道地扶住了她，一脸担忧道："大小姐您怎么了，可是吓到了?"

"怎么回事儿?"听到丫鬟说简轻语被吓到，宁昌侯抬起头问。

"侯爷，方才奴婢随大小姐出门时，恰好撞见锦衣卫杀人，大小姐吓得不轻，所以我们才提前回来。"英儿忙道。

宁昌侯皱起眉头："又是锦衣卫……罢了，你先休息，议亲的事我们明日再说。"他得去问问车夫，究竟发生了什么。

"女儿恭送父亲。"简轻语垂下眼眸。

秦怡狠狠瞪了她一眼，赶紧跟着宁昌侯离开了，院子里瞬间只剩下主仆二人。

简轻语轻呼一口气，抬头就对上了英儿担心的眼神，她扑哧乐了："放心，吓唬他们的，没想出家。"

"那就好那就好，大小姐您刚才真是吓死奴婢了，"英儿想起她方才认真的神色，不由得更加佩服，"您可真厉害，连侯爷和夫人都骗得住。"

那有什么，她还骗过更麻烦的家伙。简轻语轻哼一声，边伸懒腰边往屋里走："这也是我临时想的主意，但看他们的反应……也算歪打正着。英儿，你明日去给我扯几尺素布，青色即可。"

"大小姐要素布做甚?"英儿不解。

简轻语眼底闪过狡黠的光："做尼姑服。"

英儿："……"

知道自家小姐要做什么后，英儿只能一边叹气一边配合。高门侯府消息传得快也不快，等到宁昌侯匆匆赶来时，英儿已经将尼姑服裁好了，正坐在矮凳上缝制。

宁昌侯一看到她手里的衣袍顿时暴跳如雷："大小姐呢?!"

"回侯爷的话，在、在屋里。"英儿急忙答道。

宁昌侯见房门没关，便直接冲了进去，结果一进门就看到简轻语正拿着把剪刀往头发上比画，看起来竟像要自行剃度。

"别动!"他厉声制止。

简轻语愣了一下,拿着剪刀看向他。她正打算将几根打结的头发剪了,他为什么要凶她……是因为看到尼姑服了?

宁昌侯一直觉得她说出家只是气话,这会儿见她拿着剪刀不肯松手,内心仿佛受了什么冲击,好半天才开始劝。

"别冲动,千万别冲动,你不就是想让我为你娘立衣冠冢嘛,我答应你总行了吧!但得等你定好了亲事,你若敢断发……我绝不让她进祖坟!"宁昌侯心惊胆战地看着她手里的剪刀。这一剪子下去,不仅她的一辈子毁了,整个宁昌侯府怕都无法再出门见人。

简轻语眨了眨眼睛:"您说什么?"

"只要你听话,我就让你娘进祖坟!"宁昌侯又重复一遍。

简轻语表情微妙地放下剪刀,思忖许久后轻叹一声,一副拿他没办法的样子:"我本一心向佛,奈何世间多羁绊。"

"你这是……答应了?"宁昌侯不太信任她,"不会趁我不备又断发吧?"

"只要爹说话算话,那我也会听话。"简轻语一脸认真。

宁昌侯这才松一口气:"行,那便这样定了,明日就是相亲宴,你好好准备吧。"说罢,想到方才自己慌乱的模样顿感无颜,便急匆匆离开了,走到门口时还不忘斥责英儿一句,叫她将尼姑服扔了。

简轻语看向剪刀,心想早知这般容易,她还费什么劲。

……

门窗紧闭的书房,高大清俊的男子身着暗红飞鱼服,静坐于长桌后,一只手放在桌上,修长的手指有一下没一下地敲着桌子,手背上一道被缝得歪歪扭扭的伤疤清晰可见。

他的绣春刀置于桌上,将一张一百两的银票死死压在下方。香炉上一缕白烟直绕房梁,沉香和松木的香气在屋中蔓延。

片刻之后,门突然大开,白烟被吹散成几截,飘在空中瞬间散了。

来人单膝跪地,握刀向长桌后的人行礼:"大人,查到了,宁昌侯府的嫡长女简轻语,年十七,自幼长在漠北,四个多月前母亲病故,便从漠北回了京都,两个月前刚到侯府。"

敲桌子的手指停下，书房里沉默开始蔓延，当来人的后背出了一层冷汗后，男子才缓缓开口，声音冷峻危险："下去吧！"

"是……"来人应了一声，转身就往外走，只是快走到门口时突然想到什么，顿时停下脚步，回身道，"对了大人，宁昌侯府明日设宴，像是要为简轻语……相看夫家。"

不知是不是错觉，在他说完最后四个字时，突然感觉周身一冷。

男子这次沉默得更久，正当来人觉得自己可能会死时，他才淡淡说了三个字："知道了。"

来人如释重负，行了一礼后便匆匆离开了。

一阵风吹过，桌上那张被绣春刀压着的银票边角颤了两下，仿佛某个曾经在他手中颤抖的女人。

第三章　相亲宴

翌日，夏风和煦，花开正好。

宁昌侯府天不亮便开始洒扫，待到日头一出来便正门大开准备迎客。

别院寝房内，简轻语已经许久没起这么早了，坐在梳妆台前困得脑袋一顿一顿的，英儿提心吊胆地守着，生怕她会磕到桌子上。

眼看着前院的宾客越来越多，英儿只能出言提醒："大小姐，您别乱动，奴婢给您梳头。"

简轻语小鸡啄米一般点头，双眼迷蒙地看向她："嗯?"声音软软的，像只可怜的兔子。

"……奴婢说，时间还早，要不您再去睡一刻钟，咱们再梳洗打扮如何?"

话音未落，简轻语便跑到了床上，脱鞋、盖被、闭眼一气呵成，动作利索毫不拖泥带水，英儿看得甚为佩服。

一刻钟于英儿而言极长，可对简轻语来说就有些短了，她只觉得自己好像刚躺下，还未等睡着，便听到英儿唤自己起来了。

简轻语迟缓地睁开眼睛，半晌幽幽叹了声气。

早起可真是件痛苦事儿。

眼看着时间要来不及了，英儿叫简轻语起来后，便快速为她挽了一个追星流月发髻，发包歪歪地挂在左耳后，额前留了些短短的蓬松碎发，两边鬓角勾出两缕发丝，看起来俏皮又可爱，像个不谙世事的小仙女。

简轻语晃了晃脑袋，夸赞："英儿梳得真好。"

"是大小姐生得好，梳这发式的人多了，可大小姐是奴婢见过梳了最好看的人。"英儿看着镜中的简轻语夸赞。

她这句话是发自真心的，大小姐肤色白皙，一双眼睛又生得活泼灵动，梳

23

稍显稚气的追星流月髻最适合不过了。

简轻语对着镜子又看了片刻："疹痕还是有些明显，用水粉盖一下吧。"

英儿应了一声，取了一盒细白的粉在她脸上轻擦几下，浅色的疹痕顿时被遮住了："再细的粉也没有大小姐的肌肤细，若是再晚些设宴就好了。"

"父亲着急为我定亲，怕是一日也等不得了。"简轻语说着，又往唇上涂了一层浅浅的口脂。

英儿见她如此认真地装扮，顿时心疼不已："大小姐明明不喜欢京都，也不想嫁人，可如今却要为了先夫人的事妥协，真是委屈了。"

"定亲只是给母亲立冢的权宜之计，又不是真要嫁在京都，有什么可委屈的。"简轻语笑了一声。

英儿微愣："您的意思是……"

"嘘。"简轻语狡黠地对她做了个封口的动作。

她起得不算早，加上梳妆打扮耽搁了时辰，等到出门的时候，府中已经来了不少宾客，前院和后院分开招待，所以直接去了招待女客的后院。

主仆二人到后院时，里头正热闹，简轻语远远便听到了秦怡的声音，她与英儿对视一眼，便径直走了进去。

她今日依然只着浅色衣衫，发式首饰都极为简单，相比其他夫人带来的姑娘要清浅许多，可一张脸实在生得夺目，即便是最素的装扮，也在进院的第一时间吸引了所有人的视线。

秦怡没想到消了疹子的简轻语会如此貌美，直接夺了满院子姑娘的风头，连她的慢声都要逊色许多，再看比宁昌侯府门第要高的那些夫人们，她们都流露出欣赏的目光，她顿时有些心慌。

"轻语来了啊，快些过来见过长辈。"秦怡挤出笑意招呼。

当着这么多人的面，简轻语倒也给她面子，乖顺地走过去见礼，待跟所有女客都打过招呼后，便去同简慢声站到了一处。简慢声看了她一眼，冷淡地别开了脸，简轻语也不在乎，只是将乖巧表现在脸上。

"不愧是宁昌侯府的姑娘，即便是养在漠北，也能养得跟朵花一样，真叫人羡慕。"坐在上位的一位女客笑道，其他客人顿时也跟着附和起来。

秦怡虽不想简轻语嫁得比简慢声好，但再蠢也不会在这个时候挑简轻语的刺，毕竟不管谁家的姑娘，只要是一个府的，那就是一损俱损的，即便为了自家女儿，也要将简轻语夸出一朵花来。

院子里百花斗艳，女客们相互夸赞，从衣裳首饰到丈夫子女，简轻语这辈子都没听过这么多好听的话，听得她……想打哈欠。

打哈欠虽然算不上什么事，可难保这些女客不会觉得自己懒怠。简轻语如今需要一桩体面的亲事，助她完成母亲遗愿，所以一点闪失都不能有。

……但又真的很困。

简轻语忍得眼泪都要出来了，快要忍不住时，秦怡突然开口："瞧我，只顾着同各位夫人聊天，却忘了招呼姑娘们，轻语、慢声，园子里备了点心，你们带姑娘们去尝尝，切记莫要离湖边太近，仔细落水。"

"是。"

简轻语忍着困意，同简慢声一起行了礼，便同其他姑娘一起离开了。

秦怡口中的园子是侯府的花园，正处在前院与后院中间，园中有一片不大的湖，从后院这侧能看到前院那侧的景象，反过来亦是，算得上适龄男女远远相看的好去处。

今日宾客众多，并非是为简轻语一人而来，更多的是想借这个机会，多叫晚辈相看一些人家，若有心仪的，便回去私下议亲，这也是为何有许多小姑娘随长辈前来的原因。

简轻语同十余个小姑娘一同走进园子，没了长辈束缚的姑娘们顿时活泼起来，各自找到小姐妹闹作一团，只是今日酒宴特殊，众人都有些心不在焉，时不时就往湖的另一边偷瞄一眼，然后默默地红了脸颊，只有简慢声这样定完亲的人，才会专心同人话家常。

简轻语没有相熟的姐妹，也对湖对面的少年郎没兴趣，便拿了块点心到假山旁坐下，一边吃一边看小姑娘们闹腾。

"二小姐该为您引荐其他姑娘的，她这么晾着您，明摆着是要其他人也忽略您。"英儿不满地嘟囔一句。二小姐自幼在京都长大，这些姑娘几乎都与她相熟，她冷落大小姐，其他人自然也不会理会大小姐。

"我又没打算给自己弄个手帕交，不引荐更好，"简轻语慢吞吞地将糕点吃完，又叫人拿了一块过来，"再说今日最重要的，是定门亲事，其他的都无关紧要。"

英儿有些无奈，正要说什么，前院突然传来一阵骚动，也不知是哪个小姑娘低嚷一声"锦衣卫来了"，一时间姑娘们呼呼啦啦地都凑到了湖边，借着怪石林木的遮掩往湖的另一侧偷瞄，就连已经定了亲的简慢声，都跟着朝那边张望。

简轻语只远远看到七八个着暗色飞鱼服的男子，出现在另一侧的湖边，先前的少年郎们被挤到一边，陪同在侧的是宁昌侯这些长辈。

"锦衣卫怎么来了?"简轻语蹙起眉头。

英儿紧张道:"不会是来拿人的吧?"

简轻语顿了一下，朝湖边走近了些，隐约看到父亲赔笑的脸后，才略微松一口气:"应该不是，看样子像是来找麻烦的。"

英儿:"……"找麻烦似乎比拿人也好不了多少。

"锦衣卫的人怎么都生得这般英俊，比我哥哥要俊多了。"一个小姑娘小声同伙伴说。

"那是自然，只有相貌英俊者才有资格成为锦衣卫，若是模样差了，即便是有通天的本事，也是进不去的。"

"难怪我哥哥做不了锦衣卫……"

听着小姑娘们稚气的对话，简轻语忍不住乐了，再看对面的锦衣卫时，便多看了一眼长相。

然后便看到了一张极为眼熟的脸。

小十?

她心头一震，再仔细去看时，那张熟悉的脸便被挡住了，怎么也看不真切。

……是巧合吗，在锦衣卫中先是看到酷似十一的人，然后又看到极像小十的人，且他们的指挥使还姓陆，先前还说刚从漠北回来。

简轻语手脚僵硬，在大日头下竟生出一分冷意。

"大小姐，大小姐?"

耳边传来英儿担忧的声音，简轻语回神:"怎么了?"

"……您脸色很差，可是身子不适?"英儿紧张地问。

简轻语微微摇头，正要再去看对面，突然注意到这边的小姑娘似乎少了许多，还有几个依依不舍的，正被自家婆子叫走。

"为何都走了？"简轻语蹙眉。

"自然是因为锦衣卫来了呀，夫人们怕自家女儿会与他们有牵扯，便只能避开了，"英儿见她还是不懂，便又小声解释，"锦衣卫的确手眼通天，可到底只是圣上的鹰犬，荣宠与倾覆都在圣上一念之间，世家大族是不愿与这样的人联姻的。"

圣上年迈昏聩，才会如此放任鹰犬，待圣上百年之后，不论是谁做新皇，怕是都要拿锦衣卫开刀，没有哪个世家贵族，肯与这样注定盛极必衰的人绑在一起，这些道理是连她这个做丫鬟的都知道的，只是从未有人敢宣之于口。

简轻语微微颔首，明白了她未尽的话意，然后便看到简慢声还在盯着对面看，而对面亦有身着飞鱼服的男子时不时看向她。

似乎察觉到简轻语的视线，简慢声扫了她一眼，便转身离去了。简轻语摸摸鼻子，假装什么都没发生过。

虽然不知锦衣卫为何而来，但这场相亲宴算是彻底毁了，带女儿的人家早就匆匆离去，其他人家磨蹭片刻，也是找了各种理由打道回府，方才还热闹的侯府瞬间冷清了。

不对，也并非完全冷清，至少那群锦衣卫还在。

当听说他们要留下用膳时，英儿不由咋舌："他们脸皮怎么这般厚，毁了侯府的宴会不说，还要侯府招待他们用膳。"

简轻语还在想方才匆匆一瞥的那张脸，闻言只是敷衍地应了一声。

英儿又小声嘀咕了几句，简轻语都给了回应，只是敷衍得实在过于明显了。

英儿终于忍不住问："大小姐，您怎么了？"

简轻语欲言又止地看了她一眼，终于忍不住站了起来："不行，我一定要弄清楚。"

"弄清楚什么？"英儿被她吓了一跳。

自然是要弄清楚自己到底有没有想太多。简轻语抿了抿唇，一脸认真地问："那群锦衣卫在何处用膳？"

"云、云台阁……吧。"英儿呆呆地回答。

简轻语微微颔首，便直接往外走去，英儿顿时急了："大小姐，您做什么去？"

"别跟过来。"简轻语只留下四个字便匆匆跑了。

英儿愣了一下，急忙停下了脚步。

简轻语一路小跑到云台阁外，正遇上下人们流水一样往里头送菜，她示意下人们不要说话，接着便小心翼翼地贴墙走。

刚走到窗台下，便听到有一人开口问："季哥，你确定今日来宁昌侯府喝酒是大人吩咐的吗？我怎么觉着像是你会做的事。"

"用你那狗脑子想想，老子敢随便冒用大人的名义吗？"

肆意又懒散的声音响起，简轻语听得真切，脑子瞬间轰的一下，一切侥幸都被夷为平地。

听着熟悉的声音，简轻语无比确定房内那人正是小十，陆培之的手下之一。但他今日却摇身一变成了锦衣卫……不，看如今的情形，他分明一直都是锦衣卫，只是先前隐瞒了身份而已。

简轻语想起之前无意间听父亲提起过，锦衣卫指挥使陆远曾带两个人去漠北办差，二人分别名唤季阳、周骑，如果小十是季阳，那十一便是周骑，而陆培之……脑海中蓦地浮现一截挑起车帘的刀鞘，她的脑子里瞬间仿佛有一千只羊在尖叫——

她当初招惹的竟是锦衣卫！是连皇亲国戚都不敢惹的锦衣卫！她不仅说利用就利用，还在最后用一瓶自制蒙汗药将他们全都药翻了，这也就罢了，她还给陆培之留了字条和银票……

想起自己都做了什么，简轻语脸都快绿了。

云台阁内还在饮酒高谈，张狂无畏旁若无人，一如平日锦衣卫给人的形象。明明是毁了相亲宴的罪魁祸首们，侯府却不仅不敢得罪，还要好吃好喝地供着，就连宁昌侯这把年纪的人了，也要亲自前来赔笑敬酒。

云台阁外，简轻语倚着墙滑坐在地上，耳朵里充斥着自己小鼓一样的心跳声，满脑子都是陆培之那张脸。

难怪他从未做过触犯律法的事，她却总觉得他随时会拧断谁的脖子，明明作公子哥打扮，却仿佛随时会掏出一把刀，切瓜砍菜一般杀人夺命……原来一切惧意都是有原因的，只是她当时一心想来京都，却从未深究为何如此怕他！

这下自己彻底完了，若只是逃走也就罢了，偏偏走之前还作死羞辱陆培之一通。她虽接触外男不多，可话本看得不少，书中都说了，男人最恨被骗、被辱、被说不行……嗯，她全干了。

简轻语默默捂住了脸，正觉得生无可恋时，突然听到父亲问起锦衣卫来此的目的，她猛地抬头，侧着耳朵去听，屋内的声音透过薄薄的窗纸传了出来。

"我等能有什么目的，不过是听说您府上设宴，所以来讨杯酒喝，侯爷不会不欢迎吧？"是季阳。

宁昌侯忙道："怎么会，各位大人能来府中做客，本侯高兴还来不及，又怎会不欢迎。"

"那我等可就不客气了，侯爷府上若有什么好酒，可千万别藏着啊，若是喝不尽兴，哥儿几个明日可还是要来的。"季阳半是玩笑半是威胁。

宁昌侯府虽式微，可地位也非一个小小的锦衣卫能比，可他这般态度，也无人敢说什么，可见官爵品阶于锦衣卫而言皆是虚妄，只要一日得圣上宠信，便能一日目中无人。

"是是是，各位大人尽情喝，不够了本侯叫人到最好的酒楼去买，定要让大人们喝得痛快！"宁昌侯干笑着附和，接着便是举杯敬酒。

听着屋里推杯换盏的声响，简轻语暗忖，季阳从第一次见她便十分不喜，也没少背着陆培之找她麻烦，她也作弄过他很多次，两人每次对上都鸡飞狗跳的，恐怕他都要恨死自己了。

若是知晓她是宁昌侯的女儿，怕是第一时间就来抓她了，哪会像现在这样在府中饮酒作乐，所以……他并不知道她就在侯府中？

简轻语不知不觉将自己蜷成了一小团，越想脑子转得越慢。她昨日睡得晚，今早因为相亲宴的事早早便起来，早就困得不行了，只是方才一番惊吓，暂时忘却了困意，此刻一个人蹲在窗台下思索，渐渐地困劲儿便上来了。

夏风和煦，枝叶繁茂的大树仿佛一张大伞，为她遮去了大半日头，简轻语倚着墙，很快便睡得不知今夕何夕了。窗台较偏，鲜少有人从此处经过，因此也没看见她在这里睡着，所以一不留神便睡到太阳落山了。

最后她是被杯碟碰撞的声响惊醒的，睁开眼睛发现四周都黑了。迟钝地盯着前方看了半晌，听到窗内传出的声音才逐渐清醒。

……这群锦衣卫竟然还没走。

听着他们明显带着醉意的声音，简轻语扯了扯嘴角，更加确定季阳不知道自己的存在了，她轻呼一口气，捶了捶有些发僵的腿，扶着墙壁慢吞吞起身，刚站稳要走，便听到屋里有人问季阳——

"季哥，漠北一行是你跟周哥陪大人去的，发生了什么事你应该最清楚，能不能跟兄弟们透个信儿，说说大人为何回来之后便一直冷着脸，兄弟们也好心里有数，免得哪天惹大人不悦。"

简轻语猛地停下，趴在窗边支棱起耳朵。

然而季阳没有说话。

又有人不死心地追问："季哥，你就跟兄弟们说说吧，大人一皱眉，兄弟们就提心吊胆的，生怕触了他的霉头，就被拎出去一顿军棍。"

"是啊季哥，你就当帮兄弟们的忙，给点提示也行啊。"另一人附和。

这些人在外嚣张得紧，却连陆远皱个眉头都怕，简直是天大的笑话……但简轻语笑不出来，因为她总觉得，陆培之整天不高兴是她作出来的。

果然，季阳沉默半天后，咬牙切齿地说了一句："放心吧，待我找到那个女人砍了脑袋挂城楼三天三夜，大人自然就消气了。"

简轻语脖子一凉。

"是哪个不知死活的女人敢招惹大人？害兄弟们跟着紧张这么久，只砍脑袋怎么够，至少要大卸八块！"

"沸油泼尸！"

"车裂凌迟！"

简轻语现在不只是脖子凉了，腿肚子也跟着哆嗦，最后颤巍巍地扶着墙逃离了这群恶魔，一直到离开前院进了花园，心才跳得没那么厉害了，只是也好不到哪儿去。

她来京都已经两个月，对锦衣卫的手段多有听说，恶名昭彰的昭狱更是如雷贯耳。正是因为了解，才清楚地知道他们方才说的那些，不仅仅是逞口舌之快。他们是真干得出来。

简轻语深吸一口气，白着一张脸走在花园中，因为腿有些发软，所以走得极慢。

远方传来隐约的打更声，简轻语跟着细数，才知道已经戌时了。她一下午都没出现，英儿应该也着急了。想到这里，她不由得加快了脚步。

天色已彻底暗了下来，路边每隔一段就悬着一盏灯笼，散发着暖色的光，离路边近的湖面上，也被映出一个又一个的光团。

花园里花团锦簇，在夜色下有种别样的韵味，只可惜这样美的景色，配上简轻语急促的脚步声，便莫名显得有些诡异。简轻语走着走着，突然意识到不对。

……花园往日这个时候最为热闹，不论是主子还是奴仆，都会来这儿走走，怎么今日一个人都没有，安静得她能听到自己的脚步声？

简轻语怔怔地在假山一侧停下脚步，不安逐渐席卷全身，心跳快得仿佛要在胸腔炸开。月光被黑云遮掩，花园又暗了几分，侧边的假山处传来令她战栗的气息。

简轻语指尖轻颤，后背出了一层虚汗，咽了下口水后假装什么都不知道，绷着脸尽可能淡定地抬脚。

然而还未等她迈出一步，耳边便传来一阵破风声，下一瞬一柄熟悉的刀鞘便插在了她脚尖前的泥土里，若她方才动作快些，插的恐怕就是她的脚了。

简轻语浑身僵硬地将脚收回，如生锈的门锁一般卡顿地看向假山处。黑云散开，月光重新洒落，假山处的阴影消退，身材颀长的身影暴露在她的视野里。

月光下，他一身暗红锦袍，袍子上绣制的是蟒，说是蟒，却长了四爪和鱼鳍，身上还有羽毛覆盖，怪异中透出凶悍和狰狞。锦袍袖口偏窄，被三寸长的黑色护腕扣住，为锦袍增添一分利落。

袍子上的绣纹是金线所织，护腕上装饰用的圆珠是南海观音石，就连腰间的玉带用的都是千年古玉，他身上的每一样东西都极为嚣张肆意，一如简轻语先前远远见过的那群锦衣卫……不对，比起那些人，他要更矜持、更内敛，同时也更强势。却意外符合他的气质，仿佛他生来就该权势滔天，动动手指便索人性命，而非为了几个辛苦钱，守着一箱货物从漠北到京都的镖局少主。对上他冷峻的目光，简轻语越来越紧张，同时竟然还有心情想些有的没的。

花园中寂静无声，整个宁昌侯府都像睡着了，简轻语不知道父亲他们如何了，只能故作镇定地朝陆远走了两步。

月光下，她假装没听到自己充斥耳膜的心跳声，一脸无辜地看向他："你是谁？为何会在我家花园里？"

问完，花园更加安静，好像风都不会吹了。

演得……不像吗？简轻语咽了下口水，看到他的眼眸仿佛结了冰一般，果断福了福身："告辞。"

说完转身就走，只是还未走出两步，就听到背后传来一道冷森森的声音："过来。"

与他朝夕相处一个多月，简轻语对他还算了解，比如他每次用这种语气说话时，翌日她常常会下不来床。

但这次好像不是下不下得了床的问题，简轻语浑身发僵地转身看向他，不由得打了个寒战。

是会不会死的问题。

第四章　证明

从石板路到假山前，只有短短五尺的距离，简轻语却磨磨蹭蹭走了半天。陆远也不着急，只是面无表情地盯着她。出鞘的绣春刀被他单手握在手中，冷刃在月光下反射出幽幽的光，仿佛形成实质的血腥味。

简轻语瞄到锋利的刀刃时，心想待会儿他是不是就要用这把刀把她脑袋砍下来了，还是说会像那群锦衣卫说的一样，用更残忍的手段折磨她。

她晕晕乎乎地想了许多，越想步子就越慢，当快要走不动时，猝不及防对上了他的视线，她惊了一下急忙加快脚步，最后在离他两步远的地方停了下来。

"和、和外男说话是不合规矩的，你叫我过来做什么？"没到最后一步，简轻语还在坚强地装失忆。

"外男。"陆远不带什么情绪地重复一遍，古井无波的长眸中闪过一丝嘲讽。

简轻语一看他的表情暗道"糟糕"，当即扭头就要跑，然而没等抬脚，便被拎住了后脖颈，往后一扯按在了假山壁上。

后背被粗糙的山壁硌到，立刻传来一阵闷闷的疼，她还来不及有所反应，下颌便被修长的手指捏住了，他没有用力，却足以将她锁住。简轻语再克制不住情绪，一脸惊恐地看向他。

"外男，原来在喃喃眼中，我是外男。"他尾音轻卷，透着一分亲昵，仿佛在与自己失散许久的宠物说话。

简轻语却听得腿肚子直哆嗦。

话都说到这个份儿上了，很显然他不信自己拙劣的谎言，稍微识趣一点，这个时候就该抱着大腿痛哭忏悔了。

但简轻语没有。

因为她已经被脑补的一百八十种折磨手段吓傻了，面对陆远的问题，她几乎没有过脑子地回答："我不是喃喃，你认错人了。"

话音未落，就感觉面前的男人气息一沉，她的心一颤，急忙想要解释，只是话还未说出口，眼前的男人竟然轻笑一声，天生带着疏离感的英俊脸庞，在唇角勾起后突然少了一分冷峻，多了一丝叫人心慌的邪气。

简轻语看着他勾起的唇角，以及毫无笑意的长眸，心想她大概是真的活不成了。

正当她思考是垂死挣扎一下还是慷慨赴死时，他的指尖突然放开了她的下颔，然而还未等她松一口气，指尖便一路往下。微凉的指尖在脖颈滑过，引起她阵阵颤抖，她躲无可躲，只能难以忍受地咬住下唇。

指尖抚过她脆弱的喉咙，缓缓游走到衣领交叠处，最后落在了她腰间的衣带上，仿佛一只野兽，在慢吞吞地巡视领地。当意识到他手指一勾去解衣带时，简轻语惊慌地抓住了他的手。

她比陆远低了一头多，手掌大小也悬殊，两只手一起才堪堪抓紧陆远的手，手心温度相贴，陆远停下了动作，看着他手背上那条歪七扭八的伤疤，简轻语僵住的脑子逐渐开始转动。

"这、这里是侯府，我是侯府大小姐，即便你手眼通天，也、也不能这么做。"她白着一张脸威胁，威胁完却有些后悔了。

人家可是锦衣卫指挥使，皇亲国戚都不放在眼里，一个小小的侯府又算得了什么，她这般说也只是徒劳无功，除了激怒他没有任何作用。

然而陆远却放开了她。

当带着薄茧的手从她两只手中抽离，简轻语微微愣了一下，似乎没想到他会突然变得这么好说话。

沉默在黑夜中蔓延，黑云再次遮住了月光，即便近在咫尺，简轻语也看不清陆远的脸，只能勉强看清他的轮廓。

黑暗中，陆远才缓缓开口："你说你不是喃喃。"

简轻语："……"这话她没法回答，说不是，等于继续惹恼他，说是，就等于承认她方才是在撒谎。

正当她陷入纠结时，陆远没什么情绪地说了句："证明给我看。"

简轻语愣了一下，有些不明白他的意思："……怎么证明？"

陆远静了片刻："喃喃小腹有一块胎记，你若不是，就没有。"

胡说，她身上哪有什么胎记，难道他找过的女人太多记岔了？简轻语刚要否认，突然升起一股不好的预感。

"证明给我看。"陆远言简意赅。

简轻语："……"

陆远说完，四周瞬间死寂一片，不知过了多久，月亮从黑云中探出头来，他清冷的眉眼再次出现在她眼中。

或许是简轻语沉默太久，陆远垂下眼眸与她对视时，目光更凉了一分："要我帮你？"

"不……"简轻语虚弱地捂住领口，猫儿一样小声拒绝。

她小心翼翼地看着陆远锦袍上的狰狞绣样，半晌突然试探："若我身上没有胎记，是不是就代表我并非你说的那个人？"

陆远若有所思地看着她。

"……那如果我不是，你是不是就放过我了？"简轻语大着胆子将想问的问了出来。

这男人胡诌她身上有胎记，无非是要逼她宽衣解带折辱她，眼下看情况，她是怎么也躲不过去了，不如化被动为主动反将他一军，虽然胜算不大……

"嗯。"

简轻语还在思索对策，听到他应了一声后先是一愣，半晌才明白他的意思，当即不可置信地看向他："你说的是真的？"

陆远没有再说话，但眼神却回答了她。

事情解决得未免太容易了些，简轻语心底冒出一丝狂喜，但碍于陆远还在，很好地掩饰了过去，只是低下头慢吞吞地去解衣带。

当着陆远的面宽衣解带这种事，她已经做过许多次了，其中好几次都是这样的幕天席地，所以虽然有些难堪，但也不是不能忍受。

简轻语脑子里想些有的没的，衣衫一层层解开，先是半衫、外衣，再是中衣，最后只剩下一件小衣系在脖子上，红色的绳子衬得肤色越发白皙，在月光下美得触目惊心。

简轻语局促地贴紧假山，飞快地撩起小衣一角又放下，瞄了陆远一眼后低下头："你看到了吧，我没有胎记。"

陆远看向她绣了荷花的小衣，狭长的眼眸染上一层暗色。简轻语迟迟没等到他的回应，忍不住抬头看向他。

陆远神色冷淡地垂下眼眸："脱。"

简轻语愣了一下，意识到光是掀起一角是不够的，脸颊上顿时染了一层薄红。她深吸一口气，咬着牙低声问："你说话算话？"

"脱。"

简轻语："……"

她咬着下唇幽幽看了他一眼，小鹿一般的眼眸在月光下仿佛多了一层水光，仿佛受了多大委屈一般。

但陆远这次没有像以前一样饶过她，只是一脸淡漠地与她对视。半晌，简轻语清楚地认识到，这人已经不像以前那样好骗了，不由得心里幽幽叹了声气，最后颤着手指抚向后颈，解开了小衣上的细绳。

绳子一散，柔软的布料便往下垂落，简轻语急忙扶住，停顿了半天才有勇气松手，然而还没等松开，花园入口突然传来一阵急促的脚步声——

"怎么回事，人都跑去哪里了，不知道云台阁那边酒没有了吗?!"宁昌侯一边怒斥，一边大步朝假山的方向走。

简轻语听见父亲的声音后心一慌，猛地看向陆远，看到他幽深的眼眸后愣了愣，突然反应过来父亲会这个时候来花园，绝不是巧合这么简单。

……难怪他敢许诺只要证明没有胎记，便会放过她，合着是一早就笃定，她不敢当着亲爹的面证明，即便她真这么做了，待宁昌侯看到这一幕，为了侯府名声，怕也是会将她送进他的府邸。

不管她怎么选，他都达到了羞辱她的目的。

又一次认识了这男人的手段，简轻语再不敢侥幸，一只手拢着衣裳，一只手匆匆抓住了陆远的手腕，红着眼角可怜地哀求："培之，喃喃知道错了，你饶过我……"

这次说的是饶过，而不是放过。

脚步声还在逼近，陆远伸手将她鬓边碎发别至耳后："机会只有这一次，你确定不要？"

"不要，我不要，"脚步声越来越近，已经快到假山了，简轻语攥着陆远的手越来越用力，声音也颤得厉害，"培之，求你……"

话音未落，脚步声便出现在假山处，她惊慌地看向陆远，下一瞬突然被一股大力扯了过去，简轻语一时不察，猛地撞进沁着淡淡檀香的怀中。陆远目光一凛，抱着她闪身躲进假山后。

脚步声停在了他们方才站过的地方，宁昌侯狐疑地四下张望，总觉得刚才好像看到这里有人。不知何时突然起风了，花木被吹得发出簌簌的响声，宁昌侯意识到此处过于安静，顿时心生不安，立刻急匆匆地离开了。

花园再次静了下来，简轻语的脸在陆远怀中埋了半天，才小心翼翼地探出头，确定父亲走远后松一口气，眼眶里蓄的泪一放松便掉了下来。她被自己的眼泪吓了一跳，待陆远松开她后急忙擦了擦，这才睁着湿漉漉的眼眸看向陆远。

经过刚才那一通惊吓，此刻她对上陆远时，疑惑竟然大过恐惧。他特意安排一场好戏，不就是为了羞辱她，为何临到最后却突然改变了主意，难道是心软了？

刚冒出这个想法，简轻语就否定了。他这样的人，怎么可能会为一个骗过自己的女人心软，也许是想到了更有趣的主意，才会临时放过她吧。简轻语不安地将衣裳一件一件穿好，半天才鼓起勇气看向陆远。

他已经许久没说话了，简轻语心里没底，正思考该如何打破沉默，就看到他眼神一冷，沉着声问："脸怎么了？"

简轻语愣了愣，下意识地手抚脸颊，待摸到一些不明显的凸起时，才反应过来自己刚才一擦脸，将脸上的水粉擦掉了。

这么黑的夜，这么浅的疹痕，他竟然也能看得到，简轻语心情微妙，一对上他不悦的眼神瞬间什么都不敢想了，只是老老实实地回答："刚回府时吃了有山药的汤水，就起了很多疹子，不过现在已经大好了。"

"故意的？"陆远声音中透着一分凉意。

简轻语本来没明白他的意思，对上他的视线后急忙摇头："不是，是不小心误食。"

陆远也不知信了没有，只是淡漠地扫了她一眼，还未等说话，天边突然炸开一朵烟花，他眉头蹙起，拿着刀便转身就走。

简轻语茫然一瞬："你不杀我了？"

问完，就看到陆远停了下来，她顿时恨不得给自己一巴掌。

"下次。"陆远回头看了眼她懊悔的表情，留下意味深长的两个字便离开了。

简轻语目送他离开，待他背影彻底消失后跌坐在地上，一脸后怕地捂着心口，好半天才回神——

他说下次是什么意思？

不敢深想，简轻语听到外头逐渐恢复往日的动静后，便提着裙子悄悄跑了出去，看到陆远的刀鞘还在地上插着，顿时神情紧张地四下张望一圈，抱起来便往别院跑。

简轻语跑回别院后，远远就看到英儿倒在地上，她心下一惊，急忙跑过去唤她，好在英儿很快被她摇醒，迷迷糊糊地看向她："大小姐，我怎么睡着了，你什么时候回来的……"

简轻语顿了一下，才意识到她可能是被下药了。

……所以府中其他人也是？

"大小姐？"

"嗯？嗯……"简轻语回神干笑一声，"我早就回来了，天色不早了，你回房去睡吧，我也要歇息了。"

说罢，不给英儿再问下去的机会，便直接跑回屋关上了门。英儿一脸莫名地看着她跑掉，半晌才后知后觉地感到疑惑——

大小姐手里抱的那东西怎么看着有点眼熟？

简轻语回屋后，第一时间将房门反锁，接着又将窗子检查一遍，确定都关紧锁死后，才四肢无力地坐在了软榻上，双眼直勾勾地盯着刀鞘上的飞鱼纹。

她虽刚来京都不久，但也听说过锦衣卫"刀在人在、刀亡人亡"的规矩，绣春刀于锦衣卫而言重于泰山，她不信陆远那般谨慎的人，会轻易把泰山壳子落下。

……总觉得这刀鞘留得有点后患无穷的意思。

白日睡了太久，晚上便有些睡不着，简轻语想了半宿陆远将刀鞘留下的原因，每一种想法的最终指向都是他要变着法弄死自己。因为想了太多种死法，简轻语一直到寅时才脑子乱糟糟地睡去。

她睡后不久，反锁的窗子发出一声轻微的响动，下一瞬一道身影出现在房中。看着她紧紧抱着刀鞘入眠，男人眼眸微动，神情还未来得及缓和，睡熟的某人便在梦里蹙紧了眉头，喃喃地说了句"滚开"。

尽管这二字没头没尾，但男人的眼神还是倏然阴郁，站了许久后一道指风灭了快要燃尽的蜡烛。

简轻语睡得并不踏实，一会儿梦见自己又被卖进青楼，一会儿梦见季阳那小子对她严刑逼供，拿着一把烧红的烙铁逼近，她恐惧地叫他滚开，却无法阻止烙铁落下。

做噩梦的后果就是，只睡了不到两个时辰便醒了。

睁开眼睛后的简轻语头痛欲裂，却有种松了口气的感觉。她抬手想捏捏鼻梁，胳膊却无意间碰触到什么冷硬的东西，低下头一看，是昨日捡来的绣春刀刀鞘。

她："……"竟然抱着睡了一夜，难怪会做噩梦。

想起梦中的场景，简轻语抖了一下，突然后悔把刀鞘捡回来了。她该将刀鞘留在花园的，这样等其他人发现后还给陆远，她也不必担心他会因为刀鞘来找她了。

简轻语连连叹息，正思索要不要重新把刀鞘丢掉时又转念一想，陆远都说了下次来取她性命了，那不管她捡不捡刀鞘，他都是要来的……这么一想，捡回来反而好些，至少不会激怒他。

一想到他随时会来，简轻语更头疼了，苦着一张脸将刀鞘藏到枕头下，这才披上外衣出门。

天刚蒙蒙亮，日头还未出来，空气凉甜凉甜的，极好地安抚了她的头疼。

简轻语在门口站了不久，英儿便叼着包子进院了，看到她后猛地停下脚步，见鬼似的将包子从嘴里解救出来，一脸震惊地问："大小姐，您怎么现在就醒了?!"

"不过是偶尔早起，有这么惊讶?"简轻语失笑。

英儿嘴角抽了抽："不是偶尔早起，是您回府之后，就早起了这么一次。"昨日相亲宴，都没见她起这么早呢!

简轻语哭笑不得，正要问她别的事，但视线不由自主地落在了她的包子上。

英儿见状会错了意，急忙将包子藏到背后，有些不好意思地认错："这是奴婢们的早膳，本不该叫大小姐瞧见，只是没想到大小姐会突然起早……"

"这包子是什么馅的，闻起来好香。"简轻语说完，还认真地嗅了嗅空气，秀气的小鼻子一耸一耸的，像只天真的狗狗。

英儿被她懵懂的样子逗笑，见她看过来后急忙回道："不过是粉条白菜馅加了些猪油渣，都是粗鄙之物，让大小姐见笑了。"

"还有吗？"简轻语从昨日晌午便没吃东西，此刻一闻香喷喷的包子味儿，肚子立刻开始咕噜噜响了。

英儿本想说让厨房为她准备吃食，见她这副模样倒是不舍得拒绝了，回了一声还有，便跑去厨房给她拿包子了。

一刻钟后，简轻语捧着一个跟脸差不多大的包子认真地啃，吃了大半后才抬头问："那群锦衣卫走了吗？"

"回大小姐的话，子时一过便走了，"英儿回答完，犹豫一下又道，"对了，昨夜侯府发生了一件蹊跷事。"

简轻语立刻支棱起耳朵："什么蹊跷事？"

"就是昨日晚膳之后，府内靠近花园的人都昏迷了一段时间，好像是被迷晕的，府内都猜是锦衣卫所为，"英儿扫了一眼周围，压低了声音小声道，"奴婢就说嘛，锦衣卫怎么好好的突然跑来侯府，原来是为了调查侯府，只是不知为何只动了靠近花园的人，难道他们要查的秘密就在花园？"

简轻语："……"不，其实动机没那么复杂，而且你也被药晕了。

看着一本正经分析的英儿，简轻语有苦难言，只是叫她不要胡思乱想。

然而这种事，是不可能不胡思乱想的。

简轻语吃完包子去花园散步时，便看到宁昌侯一脸阴沉地站在假山前，十几个奴仆正四下找什么。

她顿了一下走上前去："父亲。"

宁昌侯看到她后惊讶一瞬："怎么起得这般早？"

……她平日到底起得多晚，以至于早起一次，所有人都这般震惊。简轻语清了清嗓子："睡不着了，便起来了。"

她本来只是随口找个理由，宁昌侯听了却不知想到了什么，皱起眉头宽慰：

"昨日的事只是意外，你别太伤心，等过些时日，为父定会再设宴为你选夫。"

简轻语："……倒也不至于伤心，就是怪害怕的。"

意识到宁昌侯误会自己早起的原因后，简轻语也没有多解释，站到他身侧看向一众忙上忙下的奴仆："父亲可是要找什么东西?"

"嗯。"宁昌侯心不在焉地回答。昨日锦衣卫如此大动干戈，必然是想得到什么，而他最清楚这园子里除了花木什么都没有。

可是以前没有，不代表昨夜之后也没有，他必须亲自检查过才放心。

简轻语知道他这是疑心病犯了，担心锦衣卫在花园藏了什么大逆不道的东西陷害他，她本想劝他不必紧张，但看他现在的状态，显然是听不进去的。

日头渐渐升起，花园里热了起来，简轻语昨夜没睡好，此刻被太阳晒得头晕，只陪宁昌侯站了一会儿便找借口回别院了。

她回到寝房时，屋里两个丫鬟正凑在窗前嘀咕什么，简轻语与英儿对视一眼，英儿当即上前："你们两个不好好干活儿，在那儿说什么闲话呢?!"

丫鬟们被她严厉的声音吓了一跳，看到简轻语回来更是惊慌，其中一个年岁稍长些的忙道："回大小姐，奴婢们没有说闲话，只是奇怪好好的窗闩为何会坏。"

"窗闩?"简轻语蹙眉。

"是，大小姐您看。"丫鬟说着让开一步，将身后的窗子全都暴露出来。

只见窗子依然完善，只是上头用来反锁的木门整齐地断成了两截，像是被什么利器切断的。简轻语分明记得，昨夜自己回房之后，便将门窗都反锁了，那时窗闩分明还是好好的……

"不过是窗闩而已，有什么值得大惊小怪的，我看你们就是想偷懒，还不快下去!"英儿斥了她们两句，扭头就看到简轻语脸色不对，顿时担心起来，"大小姐，您怎么了?"

"……嗯?"简轻语回神，对上她担忧的眼神后勉强一笑，"我没事儿，就是有些累了。"

"大小姐今日起得太早，难免会觉得累，不如再去睡会儿吧，奴婢去门外守着。"英儿关切道。

简轻语还在盯着断成两截的窗闩看，闻言只敷衍地应了一声，待英儿领着丫鬟走后，才蹙着眉头走到窗前。

陆远昨夜来过，她只看一眼便确定了。

她将窗闩捡起，眼底闪过一丝不解，不懂他既然专程来一趟，为何既没有杀她，也没有拿走刀鞘。

难道只是为了留点痕迹吓唬她？

简轻语抿了抿唇，将断了的窗闩放回窗台上。

之后几日，简轻语都睡得不大好，每次闭上眼睛，都忍不住思考陆远为何还不杀她。即便新换的窗闩没有再坏，陆远也没有再来，可依然觉得有一把刀悬在头顶，而这把刀的刀鞘还藏在她的衣柜中。

这种紧张的状态一直持续到十日后的清晨，简轻语半睡半醒间又开始思考陆远的用意，想了半天后突然福至心灵——

陆远不杀她，会不会是因为没看到她留的银票和字条？所以觉得她罪不至死？

这个想法一冒出来，简轻语猛地睁开了眼睛，越想越觉得有可能。

两个月前刚到京都时还是春日，京都春季多风沙，她走时又没来得及关窗，风将银票和字条都吹跑也不是不可能。再说以陆远的性子，若真看到了她留的东西，那日假山见面时要么一刀砍死她，要么当着父亲的面折辱她，哪会留她多活这么久。

……如果真是这样，那一切或许还有回旋的余地。

简轻语脑子里瞬间想出几十种痛哭卖惨求饶的方式，每一种都是她先前在他身上用过的，虽然费力些，但效果似乎都还不错。

她又充满希望了。

英儿一进屋，就看到她精神焕发的模样，当即笑了起来："大小姐醒了正好，侯爷请您去正厅一趟。"

简轻语回神："现在？可知找我什么事儿？"

"奴婢也不知，"英儿也是不解，"正厅平日除了设宴和接待贵客，几乎没用过，也不知侯爷为何会叫您去那边。"

简轻语蹙了蹙眉，想不通干脆就不想了，以最快的速度梳洗更衣后，只身一人往正厅去了，在快到正厅门口时，隐隐听到里头有说话声，她心里咯噔一下，默念千万别是千万别是……然后便看到了一张熟悉的脸，她瞬间僵在了原地。

"傻站在门口做什么，还不快进来，"宁昌侯不轻不重地斥了她一声，这才赔笑着对主位上的人介绍，"小女自幼长在漠北，不懂什么规矩，叫陆大人见笑了。"

说罢，又变脸一样横了简轻语一眼："还不快过来见过陆大人！"

陆远抬起长眸看向她，眼底一片晦暗不明。

还是一样的暗红飞鱼服，一样的锋利绣春刀，只是比起那晚重逢时，飞鱼服上的四爪飞蟒更加狰狞，没了刀鞘的绣春刀也更加寒厉。

简轻语不知他为何突然出现，为何让父亲叫她过来，只是对上他冷峻的眉眼时，忍不住打了个寒战，半晌才僵硬地福身："小女见过陆大人。"

行完礼，就不敢看他了，老老实实地站到了宁昌侯身后。

"陆大人这次来，特意给你带了礼物，你快谢谢陆大人，"宁昌侯说着，将一个镶满珠玉的精致木盒交到简轻语手上，扭头继续奉承陆远，"陆大人也是太客气了，季大人他们愿为侯府座上宾，那是侯府的荣幸，大人何必特意如此破费。"

"扰乱了贵府小姐的相亲宴，自然是要赔礼道歉。"陆远声音清冷，仿佛深冬夜间的寒潭——

冻得简轻语手抖了一下，险些将盒子扔出去。

陆远扫了她一眼，视线落在了她手中的盒子上，宁昌侯相当有眼力见，立刻催促简轻语："这是陆大人的好意，还不快打开看看。"

……总觉得里面不是什么好东西，为什么一定要她现在打开？简轻语扯了一下唇角，越看手中木盒，越觉得像传说中的暴雨梨花针，一打开就一万根针飙出来，直接把她扎成刺猬。

简轻语深吸一口气，一边紧张地开盒，一边默默安慰自己，陆远没看到字条和银票，不会恨她到如斯地步，不至于给她安排个当场暴毙的结局……

还没安慰完，木盒就开了一条小缝，一张百两面值的银票落入她的眼眸。

简轻语："……"她要回漠北，连夜走。

第五章　夜访陆府

看到木盒里的东西后，简轻语整个人都不好了，好不容易熬到陆远离开，她立刻头也不回地冲回别院，英儿一看她回来了，立刻笑着迎上去："大小姐……"

她似乎没听到，一阵风一样扎进寝房。

英儿愣了愣，回过神后急忙跟过去，还没等问发生什么事了，简轻语就打断了她："你快回去收拾行李，咱们今晚就走。"

说着话，她打开衣柜，快速将里头的衣裳一件件取出来折好，再装进地上的木箱里。

英儿一脸茫然："去哪儿？"

"还能去哪儿，当然是回漠北。"简轻语看了她一眼，继续整理衣物，而方才陆远所给的木盒，此刻就被她随意丢在地上。

"现在就走？"英儿看着她着急的模样，眼底的疑惑更深，"莫非侯爷已经答应让先夫人进祖坟了？"

简轻语叠衣裳的手猛地停下。

空气突然沉默，英儿小心翼翼地开口："大小姐，是不是发生什么事了？"

简轻语顿了一下，迟缓地看向衣柜，里头的衣裳被她拿出了不少，原本藏在深处的刀鞘此刻彻底暴露在她的眼前。她方才光想着逃命了，却忘了母亲的遗愿还未完成。

不对，不只是母亲遗愿的事，说不准整个宁昌侯府都会受牵连，退一万步说，即便陆远不牵连宁昌侯府，他如今手眼通天步步为营，她当真能走得了？

"大小姐？"见她一直不说话，英儿愈发心慌了。

简轻语抬头看向她，失焦的眼眸逐渐变得清澈："英儿。"

"大小姐您说。"英儿忙应了一声。

简轻语深吸一口气，半晌缓缓开口："别惊动府里人，去租一辆马车在后门等着，我晚上要出门一趟。"

"您要去哪儿?"英儿担心地问。

简轻语抿了抿唇："别问，照做就是。"

"……是。"英儿欲言又止地看了她一眼，咬着唇出门去了。

寝房里只剩下简轻语一人，她无力地倚着柜门坐在了地上，半晌轻轻叹了声气。既然横竖都是死，她只能主动出击为自己谋一条生路了，想来陆远一直按而不发，就是为了让她自投罗网。

简轻语看向地上的精致木盒，顿时悲从中来。

……造孽啊！她当初千挑万选找了陆远，无非是看中他家在京都无权无势，即便逃走也不怕他闹出什么风波，谁知惹上的竟然是这么一位爷，早知今日，她当初说什么也不会缠着他不放！

简轻语自怜自艾了半天，以至于午膳都用得不香，一直丧到傍晚时分，才打起精神叫英儿烧水沐浴。

英儿听到吩咐顿了顿，小心地提醒："大小姐，再过半个时辰就要用晚膳了，不如用过膳再沐浴吧。"

"就现在，你快些去，莫要误了我的事，"简轻语蛾眉轻蹙，"对了，我没什么胃口，叫他们别送晚膳过来了。"

"那怎么行，您午膳就用得不多，晚膳怎么也要用一些啊。"英儿急忙劝道。

简轻语还是不想吃，但拒绝的话到嘴边，突然想到晚上还有一场硬仗要打，若真饿着肚子，恐怕会影响发挥。

"……那就送一碗冰镇的绿豆汤来吧。"她斟酌道。

英儿松一口气，笑着答应了。

别院有专门的炉灶用来烧水，不多会儿英儿便将热水烧好了，两个粗使丫头一前一后地进了寝房，不断往浴桶中添水。简轻语贪凉，特意站在旁边提醒多倒凉水，等到浴桶里的水变得温凉，她才满意地叫人退下。

夏日闷热，坐着不动都要出一身薄汗，简轻语褪下衣衫进入水中，泛凉的水没过白皙的肌肤时，她舒服得轻哼一声，紧绷了一天的心绪总算松快了些。

一直泡到水变得冰凉，她才懒洋洋地从浴桶里出来，擦拭晾干换上里衣，一步步做得有条不紊，等到在梳妆台前坐下时，外头的天儿才刚刚黑。

梳妆镜中的自己肤色很白，五官生得恰到好处，多一分嫌多，少一分嫌少，似乎不作装扮才是最好的。简轻语打量了半晌，最后只擦了点唇脂，又用食指指腹沾了点胭脂，擦在了无害温柔的眼尾下。

因为泛了红，原本小鹿一般的眼眸顿时可怜了起来，简轻语打量半天还算满意，便叫英儿进来为她梳头。

早就等在门外的英儿立刻走了进来，将手里的绿豆汤放在桌子上后，一扭头就看到了她的眼睛，当即就愣住了："大小姐怎么哭了？"

"没哭，涂了点胭脂，"简轻语看着镜子浅笑，"马车可准备好了？"

"……已经准备好了，大小姐要去哪儿，奴婢陪您去吧。"英儿一边说，一边拿了梳子为她梳头。

简轻语微微摇头："你留下，莫要被人发现我出去了，我今晚……或许不会回来。"

英儿猛地停下，睁大眼睛看向她："那怎么行，大小姐您只身一人，怎可在外头过夜！若是传出去，怕是会有碍声名。"

"此事只有你知我知，你不说，自然不会传出去。"简轻语在镜中对她眨了一下眼。

英儿着急："奴婢自然是不会说的，可您一个人出门，奴婢实在不放心……"

"好了，此事就这么定了，你动作快些，只梳个最简单的式样便好，也不必戴太多珠花装饰。"简轻语难得如此坚定。

英儿见状不敢再劝，只好忧心忡忡地为她梳头。

简单的发式很快便梳好了，简轻语看了一下，比起相亲宴那日多了分稳重，倒也还算合适。她满意地点点头，去衣柜前斟酌许久，最后选了件暗红色衣裙。

换上衣裙后，她本就精致的五官被衬得越发大气，皮肤更是如雪一般白皙，英儿眼底闪过一丝惊艳，但惊艳之后，便是浓郁的担心。

"大、大小姐，您确定要这样出门吗？"英儿的担心掩盖不住，"虽说京都治安极好，可您这样也未免太……"招人惦记了些。

简轻语安抚地拍了拍她的胳膊："放心吧，不会有事的。"

说罢，她便扭头将桌上的冰镇绿豆汤一饮而尽，不知是因为喝得太急，还是因为泡了太久冷水，一碗汤下肚后，小腹突然有些发坠。

她没有多想，简单用面纱蒙了脸，将地上的木盒捡起后，又将刀鞘从衣柜里取出来，抱在怀里用宽袖遮住，如临大敌地绷起脸："走吧，送我到后门。"

"……是。"英儿应了一声，便低眉顺眼地跟着简轻语往后门去了。

此时夜色已深，路上没什么人，主仆二人很顺利地往后门走。英儿跟在简轻语身后，好几次想看清她怀里抱的是什么，但因为天色太暗，怎么也看不清。

很快到了后门，英儿将简轻语扶上马车，再三叮嘱要小心后才放下车帘。车帘放下的瞬间，简轻语怀里的东西露了出来，英儿猛地睁大眼睛，等马车走远后才开始震惊——

方才大小姐怀里那东西……是绣春刀的鞘吧？

还未到宵禁时间，街上就已经没什么人了，马车畅通无阻地跑在青石板路上，车轮碾过石缝发出"吱吱"的声响。

简轻语抱着刀鞘看着马车外，马蹄声仿佛踏在她心上一般，咯噔咯噔的叫她心慌。今日去这一遭，希望能得到个好结果，也希望明日一早她能活着回侯府。

想到陆远冷峻的眉眼，简轻语叹了声气，只觉得希望渺茫。

没了行人阻碍，马车跑得很快，只是在快到目的地时突然停了下来。

"……这位小姐，前面不远便是陆府了，小的实在害怕惊扰贵人，还请您辛苦几步，自己走过去吧。"车夫讪讪开口。

简轻语嘴角抽了一下，撩开车帘发现还隔着上百米，但看车夫一脸紧张，到底不好为难他，应了一声便下车了。车夫连连道谢，待她一站稳立刻拉起缰绳就跑了。

马蹄声逐渐远去，长长的一条路只剩下她一个人，远处的府邸大门威严，上头挂的两盏红灯笼血一样鲜艳，四下里寂静无声，仿佛连风都不敢大声。

简轻语盯着大门看了许久，最后表情凝重地朝前走去。一步两步，仿佛在走她的轮回之路，越走越叫人想逃。

但她最终还是忍住了，绷着脸走到了大门前。

"……敲门吧，与其被动等死，不如搏一搏。"简轻语小声嘀咕几句，最后艰难地抓住了门环，只是还未等扣响，里头便传来了说话声，她心里一激灵，下意识地躲到了拐角黑暗处。

沉重的大门打开，发出了吱呀一声长响，两个小厮从里头出来，待将门重新关上后朝外走去，一边走一边低声说话——

"大人今日当值，怕是到子时才回来，眼看着要下雨了，你待会儿记得驾马车去接他。"

"不是有车夫嘛，何必叫我再跑一趟。"

"不知好歹，这是叫你在大人面前露脸呢！你知不知道……"

脚步声远去，声音也跟着远去。简轻语伸着脑袋看了看，见人已经走没影儿了，这才重新回到大门口。

陆远子时才回来……简轻语思索一瞬，决定暂时还是不要敲门了。

夜太漫长，初夏的天气转瞬即变，突然就淅沥沥地下起雨来，简轻语躲到屋檐下，看着雨水顺着房瓦往下滴，最后汇聚成一个又一个的小水坑。

雨没有停歇的意思，身上的衣裳仿佛都因此变潮了，简轻语抖了一下，倚着门坐在地上，抱紧了刀鞘试图取暖，然而刀鞘也是冷的，抱在怀里冰得人心发慌，小腹也跟着隐隐作痛。

就在这样浑身不舒服的情况下，她竟也不知不觉地睡着了。

雨越发大，空气变得更凉，简轻语将自己缩得更紧，抱着刀鞘睡得香甜，就连由远及近的马蹄声都没吵醒她。

"大人，门口似乎有个姑娘，还抱了个……刀鞘?"车夫将马车停下后迟疑开口，看着小姑娘怀中露出的刀鞘一角，怎么看怎么觉得眼熟。

马车里静了一瞬，修长的手指将车帘撩起，疏离冷峻的长眸看向小小的一团，眼底一道暗光流转。

一阵凉风吹过，简轻语将自己缩得更紧时下巴磕到了刀鞘，轻哼一声后不情愿地睁开了眼睛。

然后便看到一双描金云纹金锦靴。

简轻语顿了一下，迷茫地顺着锦靴往上看，视线滑过长腿、劲腰和喉结，最后停在了一张英俊清疏的脸上。她还未完全醒神，一双眸子仿佛下过雨的空气一般湿漉漉的，迷茫地和对方对视。

陆远一只手随意搭在腰间刀柄上，居高临下地与她对视。

又一阵凉风吹过，简轻语的肩膀颤了一下，他眸色清冷幽暗，叫人看不出情绪："还不起来？"

只一瞬间，简轻语彻底清醒了，倏地一下从地上弹了起来，结果因为起得太猛眼前一黑，直直撞进了陆远怀里。

站在台阶下的陆府车夫见状后背一紧，有些不忍心看接下来发生的事，要知道先前也不是没有过这样投怀送抱的，每次都来不及近他家大人的身，就被直接丢了出去，不仅进不了陆府的门，还落个不好听的名声。

如今这世道，女子若没有个好名声，怕是这辈子都毁了。车夫心里叹息一声，正为这个小姑娘可惜，就听到他家大人开口了——

"站好。"

看吧，他家大人要开始训人了。车夫同情地看向慌张站稳的简轻语。

"我、我不是故意的。"简轻语紧张地解释。

车夫：这解释太过苍白，我家大人肯定要发火了，恐怕这次不只抓起来扭送回家这么简单，少不得要用些刑罚……

"进来。"陆远冷淡地扫了简轻语一眼，抬脚迈进了陆府的门槛。

车夫："？"

简轻语在车夫茫然的目光中抱紧了刀鞘，一脸沉重地跟了进去。

她不远不近地跟在陆远后面，走过了前院中庭和花园，然后走进一条长长的走廊。不知道他要把她带到哪里去，每走一步不安便增添一分，总觉得下一个拐角处便是他在府中设的私牢。

短短一段距离，简轻语脑补了无数酷刑，以至于当跟着陆远进了屋子后，一时有些反应不过来——

他竟将她带到了寝房里。

简轻语闻到空气中特属于他的松木气息，突然觉得一切可能没她想的那么糟。看到陆远面无表情地在桌前坐下，她沉下心默默将门关上，又将刀鞘放在桌子上，轻车熟路地拿起桌上的茶壶为他倒一杯清茶。

陆远面无表情地任由她忙活，修长的手指在桌子上有一下没一下地敲着，半晌冷淡地打破沉默："来做什么？"

49

简轻语手一抖，险些将茶泼出来："来、来给大人送刀鞘。"

陆远抬眸看向她："来做什么？"

同样的四个字，同样的没什么起伏的语气，简轻语却听得喉咙发干："来、来见大人……"

"来做什么？"陆远眸色泛凉。

简轻语咬了咬唇，小心翼翼地朝他跪了下去："来向大人道歉，小女当初不慎流落青楼，许多事都是为了自保不得已为之，若是知道您是指挥使大人，小女绝对不会……"

"不会什么？"陆远神色彻底冷峻。

当然是不会选你做冤大头，要另找一个没什么背景的，不过陆远的表情提醒她，只要敢这么说，能让她当场暴毙，所以想了想还是咽下去了。

简轻语抿了抿发干的嘴唇，双睫盈泪楚楚可怜地看向他："绝对不会临走之际，跟大人开那样不入流的玩笑。"

"玩笑，"陆远重复她这两个字，唇角勾起嘲讽的弧度，"你倒是聪明。"轻描淡写地将挑衅解释成玩笑。

"真、真的只是玩笑，小女留下银票，并非是、是为了羞辱大人，只是心中感念大人恩德，想给大人留一笔路费，"简轻语这会儿强行解释，多少都有点儿心虚，因此声音越来越小，"毕竟小女那时还不知道大人身份，只想着能贴补大人一点儿是一点儿……"

嗯，这么一说，就显得她知恩图报多了。

陆远垂眸看向她可怜巴巴的眼眸，半晌若有所思地开口："这么说来，我还应当谢谢你？"

"……小女不敢。"

简轻语小心翼翼道，见他心情尚可，试探地伸手扶住了他的膝盖，陆远不带情绪地看向她，她抖了一下，但也没有移开小手。

寝房里倏然静了下来，简轻语仰着头与他对视，眼角的胭脂泛红，看起来好像哭过一般，陆远敲桌子的手指不知不觉中停下，看向她的眼神也不似最初时冷酷。

气氛似乎有些许缓和，简轻语大着胆子开口："大人，小女真的知道错了，大

50

人可否看在小女也是被逼无奈的份儿上，饶过小女这次，小女这段日子攒了些首饰和银票，虽然不多，可也是一片心意，只希望能弥补大人的一些损失……"

她说话的时候一直在观察陆远的神色，当提到首饰和银票时，他的表情越来越冷，她声音不由自主地小了下去。

陆远眼神幽深地看着静下来的简轻语，抬手便捏住了她的下颌："说下去，弥补损失之后呢？"

简轻语心头一颤，下意识便想转移话题，但一想到此事一日不解决，便一日如刀剑悬于头顶，只能咬着牙开口："大人救小女于危难之中，小女心怀感激，恨不能以身相许，只可惜小女虽初到京都……"

"再'小女小女'地自称，这舌头就可以割了。"陆远淡漠打断。

简轻语浑身一抖，好一会儿才艰难地继续说道："……我、我虽然刚来京都，但也听说过圣上不喜锦衣卫与世家贵族有牵扯之事，大人又是锦衣卫指挥使，若我执意跟着大人，只怕会给大人带来麻烦。"

"所以。"

"……所以只能与大人一刀两断，自此分道扬镳，如此才能保大人锦绣前程，"简轻语说完怕他不悦，又急忙找补，"分开也是无奈之举，我虽不情愿，可为了大人考虑，也只能如此了，还望大人成全。"

她说完便屏住呼吸，紧张地等待他的决定。

陆远平静地与她对视，古井不波的眼眸晴雨难辨，叫人无法猜透他的情绪。

半晌，他松开了简轻语的下颌，端起热茶轻抿一口，这才不疾不徐地开口："若你真想以身相许，倒也不难。"

说罢他将茶杯放下，杯底和木桌相触，发出一声不轻不重的响声，"只要宁昌侯被贬为庶民，便不算与世家贵族牵扯不清了。"

简轻语闻言颤了一下。

她在提到圣上时，便是在赌他会不会受要挟，若是受了，便是最好，若是反过来要挟她……便说明她这一计是行不通的，只能不破不立。

简轻语掐住手心，鼓起勇气干脆就与他挑明了："大人位高权重，想要什么样的女子要不到？何必如此威胁我一个弱女子，我是骗过大人不假，大人何尝不是一句实话都未尝与我说过，求求大人放我一条生路，放宁昌侯府一条

51

生路。"

说着说着，当真就委屈起来，眼泪便断线珠子一样往下掉，倒是真心实意地可怜起来了。

陆远面无表情地与她对视，久久都不表态，简轻语心中渐渐绝望，正觉得自己今晚别想活着离开时，突然听到他说了一句："我姓陆名远，字培之，以表字走江湖，算不得欺骗。"

简轻语："?"

她一时没明白陆远想说什么，因此出现一瞬的呆滞，等意识到他在回应自己那句"大人何尝不是一句实话都未尝与我说过"时，又隐隐觉得无语。

僵持半天，她小声道："我小名确实叫喃喃，是母亲所取，从小到大只有她和您这般叫。"

陆远眼眸微动。

简轻语偷偷瞄了他一眼，不小心与他对视后又飞速低下头，擦了擦眼泪又重新抬头，可怜兮兮地与他撒娇："大人……培之，喃喃此生不求富贵荣宠，只想平平淡淡，求您放过喃喃吧。"

装可怜不好用，只能试试要赖了，这招最大的特点就是，不成功，便成仁，没什么中间的可能性。

她说完便噙着眼泪与陆远对视，无声地哀求他放过自己，明明胭脂已经掉得差不多了，可眼角却越发通红。

陆远盯着她看了片刻，突然抬手去触她的眼睛，简轻语下意识要躲，却在最后关头强行停了下来。她的闪躲落入陆远眼中，陆远唇角勾起嘲讽的弧度。

"你当初要我带你走，也是这般求我。"他不带感情地说了一句。

简轻语后背起了一层冷汗，跪在地上半点都不敢动。

"但那时比如今要诚心。"陆远慢条斯理地倒了杯茶，不再给她半个眼神。

简轻语愣了一下，突然听出了他的话外之意，她咽了下口水，盯着喝茶的他看了半晌，才试探地用小手扶他的膝盖："多谢大人，若大人不嫌弃，喃喃想最后伺候大人一次，还望大人成全。"

陆远放下茶盏，平静地看向她。简轻语乖顺地扶着他的膝盖，直起腰身去吻他的唇。

这个吻极为费力，只因她还跪在地上，陆远又生得高大，她要拼命昂头才能够到他，只亲了一会儿便累了，然而陆远却没有像以前一样直接将她从地上捞起来，而是任由她在自己的唇边辗转。

简轻语越亲心里越没底，甚至有些怀疑自己是会错了意，陆远方才提起诚心不诚心，并非是要放过她，也不是要她如那日一般献上自己。

……所以要停下吗？不停的话，她也不知该如何进行下一步了啊，毕竟往常都是由他主导，她只需配合便好。简轻语犹豫不定，最后求助似的唤了他一声："培之，你帮帮我。"

她的声音比起平时更加柔软勾人，又酥又软，叫人提不起精神拒绝。

然而陆远却不为所动，只是撩起眼皮看了她一眼："帮不了。"

"……为什么？"

"我活儿不好。"

简轻语："……"这人一直没提那张字条，她还以为他忘了，合着是在这儿等着呢？

第六章　故意的

简轻语被陆远一句"我活儿不好"，吓得肚子好像都开始疼了，干笑一声转移话题："大人还渴吗？喃喃再给您倒杯水。"

说罢，抬手便要去拿茶壶，结果还未碰到，就被陆远握住了手腕，简轻语顿时欲哭无泪："大人……"

"不渴。"陆远扫了她一眼，放开了她的手腕。

简轻语摸了摸他握过的地方，谨慎地观察他的表情，确定他没有动怒之后，才小心翼翼地伸手攀上他的脖颈，借着他的力量从地上爬了起来。

虽然没跪多久，但起身时还是双膝一软，好在她及时跨坐在了陆远的腿上，这才没有磕回地上。

"……喃喃知道错了，日后再也不敢跟您开这种玩笑了，您大人不记小人过，就饶了我这次吧。"简轻语乖顺地讨好，有一下没一下地亲他的鼻尖，末了小声说一句，"大人是喃喃心里最厉害的男人。"

虽然陆远在床上独断专行不温柔，但鉴于她长这么大就跟过这么一个男人，所以她这句倒也不算撒谎，因此说得格外真诚。

陆远眼眸微深，抬起手指捏住她的下颔。

"大人。"简轻语又软绵绵地唤了他一声。

指尖下滑，她的喉咙在他指下轻颤，却依然乖顺地等着，手指继续向下，落在细腰上勾开了衣带。衣衫散开，简轻语脸颊泛红，却还是主动去亲他的唇角，亲着亲着，肚子突然一阵坠痛，接着便是一股暖流。

简轻语直接愣住了。

"继续。"陆远哑声催促。

简轻语茫然地看向他，半晌干笑一声，有些不知该如何解释……毕竟连她自己都觉得太巧了，巧得好像故意的一般。

陆远看着她尴尬的笑，想到什么后眯起长眸："故意的?"

果然……简轻语急忙要解释，只是还未开口，小腹就一阵钻心的痛，脸色瞬间就苍白了："不、不是故意的，我时常不准，大人也是知道的……"

说着话，身上就出了一层虚汗，暖流似乎也在扩大，她闷哼一声，下意识地将额头抵在陆远肩膀上，身体蜷在一起试图减轻疼痛："真的不是故意的。"

癸水这东西，提前或推迟几天都是正常，她今日来时也没什么感觉，以为还要再过两日，谁知道怎么这么巧，偏偏在今日、在此刻来了。

听着她猫儿一样的声音，陆远眼神微冷："为何这么疼?"

"……我以为要过几日才有，所以没怎么注意，来之前用了冷水沐浴，还喝了一碗冰镇绿豆汤。"简轻语有气无力，察觉到陆远身形微动后忙哀求，"大人别动，让我缓缓。"

正要起身的陆远顿时不动了。

小腹仿佛有把匕首在搅，简轻语缩在他怀里缓了许久，疼痛才消了一些。等到没那么疼了，她轻呼一口气，有气无力地坐直了身体，一抬头便对上陆远漆黑的眼眸。

简轻语蓦地心虚，清了清嗓子讨好："虽、虽然不能行房了，可别的喃喃还是能做的。"

说罢，她的一双小手便往下游去，只是在快碰到陆远的腰带时，突然就被扣住了。

"在你眼中，我便是这等急色之人?"陆远的声音透着森冷。

不是吗? 简轻语想起他索求无度的日子，机敏地否认了："不是，是喃喃想伺候大人。"

"不必了。"看着她急于用此事了结二人关系的模样，陆远冷淡地将她推开，起身便往外走去。

"大人!"简轻语急忙唤了他一声。

陆远停下脚步。

"……今日不能伺候大人，大人可还愿意成全喃喃?"简轻语小声问。

她这句话没头没尾，陆远却是明白的，沉默许久之后突然问："当初跟我，

55

只是为了回京?"

"……自然不是，大人丰神俊朗，喃喃亦是动心的。"简轻语讪讪回答。

听着她没有诚意的答案，陆远眼底闪过一丝嘲弄，接着便是无尽的凉："我不喜欢强求。"

"所以……"尽管知道这是答应放过她的意思，她还是想听到他亲口答应。

陆远侧目，声音晦暗冷淡："所以你要走便走，但要想好了，若现在留下，本官看在你服侍还算周到的分儿上，给你一个名分，若走了，将来想回头，便不会再如此容易。"

这还是他们重逢之后，他第一次说这般长的话。简轻语轻颤一下，心想她巴不得跟他划清界限，又怎么可能会后悔。

但想是这么想，说却是不敢说的，只是小心地提到旁的事："宁昌侯府什么都不知道，还望大人不要为难他们。"

见她只字不提后悔的可能，陆远唇角勾起一点弧度，笑意却不达眼底："锦衣卫日后与宁昌侯府不会再有半点瓜葛，亦不会找你麻烦，放心了?"

这话的意思，不仅是答应不会动宁昌侯府，亦是保证知情的季阳、周骑二人也不会报复她，无异于给了她一道免死金牌。简轻语终于放松，感激地跪下道谢："多谢大人。"

陆远回头，正看到她白皙的脖颈，眼底仿佛结了冰霜一般透着寒意。简轻语隐约能感觉到他的寒意，顿时吓得大气都不敢出，直到房门发出一声巨响，她才猛地瘫坐在地上。

解决了，总算解决了，可不知为何，她非但没有事情解决后的轻松感，反而有种莫名的担忧，总觉得此事远远还未结束。

……所以，她现在要走吗?简轻语迟疑地看向紧闭的门，不多会儿小腹又开始坠痛，裙下也有些不爽利。她顿时没力气思考要不要走了，只是有气无力地蹲下捂住肚子。

这一次的疼痛似乎更为汹涌，她呼出一口浊气，迷迷糊糊地想，自己该不会没死在陆远手上，却要死在自己的月事上吧?

正胡思乱想时，门又一次被开启，简轻语艰难抬头，便看到一个丫鬟走了进来，手中还捧着一套藕色衣裙，看样子似乎是全新的。

是陆远为她准备的？简轻语苍白的脸颊浮起点点热意，突然觉得他似乎也没那么不近人情，自己三番两次挑战他的底线，他竟还会如此待她。

"大人吩咐，姑娘若敢脏了他的寝房，他就将你扔出去喂狗。"丫鬟面无表情地警告。

简轻语："……"可能只是口是心非……吧？

刚为陆远找了理由，就看到丫鬟走到香炉前，将里头的沉香熄了取出来，又换上另一块香。点燃之后，新香略带苦涩的刺鼻味道便飘了出来。

简轻语不大喜欢这个味道，略带不解地问："为何换香?"

"沉香一两价值千金，还是街市摊子上卖的散香更适合姑娘。"丫鬟一板一眼地回答。

简轻语："……也是陆大人吩咐的?"

丫鬟沉默地看向她，无声胜有声。

简轻语："……"她刚才是被下蛊了吗，竟然会觉得陆远还不错。

她无语地看着丫鬟离开，然后起身看向放在桌子上的衣裙，半晌轻叹一声。算了算了，陆远不杀她已经是天大的恩赐，就别计较这一两句嘲讽了，只可惜衣裙有了，月事带却没有，也不知今晚要如何度过。

简轻语苦恼地拨了一下新衣，突然注意到夹杂在藕色衣裙中的一抹白，她心头一动，勾着上头的绳子拽了出来。

是一条崭新的月事带。

……陆远为了不让她弄脏寝房，也是煞费苦心啊。有了"陆大人的吩咐"在前，简轻语看到这些东西已经很难动容了。

她扯了一下唇角，在满屋子药一样的刺鼻苦味中简单处理了一下身上的污浊，换上新衣后看向房门，确定今晚要留宿此处后，她在床、软榻和椅子之间犹豫一下，最后还是因为难受得厉害，选择到床上躺下。

当身体接触到柔软的床铺，简轻语舒服得轻哼一声，突然觉得肚子好像没那么疼了。肚子不疼了，陆远也答应放她走，世上的好事好像都被她摊上了，只要仔细别弄脏他的床铺，待明日一早离开便好。

转眼天光大亮。

简轻语醒后，看着床单上的一抹红，沉默了。

柜子里有一样的床单，换上应该就好了，想来陆远公务繁忙，应该不会发现自己床单少了一条……那换下来的这条怎么办？偷走吗？简轻语看着自己藏不了东西的衣裙，迟疑了。

半个时辰后，陆远回到空无一人的寝房，神色冷淡地在床边坐下，淡漠沉郁的模样仿佛周身裹了一层寒冰，透着拒人于千里之外的气息。

尽管门窗大开，但燃了一夜香的寝房还是透着药的苦味，味道浸入屋里每一样物件，无时无刻不提醒他有个小骗子在这里住过。陆远的脸色愈发冷了，突然，余光扫到角落柜桌下一点眼熟的布料，他顿了一下，起身将布料取了出来。

是床单，上头还有一抹血污，血污只有拇指大小，却因床单是素色变得尤为明显。

陆远面无表情地看着这点血污，半晌缓缓吐出一口浊气。

简喃喃，简轻语，很好。

简轻语是坐陆府马车回去的，回去的路上全程都在后悔没将床单带走，而是藏在了一个不知所谓的角落里。

不过她在藏之前仔细查看过了，整个寝房都一尘不染，只有她藏床单的桌子下有一层薄灰，想来是陆府下人们打扫时经常忽略的地方，只要床单安安稳稳地藏上几日，即便日后被下人们找到，想来为了掩饰失职也不敢让陆远知晓，而是直接将床单处理掉。

……前提是陆远别比下人们先发现。

想到陆远说要将她扔出去喂狗的事，简轻语不由自主地哆嗦一下。

"姑娘，宁昌侯府后门到了。"车夫的声音传进马车。

简轻语回神："多谢，你到人少的地方停下便好。"

"是。"

简轻语轻呼一口气，重新将面巾戴上，等马车停稳后才缓步下去，然后从头上拔了支金钗递给车夫。

"使不得使不得，小的也只是奉命行事。"车夫忙道。

简轻语神色微缓："拿着吧，辛苦你跑一趟了。"这可是陆远的人，她怎么敢心安理得地使唤。

车夫还想推拒，但见她坚持，只好接了过来："那就谢谢姑娘了。"

说罢，目送简轻语进去之后才掉头离开，他没敢耽搁，直接回了陆府回话。

"这便是方才那位姑娘赏的金钗。"车夫说着，将金钗双手奉于头顶。

陆远扫了一眼，没什么起伏地说了句："长本事了，我的人也敢贿赂。"

车夫拿不准他是什么意思，一时间紧张起来，还未等开口辩解，就听到上首的人淡淡道："不值钱的东西，收着吧。"

"……多谢大人。"车夫俯身叩首。

简轻语一直到进了别院才有种浑身放松的感觉，铺天盖地的困意随之席卷而来，她睡眼蒙眬地朝跑过来的英儿摆摆手，回到寝房便昏天暗地地睡了起来。

再次醒来时，已经是下午时分，简轻语睁开眼睛便对上一道忧心忡忡的视线。

简轻语："……你是想吓死我吗？"

等待多时的英儿急忙端来一杯温茶，不等送到她手上便着急地问："大小姐身上为什么药味这般浓郁，可是受伤了？"

"没有，是廉价的熏香用多了。"她不提还好，现在一提起，简轻语顿时闻到了身上难闻的味道，在门窗紧闭的屋子里熏了一夜呛人的香，估计这会儿自己都腌入味了。

简轻语眉头紧皱，只顾着嫌弃身上的味道，并未发现英儿表情更加忧虑。英儿想问为何会用到廉价的熏香，可看她表情凝重，便也没敢追问，只是待她喝完后才小心地开口："大小姐这一夜去哪儿了？"

"办了点儿事儿。"简轻语喝完水，顺手将茶杯放在床边的桌子上。

英儿欲言又止地看着她，想说什么又不敢说，一张圆脸憋得通红。简轻语见状失笑："想问什么尽管问就是。"

"……大小姐究竟办了什么事，以至于衣裳都换了？"她还是没忍住，谨而慎之地问了出来，问完似乎又怕自己逾矩，又急忙补充一句，"大小姐若不想说，那不说就是，奴婢只是担心大小姐，绝无他意。"

简轻语安抚地笑笑："我没生气，你别紧张。"

"嗯……"

寝房里静了片刻，简轻语见英儿不敢再开口，想了一下后问："车夫是你雇的，他没告诉你我去了何处？"

"奴婢只是付了钱，并未追问他旁的事儿，"英儿说完顿了顿，"但奴婢昨夜送您时，无意间看到您怀中的物件……可是绣春刀的刀鞘？"

锦衣卫衣饰鲜明又行事乖张高调，整个京都的百姓都见识过，英儿能一眼认出刀鞘也不奇怪。简轻语静了片刻后缓缓点头："没错，是绣春刀的刀鞘，是陆远先前遗失在咱们府中的，我昨日便是去物归原主了。"

英儿闻言缓缓睁大眼睛，半晌才倒抽一口冷气："可是那日相亲宴时……"

简轻语点了点头，英儿的表情便愈发震惊了。

"我先前在回京时与他见过几次，也算是旧相识，但日后不会再有干系了，这件事原本是不打算告诉任何人的，如今告诉你，是不想你为我担心，切记不能外传，知道吗？"简轻语温和道。

英儿怔怔地看看她的脸，又看看她身上崭新的衣裳，也不知脑补了什么，表情从一开始的震惊逐渐变成了心疼和难过，好半天哽咽道："……大小姐放心，奴、奴婢必定会拼死守着这个秘密，不会让任何人知道。"

一看她的表情，简轻语就知道她在想什么，顿时一阵好笑，刚要解释昨晚什么都没发生过，但转念一想昨晚没发生的事，以前却发生过无数次，说起来都是失节，似乎也没什么区别。

这般想着，她便没有再多说，只是噙着笑道："饿了，去给我弄些吃食吧。"

"是，大小姐想吃什么，绿豆汤吗？"英儿忙问。

简轻语一听到"绿豆汤"三个字，便想起昨日疼得要死要活的模样，顿时表情痛苦起来："不吃，我癸水来了，弄些热乎的吃食吧。"

英儿愣了愣："癸水？什么时候的事？"

"昨日夜里来的。"简轻语叹气，不太想回忆当时的尴尬。

英儿顿时睁大眼睛："那您现在岂不是很疼？"她伺候大小姐的时间也不短了，最是了解大小姐的体质，若是癸水到的前两日吃了寒凉之物，那整个癸水期间都会很疼。

听到英儿的话，简轻语顿了一下："昨夜是疼的，但是今早起就不疼了。"

"……真的？"英儿不大相信。

简轻语认真点了点头："真的不疼了。"

"不疼了就好，否则大小姐又要受罪了。"英儿见她精神尚可，不像先前疼时的样子，顿时就放下心来，赶紧去厨房给她弄吃的了。

简轻语目送她从屋里离开，好半天才生出一点疑惑——

为什么不疼了？

简轻语想了半天没想通，干脆就不想了，懒散地滑倒在床上，翻个身继续躺着。

然后就突然觉得空落落的。紧绷的弦突然消失了，放松的同时又有种怅然和不安，那种"事情还没结束"的感觉又涌了出来。

简轻语抿了抿唇，干脆起身往外走去。

已经是黄昏时分，落日将云霞染成绚烂的颜色，不再燥热的风从花间拂过，带来了沁人心脾的味道，也冲淡了简轻语身上苦涩的药味。

简轻语揉揉还算舒适的小腹，直接在院中坐了下来。

英儿很快端着吃食过来了，简轻语本来只是为了转移她的注意，才会叫她去给自己弄吃的，但这会儿闻到饭菜的香味，顿时有了胃口。

几道菜很快被她吃得七七八八，简轻语却舍不得放下筷子，直到吃困了才依依不舍地结束用餐。

"奴婢陪您去园子里走走吧，免得晚上积食。"英儿提议。

简轻语困倦地摇了摇头："不必了，我再回房睡会儿。"

"您白日里已经睡了一天了，还要再睡吗？"英儿有些担忧，"万一晚上睡不着了怎么办？"

简轻语慵懒地起身往寝房走："睡不着了再去园子里走动，这样既不用犯困，也不必积食了。"

英儿："……"她说得好像有道理，可听起来却又感觉哪里不对。

没等她想通，简轻语便已经回屋歇着了，她只能无奈地叹了声气。

事实证明英儿是多虑了，因为简轻语回房刚一歇下便起了高热，昏昏沉沉的怎么叫都叫不醒，根本不存在晚上睡不着的可能。

后半夜时，简轻语隐约听到英儿着急的呼唤，她想安抚一下咋咋呼呼的丫头，但嘴唇只是动了动，便无奈地陷入了更深的梦境。

这场病来得又凶又急，在大夫一日三帖药的作用下才勉强去了高热，但依然低烧不断。简轻语始终处在迷迷糊糊的状态，她知道宁昌侯来过几次，秦怡和简慢声没有出现过，意外的是简震竟然也来过，只是不知跑来做什么，待了不到一刻钟便走了。

简轻语清楚地知道谁来过，却不知道他们都说了什么、做了什么。

这种情况一直持续到某个夜晚，半梦半醒的她仿佛落入一个带着凉意的怀抱，她还烧着，身上一阵一阵地出汗，一接触到凉意，便舒服地闷哼一声，接着就感觉一根手指点在了她的唇上，稍向下用力，便抵开了她的唇齿。

一粒苦涩的药丸被强行喂了进来，简轻语蹙起眉头试图反抗，却昏昏沉沉地失败了。

"一切才刚开始，要快些好起来。"

薄凉的声音响起，简轻语轻颤一下，缩成了更小的一团，紧紧地倚在他怀中。不知这样坚持了多久，意识渐渐变得清晰，许久之后艰难地睁开眼睛。

门窗紧闭，桌上燃着几根蜡烛，英儿趴在床边一顿一顿地打瞌睡，四周静得一根针掉地上都能听见。而她，正一个人躺在床上，而不是倚在谁的怀中。

刚才是在做梦？她眼底闪过一丝疑惑，还未等有所反应，突然痛苦地"唔"了一声——

她方才吃什么了，为什么嘴里这么苦？

第七章　你想得美

简轻语刚发出一点儿声音，英儿就被吵醒了，睁开眼便看到她在大口喝水，愣了愣后急忙提醒："大小姐慢点喝，小心别呛到。"

话音刚落，简轻语便呛到了，扶着床边小桌剧烈咳嗽起来，英儿赶紧一只手扶住她，一只手为她拍背。

一刻钟之后，简轻语坐回床上，有气无力地看向英儿："……有蜜饯吗?"

"有、有的，奴婢这就给您拿。"英儿飞快地跑到外间，拿了碟蜜饯果回来，"奴婢知道大小姐怕苦，特意为您准备了许多蜜饯，就怕您醒了之后觉得嘴苦。"

简轻语道了声谢，便将蜜饯捧了过来，一连吃了七八个，嘴里的苦意才勉强散去。

英儿看着她胃口不错的模样，顿时红了眼眶："您可算是醒了，若再不好，侯爷就要进宫为您求药了。"

"求药?"简轻语疑惑地抬头。

英儿点了点头："宫里有一种秘药，专治您这种反复的起热，只是因为秘药难制，向来是不外传的，只有股肱重臣才能偶得赏赐。"

"这般珍贵的药，父亲一个没立过什么功的侯爵，怕是求也求不到吧，"简轻语勉强扯了一下唇角，"幸好我有所好转，不必难为他丢这个脸面。"

英儿见她语气轻描淡写，顿了顿后小心道："其实侯爷也是关心您的，您昏睡这几日，他几乎日日都来。"

简轻语看着她轻笑一声，不动声色地转移了话题："我的药是哪家大夫开的，为何苦得这般厉害?"

"不会吧? 奴婢给大小姐熬药时，还特意加了些白梨，药味更偏酸一些，应该不会太苦才对啊?"英儿略为不解。

简轻语没有多想："或许是我太怕苦了吧。"

英儿点了点头："那明日我再多加些白梨。"

简轻语好笑地看她一眼，便没有力气再同她说话了。

又一次入睡，先前那种似梦似醒的疲累感消失了，这一夜睡得意外踏实，待到翌日醒来时，脑子也没了先前的昏沉感。简轻语心情不错地伸个懒腰，觉得自己要大好了。

她醒来的事很快传到了宁昌侯那里，还未等她用早膳，宁昌侯便带着大夫来了，她只得先放下筷子，让大夫为她诊脉。

大夫恭敬地把过脉，起身行礼道："大小姐的烧已经退了，再服上三日药便可大好。"

宁昌侯闻言松一口气，连连点头道："那就好那就好，本侯这便叫人随大夫去抓药。"

"侯爷不必麻烦，老夫来时便已经带了药。"大夫说着，从药箱中拿出一个瓷瓶，轻轻放在了桌子上，"先前那些药被老夫炼成了丹药，更方便服用，这里头一共九粒药丸，一日三粒，大小姐记得按时服药。"

简轻语拿起桌上精致的瓷瓶，打开之后一股苦味袭来，她蓦地想起昨晚昏昏沉沉时做的那个梦，脸颊顿时有些发热。

竟然会梦到陆远来喂自己吃药，真是魔怔了。简轻语默默地将药瓶放下，不肯承认自己做过这样荒唐的梦。

送走大夫后，宁昌侯又折了回来："早膳可用过了？"

"回父亲，还没有。"简轻语回答。饭菜就在桌上摆着，她若说用过，恐怕他也不会相信。

宁昌侯点了点头，不自然地笑了笑："我也不曾用过，不如一同用膳吧。"

简轻语眼眸微动，本是想随便找个理由拒绝，但想起英儿说他准备进宫求药的事，犹豫一瞬后点了点头："好。"

宁昌侯见她答应，顿时笑着坐下了，还亲自为她盛了碗汤："近日要多加小心，切莫因为如今好转便大意了，大夫给的药，一定要按时吃完，知道吗？"

"是。"简轻语应了一声，双手接过他盛的汤后，礼尚往来地为他夹了青菜。

父女俩你来我往，场面倒也算温馨，一顿饭用得差不多时，宁昌侯突然道："上次的相亲宴毁了，为父心里一直过意不去，便想着等你好些了再办一场，你觉得如何？"

他这番话说得顺畅，似乎准备多时了。

简轻语顿了一下，温顺地看向他："即便我病成这样，也不忘为我的亲事考虑，真是辛苦父亲了。"

她这句话没有一丝不悦，宁昌侯却突然有些难堪，咳了一声后解释道："我也是为你好，早些定下亲事，不仅是为了你的将来考虑，也是为了尽快为你母亲立冢。"

"父亲若真是为了女儿好，不如先为母亲立冢如何？"简轻语轻笑，"万一女儿没挺过来，至少以未嫁之身葬入祖坟时，还能有母亲做伴。"

"胡说！你如今已经好了，怎可说这种晦气话！"宁昌侯刚要发火，对上她清瘦的脸颊后又忍下了，"大夫都说你已经好转，你就不要胡思乱想了。"

说罢，便转身离去了。

简轻语目送他离开，眼底突然泛起一丝凉意。

"……大小姐？"英儿担忧地唤了她一声。

简轻语回神："我没事，把药给我。"方才那话只是为了让父亲立冢，她可从未动过轻生的念头，既然来到这世上，她总得好好活上一番才行。

简轻语从瓷瓶中取出一粒药服下，吃完顿时苦得五官都皱在了一起，若不是英儿手疾眼快地往她嘴里塞了蜜饯，她恨不得当场把药吐出来。

"……好苦，还要吃几次才行？"

"回大小姐，至少要八次呢。"

简轻语顿时头都大了，觉得人世间其实也没什么可留恋的。

没有什么比"病来如山倒，病去如抽丝"更适合形容简轻语如今的状况了，好在大夫的药丸效果极好，服用一次便有一次的增益，待九粒药都吃完后，简轻语也彻底好了起来。

英儿见药效这般好，便又去找了大夫，想着多开两天的药巩固一下，但大夫含含糊糊没有开，这事儿也只能作罢了。

病过一场，许多事都恍若隔世，待到宁昌侯又提起相亲宴的事宜时，简轻语惊觉自己已经许久没想过陆远了。

距上次见面算起来也有小半个月了，他一直没来找她算账，应该是没见着那张床单，所以……她真的安全了？

"轻语，轻语！"

简轻语回神，看到宁昌侯皱起的眉头后顿了顿："女儿全凭父亲安排。"

"既然你没意见，那便将宴会定在三日后吧，恰好那时百官休沐，来的人也能多些。"宁昌侯缓缓道。

简轻语抿了抿唇，垂眸应了下来。

从主院离开后，简轻语便心情不愉，索性没有直接回别院，而是独自往园子里走去。

不知不觉已是傍晚，天儿似乎凉快些，她一边散步一边赏花，心情总算是好了些，只可惜一进园子，便看到拄着拐正慢吞吞练走路的简震，她不太想破坏自己的好心情，想了一下后准备换个地方散步。

然而刚一转身，身后便传来简震凉凉的声音："漠北来的野丫头就是不懂规矩，见了人招呼都不打一声就走。"

简轻语扬眉，扭头看向他："听说我病着时，你专程去看过我？"

没想到她会突然提起此事，简震愣了一下，回过神后突然炸毛："你得意什么！我那是因为不想欠你的，你来看我一次，我去看你一次，现在我们扯平了，我以后会继续讨厌你！"

扯平了啊，简轻语扫了他一眼，继续往外走。

然而简震却不打算就这么算了："不懂规矩就是不懂规矩，说走就走，我让你走了吗？"

简轻语再次停下脚步，深吸一口气转过身，径直走到了他面前福了福身："可以了吗？"

"……啥？"简震没反应过来。

"打招呼啊，不是你让我这么做的？"简轻语好脾气地说。

简震没想到她还真对自己行了半礼，一时间竟不知该如何应对了，正要说什么，就听到她耐心提醒："该你了。"

"……什么意思？"

"打招呼啊，我身为姐姐先向你行礼，已经给足了你面子，现在该你了，男子还礼是什么样的，想来不用我教你吧，"简轻语对他眨了一下眼睛，仿佛真心在等他回礼，"记得做标准些，切莫输给我这个漠北来的野丫头。"

同辈之间的半礼，女子是福身屈膝，男子则是双手抱拳俯身，都是极为简单的动作。前提是行礼之人四肢健全，别瘸到需要用拐杖支撑才能站立的地步才行。

简震自然知道她是在为难自己，顿时气得脸都红了："我伤成这样，怎么向你行礼?!"

竟然不是直接赖账，而是试图跟她讲道理，这么一看也是有点儿可爱的。但可爱归可爱，这种小浑蛋若不给些教训，怕是以后会越发变本加厉。

简轻语看了眼四下无人的花园，唇角扬起不怀好意的笑："我可以帮你啊。"

简震升起一股不好的预感："你想干什……"

话没说完，简轻语便一脚踹上了他的拐杖，简震忽然重心不稳，直直栽到了花坛里，还未好全的腿顿时疼得他脸都白了。

简震狼狈地坐在花坛里，疼得脸都快变形了还不忘放狠话："简轻语！你好大的胆子，竟然连我都敢推，信不信我让你在这个家里过不下去?!"

"我好怕哦，那你就试试看吧。"简轻语出了一口恶气，斜他一眼便转身离开了。

"简轻语！你给我站住！站住！"

背后还传来小屁孩的怒吼，但她这次直接无视了，脚步轻快地回了别院。

别院门口，英儿正在着急地张望，看到她回来后眼睛一亮，急忙就迎了上去："大小姐，您去哪儿了啊？我听主院的丫鬟说侯爷要再办相亲宴，您是不是生气……"

话没说完，就注意到简轻语扬起的唇角，剩下的话顿时咽了下去。

刚教训过熊孩子，简轻语原本心情是挺好的，但一听到相亲宴的事，眼底的笑意便散了些："母亲立冢的事已经不能再拖了，早些定下亲事也好，有什么可生气的。"

说罢她想到什么，忍着笑看向英儿："赶紧给我弄些吃食，待会儿父亲说不定又要叫我过去，还不知道要耽搁到什么时候，尽快吃些东西才行。"

"侯爷不是刚找过您吗？为什么又要找您？"英儿不解。

简轻语闻言一笑，神秘地朝她眨了眨眼睛。

英儿更加疑惑，但还是照做了。饭菜送过来后，简轻语赶紧吃了些，刚放下筷子主院的人就来了："大小姐，侯爷请您过去一趟。"

"知道了，我这就去。"简轻语说完，便缓缓站起身来。

英儿顿时目瞪口呆，简轻语安抚地看她一眼，便跟着主院的人走了。

别院是最偏的院子，离主院有一定的距离，简轻语不紧不慢地走在路上，并未跟领路的下人搭话。快到主院时，远远便听到了秦怡的声音——

"我这是造了什么孽啊！就这么一个宝贝儿子，竟然被欺负成这个样子，他亲爹还不肯为他做主，我儿的命实在太惨了……"

"住口！我都已经让人叫轻语过来问话了，你还要我如何？"宁昌侯不耐烦地问。

一听他不高兴了，秦怡嗓门顿时弱了些："我就是想为我儿讨回公道不行吗？"

简轻语啧了一声，抬脚走了进去。

"父亲，"简轻语无视秦怡恨恨的眼神，直接走到宁昌侯面前，"找我有什么事吗？"

宁昌侯板起脸，正要质问，就对上她清澈的眼神，顿了顿后气势突然弱了下来："也没什么大事，就是听说你今日去了园子里？"

"侯爷……"秦怡不满地唤了他一声，被瞪一眼后立刻不敢说话了。

简轻语早有准备，一脸无辜地开口："是啊，去过一趟，还见了震儿。"

听她主动提起简震，秦怡冷哼一声："看，不打自招了吧？"

简轻语一脸不解地看向宁昌侯，似乎不明白秦怡在说什么。

宁昌侯看到她这副模样，心里顿时偏向了她，清了清嗓子实话实说："也没什么，只不过震儿在园子里摔倒了，说……是你推的。"

"我推的？"简轻语失笑，"他真是这么说的？"

"……你别不高兴，父亲知道你不是那种孩子，叫你过来也只是问一下，别太在意。"宁昌侯急忙安慰。

秦怡急了："侯爷！你怎能如此轻信她！"

"我轻信什么了?"宁昌侯瞪眼,"震儿什么德行你又不是不知道,证据、证人一样都没有,他说什么就是什么了?! 要我说他一个黄毛小儿什么都不懂,定是有谁在背后教了他什么,他才会如此不喜自己的姐姐。"

"你这是何意?"听到他意有所指,秦怡顿时急了,"难不成是我教的?"

"那我就不知道了。"宁昌侯冷哼一声。

眼看着他们要吵起来,全身而退的简轻语识趣地离开了。

这一次之后,也不知宁昌侯跟简震说了什么,简震再没有出现在她面前,简轻语落得自在,知道简震在园子练走路,便也没有再去过园子。

日子一天一天地过去,转眼又到了相亲宴前夜。

简轻语这回有了经验,晚上早早便准备歇下。

"大小姐今日歇得可真早,能睡得着吗?"英儿仔细地为她卸下珠钗,避免勒断她的青丝。

简轻语叹了声气:"能不能完成母亲遗愿,就看明日能否定下一门亲事了,今日早些睡,明日才能起早。"先前她已经迟到过一次,若这次再迟到,怕是给人的印象不太好。

听到她这般说,英儿顿时心疼了:"大小姐别只想着先夫人,明日宴席上好好挑一挑,说不定真遇到了喜欢的,既能完成先夫人遗愿,又可以为自己寻一门好亲事,双喜临门多好。"

"喜欢的? 母亲当初倒是遇到了喜欢的,结果呢,那人第二个孩子,也只比我小半岁而已,"简轻语失笑,"与其轻信'喜欢'二字,怀着莫名其妙的憧憬将自己的身家性命托付给别人,不如一个人过得自在。"

英儿张了张嘴想反驳,可又莫名地觉得有道理,憋了半天憋出一句:"可人总是要成亲的呀……"

"那可不一定,"简轻语看着镜子,镜中的她眼眸清澈坚定,"我不是母亲,不会将自己框在规矩之下,做夫妻纲常一辈子的提线木偶。"

英儿怔怔地看着她,只觉这一刻的大小姐叫她移不开眼睛。

卸过珠钗,简单地洗漱一番,简轻语便到床上躺下了,英儿为她放下帘子,隔着透光的布帘道:"奴婢今日去街上时买了安神香,大小姐是否要用一些?"

简轻语想了想:"用吧,不然睡得这么早,或许会睡不着。"

"是。"英儿应了一声，从梳妆台上的瓷瓶中取了一粒香，仔细地放入香炉之中，又将窗子关好，这才退了出去。

寝房内只剩下简轻语一人了，屋里已经灭了烛火，整个屋子又黑又静，她在淡淡的香味中听着窗外蝉鸣，听着听着便犯起困来。

或许是因为强行入睡，她睡得不够踏实，迷迷糊糊中只觉得自己好像被一床厚棉被包裹着一般。棉被不仅厚，还仿佛会发热，燥得她连呼吸都开始不顺畅，想要推开却又睁不开眼睛，好半天也只是不满地闷哼一声，半梦半醒地嘟囔一句："……热。"

说完，周身突然一轻，原本很沉的棉被仿佛突然消失了，她眉间舒展，正待要沉沉睡去，一道冷淡的声音便响了起来——

"你想嫁谁？"

嫁谁？她谁也不想嫁，世上男子都是一样的，图财、图色、图好，总要图些什么，她不稀罕。简轻语一堆想说的话，嘴唇却只是动了动，好半天跟着说了句："嫁人。"

话音刚落，身前便一凉，她终于费力地睁开眼睛，迷迷糊糊中看到自己里衣大开，比巴掌大不了多少的小衣细细地系在脖子上，大片白皙的肌肤暴露在外。

她脑子有些迟缓，垂眸看了许久后才抬起头，正对上一双薄凉的眼睛。

简轻语觉得自己舒服得好像在云端飘着，实在是太不真实，所以看到陆远的脸之后，也难得忘了紧张和惧怕。

"培之……"她低声唤道。

话音未落，下颌被抬起，清冷的声音里多了别的意味："我是谁？"

"培之。"简轻语重复一遍。

陆远坐在床侧，单手撑在另一侧的枕头上，将她整个人都笼罩在自己的气息下："不对。"

简轻语顿了顿，盯着他看了许久，才似懂非懂地重新回答："我男人。"

陆远勾起唇角："还记得？"

简轻语缓慢地眨了一下眼睛，脑子里突然浮现他第一次这样问时的情形。

她那时就因为跟外男多说了两句话，便被他问了这个问题，然而当时没有经验，回答了百十个答案都不是他要的，被翻来覆去折腾许多遍，哭得都说不出话来了，他才慢条斯理地说了这三个字。

那一次之后，"我男人"这个答案就刻在了她骨子里，不管陆远何时问她这个问题，她都会立刻回答，若非今日是梦，也不会答错。

……是啊，她今日答错了。简轻语觉得自己该慌，可偏偏晕乎乎的太舒服，没有力气去慌，只是泪盈于睫地看着他小声商量："我好困，今日就一次好吗？"

陆远的眼神猛地暗了下来："取消明日宴会，先前那些事，我不会再跟你计较。"

怎么连梦里，他都这般自大，简轻语扬起唇角，懒洋洋地笑了起来，黑暗中的眼睛里仿佛有碎光，漂亮得招人疼。

陆远停顿一瞬，似乎想起了什么，突然伸手覆上她的眼睛，寒声道："勾引没用，取消宴会，否则别怪我不留情面。"

眼睛被捂上，就彻底陷入了黑暗，什么都看不到了。简轻语不满地眨了一下眼睛，睫毛在他手心刮过，陆远指尖一颤，略微松开了些。

简轻语两手合起来抓住他的手，轻轻从眼睛上拉了下来，和他对视许久后又甜又乖地笑了笑，不等他表情缓和，便笑眯眯地说了四个字："你想得美。"

第八章　失败的相亲宴

说完"你想得美"之后呢？是不是还发生了些别的？

早上醒来的简轻语坐在床上发呆，努力回忆昨夜那个过于真实的梦，想起什么后突然脸颊一热。她近来真是越发不像话了，竟然会梦到陆远对她……更多梦境碎片被记了起来，她晃了晃脑袋，试图将这些乱七八糟的记忆都驱逐出去。

"大小姐，您醒了吗？"英儿隔着门板高声问。

简轻语回神："醒了。"

答完，便听到她开门的动静，简轻语正要下床，突然身前一凉，原来是里衣上的衣带开了。她叹了声气，刚要将带子系好，突然注意到自己身上的红痕。

红痕如梅花瓣一般大小，或深或浅在白皙的肌肤上开得正盛，而在昨夜之前，她身上并无这些痕迹。简轻语看着一夜之间多出的东西，整个人都僵住了。

陆远占有欲强，床上也向来不体贴，以前跟着他时，她身上几乎日日都会出现新的痕迹，跟如今身上的梅花痕几乎一模一样，而巧合的是，她昨晚也梦见陆远对自己……所以一切都不是梦，陆远来过？

一想到这种可能，简轻语顿时浑身泛凉。

英儿进来时，就看到简轻语呆坐在那里，正要问怎么了，突然注意到她身上的痕迹，当即惊呼一声。

简轻语猛地回神，飞快地将衣衫拢了起来："……给我梳头吧。"

"大小姐，您也被虫子咬了吗？"英儿急忙上前。

简轻语敏锐地抓住重点："也？"

"是呀，昨日院中的花开了，招了许多虫子，好几个丫鬟都被咬了一身红疹，跟您身上的一模一样，"英儿说完暗自愧疚，"都是奴婢不好，奴婢昨晚怕打扰大小姐休息，就只在寝房周围撒了石灰，不承想房中也有虫子，害大小姐被咬成这样……"

"所以我是被虫子咬的？"简轻语半信半疑地打断。

英儿顿了一下，迷茫地反问："不、不然呢？"

"……昨夜院中没来过什么人吧？门窗都反锁了？窗闩有没有断裂？"简轻语一连问了几个问题。

英儿应接不暇，只好先跑去检查窗闩，然后一脸认真地说："回大小姐的话，窗闩好好的，没有断裂。"

"哦……"所以真的只是梦？简轻语蹙起眉头，总觉得哪里不对。

寝房里静了下来，英儿见她若有所思，便没敢上前打扰，直到外头有丫鬟来催，才赶紧请她起身更衣。

简轻语心里还是觉得不对，心不在焉地配合英儿，梳洗打扮的时间比上次几乎长了一倍。

等到全部都收拾好时，已经是辰时了，眼看着又要迟到，主仆二人匆匆出门。

"都怪奴婢不好，给大小姐梳的头发太复杂了些，这才耽误了时辰。"英儿自责地跟在简轻语身后。

简轻语步履匆匆，却还不忘安慰："没事儿，你听府内一点儿动静都没有，想来还没来多少客人，不耽误的。"

"都辰时了，客人至少已经来了一半，没有动静或许只是在屋内饮茶。"英儿还是着急。

简轻语一想也有道理，便走得更加快了些，然而刚走到主院门口，就猛地停了下来。英儿没想到她会突然停下，险些撞到她身上，避开后急忙问："大小姐，怎么了？"

话音未落，她便看到宁昌侯黑着脸坐在院中，秦怡在一旁来回踱步，就差将烦躁不安写在脸上了。而整个院中，除了他们两人，其他的都是侯府的下人。

宾客呢？简轻语蹙了蹙眉，一个人走了进去。

宁昌侯看到她，抿了抿唇道："宾客还没来。"

都这个时辰了，怎么可能一个都还没来？简轻语蹙了蹙眉，不等开口问，就听到秦怡自我安慰道："是不是咱们请帖上写错了时日，他们今日才没来的？"

"不可能，帖子是我亲自写亲自送的，绝不会有错。"宁昌侯想也不想道。

秦怡嘴硬："那就是都有事，临时耽搁了。"

这就更不可能了，怎么会所有人都有事，除非是有人让他们有事。简轻语眼眸微动，手指无意识地攥紧了裙子。

"这次宴请十几家，总不能家家都有事吧？"宁昌侯显然也是这么想的，见秦怡还想说什么，只是不耐烦地打断，"且等着吧，不可能一家都不来。"

然而这一等，就是一个时辰。

日头逐渐升高，正是夏日最热时，简轻语尽管站在树荫下，还是出了一身的汗。一直没露面的简慢声和简震也过来了，无声地陪在主院里，显然也是察觉到了不安。

已经一个时辰了，还是一个宾客都没有，这样的事史无前例，偌大的侯府都笼罩在紧张中，明明天气晴好，却有种风雨欲来的恐慌。

简轻语擦了擦鬓角的汗，轻轻叹了声气："父亲，与其再等下去，不如叫人去探听一番各家不能来的原因。"

"……嗯，我这就叫人去。"宁昌侯无奈起身，叫人进来吩咐几句后，便转身进了厅堂，秦怡见状也赶紧跟了进去。

简轻语目送那人离开，祈祷此事只是意外，切莫与陆远有关。

派出去的人一直到下午才回来，一进门便跪了下来，宁昌侯立刻让所有下人都退下，只留了家人在厅堂，那人这才开口——

"侯爷，昨日礼部几位大人下朝回府时，无意间听见几个锦衣卫提起宁昌侯府，似乎是要查办什么，此事传得极快，不到一日满朝文武便知道了，因为怕被牵连，便都不敢再来府中做客。"

一听是锦衣卫，简震缩了缩脖子，秦怡赶紧将他护在了身后。

那人一字一句地回话，简轻语听得身上一阵一阵地发冷。她今日相亲宴，昨日便有锦衣卫扬言要查办宁昌侯府，这一切怎么可能是巧合，还有她身上的红痕，怎么看都不像被虫子咬的。

陆远到底想做什么？若他不肯放过她，为何当初要答应她，若他想放过，今日种种又是为了什么？

74

简轻语面色苍白，堪堪低下头才没有暴露情绪。

宁昌侯在她右侧坐着，听了下人的话当即大怒："胡闹！昨日晌午本侯还在同圣上下棋，若真要查办宁昌侯府，本侯怎么不知道？定是他们听错了！不来就不来，这般胆小怕事的人家，本侯还不放心将女儿托付给他们！"

"原来是一场误会，那我就放心了。"秦怡猛地松一口气。

"究竟是不是误会，还需确定锦衣卫的话是不是真的，父亲不可掉以轻心。"简慢声冷静劝道。

一听她这么说，秦怡又紧张起来："慢声说得对，侯爷还是要多加小心。"

宁昌侯眉头紧皱："你们说的也有道理，我今日便去见一见陆远，问问究竟是怎么回事儿。"

听到他要去见陆远，简轻语指尖一颤，总算开口说话了："父亲，若圣上真要做什么，您就算去找陆远，怕也是被敷衍回来，不如进宫面圣，若圣上待您如往日一般，那一切谣言便不攻自破。"

不能让父亲见陆远，至少今日不能。

"若圣上真要做什么，侯爷去了宫里，岂不是羊入虎口？"秦怡不高兴地反驳。

简轻语冷静地看向她："若圣上真要做什么，父亲不去宫里就能躲掉了？"

秦怡越发烦躁，还想杠上一句，便被简慢声扯了一下衣角，她顿时不说话了。

"父亲，我也觉得您去宫里更好，锦衣卫那儿，完全可以等进宫之后再去。"简慢声看向宁昌侯，简震在旁边附和地点了点头，依然不敢开口说话。

宁昌侯斟酌片刻，沉重地叹了声气："也好，那我现在就去，免得夜长梦多。"

"好，我这就叫人给您准备朝服。"秦怡说着，便急匆匆跟着他出去了。

厅堂里很快就只剩下姐弟三人，简轻语心事重重地转身离开，走到门口时，听到简震小声问简慢声："是不是还是因为酒楼那事儿，锦衣卫才故意找咱们麻烦？"

简轻语脚下一停，抿了抿唇垂眸离开了。

英儿还在院子里等着，看到她后急忙迎上来，或许察觉到了不同寻常的气氛，她只是低着头福了福身，没有直接问发生了什么。简轻语也无心与她解释，只是快步往别院走，待回去之后将她带进房内，仔细将门反锁了。

"待会儿去给我租辆马车，我今晚要出去一趟。"她面色凝重地吩咐。

英儿并未听到厅堂中的对话，见她又要马车，当即愣了愣："大小姐是要去找……所以今日之事与陆、陆九爷有关？"

简轻语没有回答，但表情无疑承认了一切。

英儿当即捂住心口深吸一口气，好半天慌张道："好好，奴婢这就去给大小姐雇车……"

"等一下，"简轻语拉住她，突然又后悔了，"不，如今事情还未明了，暂时不能去见他。"万一一切只是巧合，她如今送上门，跟羊入虎口有什么区别？

更何况她始终觉得，陆远并非会出尔反尔的人，他说了不会动侯府，应该就不会动侯府，这也是她当初从陆府离开之后，便没有再担心报复的原因。

英儿看简轻语蹙着眉头沉默不语，半晌才小心翼翼地问："还雇马车吗？"

简轻语回神，咬着下唇沉默许久，最后微微摇了摇头。

简轻语到底还是没有出门，事实证明她没去找陆远是正确的，因为傍晚的时候宁昌侯便从宫里回来了，面色轻松地告知阖府，圣上并没有查办宁昌侯府的意思。

这一消息传到简轻语这里，她总算放下心来。

宁昌侯是个闲散侯爷，在朝中领着不高不低的官职，在礼部做些无关紧要的杂事，也正因为如此，圣上还算信任他，时常会召他进宫闲话几句，侯府这么多年比起其他世家，算得上一直都相安无事。

现在知道圣上对他的信任不变，那陆远权势再大，应该也不会真的拿侯府如何。顶多像今日这般散布几句谣言，警告他一下罢了，但谣言总会不攻自破。只要不进一步招惹陆远，他也不会特意费心思除去整个侯府。

简轻语冷静下来，起身朝主院走去。

主院内，宁昌侯已经准备歇息，听说简轻语来后有些疑惑："这个时辰了，她怎么来了？"

"她一个姑娘家能有什么大事儿，侯爷都歇下了，明日再见她吧。"秦怡立刻道。

宁昌侯看了她一眼："罢了，她往常鲜少来寻我，今日这么晚了还特意来一趟，定是有要事相商，我去见她。"

说着话，无视秦怡不高兴的表情，理好衣衫便往外走，一推开门就看到简轻语在院中站着。

"父亲。"简轻语对他福了福身。

宁昌侯走到她面前："找我什么事？"

"女儿是想同父亲说说相亲宴一事，"简轻语看向他，"虽然女儿也想尽快定下亲事，好为母亲立冢，但看今日情况，侯府近日最好还是低调些，定亲一事太过招摇，最好延后再议，以免招人闲话得不偿失，父亲觉得呢？"

她说完，宁昌侯便皱起了眉头，许久之后叹了声气："你说得有理，只是延后又能延多久，再过半年你就十八了，这个岁数怕是不能再等了。"满京都城，哪有到了十八还未定亲的贵族女子。

简轻语定定地看了他许久，最后垂下眼眸："父亲放心，不会等太久。"

尽管想尽快完成母亲遗愿，但为今之计，最好是不要再激怒陆远。她很清楚，她对于陆远来说，不过是一只偶尔会挠人的宠物，养的日子短，所以新鲜劲儿还没过，待时间一久，恐怕就顾不上她了。

宁昌侯见她目露坚定，好半晌一脸不甘地点了点头："如今也只能这样了！"

简轻语扯了一下唇角，垂眸看向石板地上的压痕。虽然她如今已经一退再退，可总觉得，陆远一时半会儿还是不会放过她。

事实证明她推测得不错，陆远的确没有打算就此收手，可也没有来找侯府麻烦。

因为，他直接与侯府划清了界限。

京都遍地都是达官显贵，虽然圣上不喜锦衣卫与世家来往，可也没见谁和谁之间是真的毫无走动的，可以说只要是为朝廷做事的，相互之间都有千丝万缕的联系，鲜少有人会真的撕破脸。

然而锦衣卫却和宁昌侯府断了这层干系，侯府送的礼不收、来的人不见，连平日街上遇见，也是直接无视，就差昭告世人锦衣卫和宁昌侯府不对付了。

自然，京都总共就这么大，各世家又都养了眼线，即便没有昭告世人，也都知道锦衣卫与宁昌侯府断交了。虽说都认定锦衣卫要不了几年就会盛极必衰，可在他们明摆着与宁昌侯府不和时，也无人愿意为一个没什么实权的侯爷去得罪如日中天的锦衣卫。

所以连带着，其他世家也尽可能与宁昌侯府撇清了干系，生怕哪天被锦衣卫盯上，平白惹一身骚，好好一个侯府，硬是成了人人避之不及的过街老鼠。

世家贵族之间最讲究人情往来。

别院，英儿看到简轻语坐在树荫下发呆，顿了一下走过去："大小姐，侯爷回来了。"

简轻语回神："才辰时，怎么回得这么早？"

"今日休沐，礼部其他大人一同去吃酒了，应、应该是没叫侯爷，我看侯爷还是挺生气的。"英儿小声解释。近来侯府阴云密布，他们这些做下人的连大声说话都不敢了。

简轻语垂下眼眸："他官职虽然不高，可有爵位在身，往日在礼部也是众星捧月一般，如今被如此冷待，自然是要不高兴的。"

"不止侯爷，夫人也不高兴，这阵子南山寺来了个高僧，各府内眷相邀去算卦，却从未有人叫过她，听说她都气坏了，抓着少爷骂了几次，怪他当初得罪了锦衣卫，侯府如今才会被如此针对，"英儿将自己听到的消息都说了出来，末了小心翼翼地看着简轻语，"大小姐，你说锦衣卫这么做是在针对少爷吗？"

简轻语听出了她的担心："你在怕什么？"

"……奴婢是怕锦衣卫针对的是您，更怕侯爷和夫人知道他们针对的是您，"英儿眼底的忧虑几乎遮掩不住，"侯爷和夫人如此疼爱少爷，如今对他也鼻子不是鼻子眼不是眼，若知道是因为您，会不会……"

少爷是侯爷唯一的儿子，又是夫人一手带大的，二人即便恼他，也顶多骂他两句。但大小姐不同，侯爷虽对她有愧，可真知晓真相了，难保不会为了保住侯府荣耀将她推出去。

英儿的话没有说完，但简轻语却听懂了，轻叹一声道："只要你我不说，他们便不会知道。"

"陆、陆九爷那边呢？"英儿声音更低了。

简轻语微微摇头："他就更不会了。"那人虽手段阴狠，却不屑如此行事。

英儿闻言这才放心："大小姐放心，奴婢也不会说的。"说罢，又安慰了她两句，便急匆匆干活儿去了。

简轻语一个人坐了片刻，渐渐有些无趣了，便起身朝园子走去，只是还未走到地方，就远远看到简震身边伺候的人守着门，刚将一个要进园子的人轰走。

她顿了一下想到什么，抿着唇继续往前走，小厮刚要轰人，看清是谁后急忙行礼："大小姐。"

"守在这里做什么？"简轻语问。

小厮干笑："少爷吩咐，任何人不得进去。"

"哦。"

简轻语慢吞吞地应了一声，小厮刚松一口气，就看到她从旁边进去了。

他："？"

简轻语进了园子，四下环顾一圈，在一簇花丛后找到一团黑影，便抬脚走了过去，还未靠近就被发现了。

"不是吩咐不准进来烦我，还跑来干什么？"简震头也不抬地发脾气，说话鼻音重得如生病了一般。话音刚落，一双绣鞋便出现在他眼前，他愣了一下抬头，看清是谁后脸顿时就黑了。

简轻语看着他红肿的眼睛，恍然："哭了啊？"

"……滚！小爷心情不好，你最好别来烦我，否则我对你不客气！"简震恼羞成怒，不等她说话就先絮叨一堆。

简轻语若有所思地看着他还没好利索的腿，一脸认真地问："你能拿我怎么样？"

"你！"

"我不是来跟你吵架的，"简轻语打断他，面上多了几分不自在，"你……是被父亲骂了？"

"你要是来看我笑话的，我劝你大可不必，"简震一脸警惕，"我顶多是被父亲和母亲骂几句，但你不一样，定不了婆家，你就等着当老尼姑吧！"

"我没想看你笑话，你老把人想得这么坏做什么？"简轻语嘟囔一句，半晌突然问，"怎么样能让你心情好点儿？"

简震怀疑地看着她："你想干什么？"

"看不出来？我想让你开心点儿。"简轻语认真道。简震这回等于替她背了黑锅，偏偏她又不能说出真相，只能想法子弥补他了。

可惜被弥补的人并不信她。简震盯着她看了片刻后，表情逐渐微妙："你是不是发癔症了？还是被什么不干净的东西附体了？需要请南山寺那位得道高僧来超度吗？"

简轻语深吸一口气："……没有，我很正常。"

"那就是有什么阴谋！"简震仿佛发现了什么真相，眼神突然得意起来，他的眉眼与简轻语有三分相似，唇角一勾颇为英俊，"我就知道你不安好心，赶紧给我滚！"

简轻语："……"看在他替自己背黑锅的分儿上，千万别动手。

她努力忍了忍，才开始拆身上的首饰。

当看到她将金钗拔下时，简震看着锋利的钗尖突然慌了，却为了面子只能强撑："……怎么，你想刺死我？我警告你，我的人就在门口，我喊一声他就会过来，你要敢胡来别怪我不顾……"

话没说完，简轻语便将首饰捧给了他，简震愣了愣："什么意思？"

"拿着吧，去当铺应该能换些银子，拿了钱就去做些开心的事儿，将挨骂的事儿先忘了吧。"简轻语说完，便将东西都塞到了他手中，在打弟弟的念头又一次出现之前头也不回地离开了。

简震怔怔地看着她的背影，直到她消失在园子门口才猛地回神，一脸古怪地盯着手里的首饰看。

简轻语……她果然是在发神经。

第九章　好久不见啊

锦衣卫单方面的冷待还在继续，宁昌侯府的门庭越发冷落，宁昌侯越来越暴躁易怒，而每次发脾气时，最先遭殃的就是简震。每次听到简震挨骂，侯府的下人们都跟着心有戚戚，生怕下一个就轮到自己。

转眼又一日，英儿忽然心有余悸地跑回了别院："大小姐，少爷又挨骂了，这次被骂得可凶了。"

简轻语默默喝了口茶水："我衣柜里还有几张银票，你替找送去吧。"

"……还送啊？已经送好几次了，您从回府攒下的那点儿月钱，全都给他了。"英儿小声嘀咕。

简轻语将一杯茶饮尽："就当是买个心安了。"要不是小纨绔替自己顶包，今日挨骂的就是她了。

英儿闻言点了点头，去寝房取了银票出来，刚要给简震送去，院中就来了一个传话丫鬟，走到简轻语面前行了个礼："大小姐，侯爷吩咐，要您今日早些歇息，明日一早随夫人去南山寺祈福。"

"不年不节的，怎么突然要去祈福？"简轻语疑惑。

丫鬟犹豫一下没吱声，英儿与她相熟，当即拍了她一下："还不赶紧回大小姐的话！"

丫鬟只好回答："……奴婢听说，是夫人托了娘家嫂夫人，为大小姐寻了一门亲事，明日带大小姐去南山寺，是为了相看夫婿。"

"夫人寻的亲事?!"英儿猛地睁大眼睛，看丫鬟还在，话到嘴边又硬生生忍住了，直到丫鬟走了才慌乱道："大小姐，夫人一向不喜欢您，怎会如此好心为您寻亲事，怕不是有什么阴谋吧？"

简轻语又倒了杯茶，喝完才缓缓开口："没什么阴谋，只是怕我耽搁了年纪

81

嫁不出去，会一辈子在侯府碍眼而已。"

转眼便是翌日。

一大早，简轻语便同秦怡和简慢声一同坐进了去南山寺的马车。

"按理说我非你生母，你的亲事是轮不到我操心的，可你母亲走得早，你又到了该订婚的年龄，若再耽误下去，恐怕你真要做老姑娘了。"秦怡许久未出门了，显然心情还算不错，难得对简轻语多了点儿耐心，"这次带你去见的，是我娘家嫂子的侄儿，在江南也是书香门第，据说长得一表人才，人也上进，如今来京都读书，假以时日定能考取功名。侯爷说了近日不宜高调，所以今日只是去见见，若是合适就定个口头约定，待到侯府的风波过去再定亲。"

书香门第出身，却不怕得罪锦衣卫，想来是考取功名无望，且与宁昌侯府的地位差得不止一丁半点，一听就很好摆脱。简轻语若有所思地看着小桌上的茶壶。

她只是不想说话，但落在秦怡眼中，便成了不喜欢这门亲事，秦怡正要嘲讽，却被旁边的简慢声拉了拉衣袖，她顿时忍住了。

"我知道你看不上人家，可又能怎么样呢？如今侯府的情况你也知道，那些京都的大族对咱们唯恐避之不及，根本不可能与我们联姻，你又不如慢声命好，早早就定下了周国公府的嫡公子，现下能找到这样的人家，也是多亏了我嫂子主动说合，你得心怀感激才行。"

秦怡说罢，似乎又愉悦起来，开始夸赞她的娘家人待她如何好，简慢声的未来夫家如何体面，话里话外还不忘贬低简轻语。

简轻语左耳朵进右耳朵出，倒是旁边的简慢声，听到秦怡夸赞自己未来夫婿一家也不见多高兴，只是轻蹙眉头让她别再说了，只可惜秦怡正朝简轻语炫耀，一时不肯停下来。

简慢声表情越来越冷，终于忍不住了："自与锦衣卫闹僵，他们可曾来过侯府一次？"

秦怡炫耀的话戛然而止，瞄了简轻语一眼后一张脸变得通红："兴、兴许是事忙，你不要多想。"

简慢声意识到自己失态，低下头不说话了。

简轻语鲜少见她这般顶撞秦怡，一时间有些意外。

接下来的一路，马车里突然就安静了，一直到南山寺门口，母女俩还有些别扭，最后还是简慢声先扶住了秦怡的胳膊，秦怡才委屈地看她一眼。

简轻语的视线在简慢声挽扶秦怡的手上停留片刻，最后垂下眼眸别开了脸。

今日非年非节，来拜佛的人很少，简轻语随秦怡母女一路走进去，也只遇到两三个百姓。简轻语和一个百姓擦肩而过时，无意间注意到他右手的茧子，顿了顿后生出一分不解，只是还未等仔细看，那人便低着头离开了。

"看什么呢?"秦怡突然开口。

简轻语回神："没什么。"

"待会儿见了我嫂夫人，记得规矩些，莫要丢了侯府的脸。"秦怡扫了她一眼，便带着简慢声先走了，简轻语摸摸鼻子，也跟在后面慢吞吞地走。

她们到后院时，秦家嫂子赵福芳已经等了小一刻钟，见到她们后热情地迎了上来："妹妹，你可算来了，多日未见，慢声越发可人了，"打过招呼，这才笑着看向简轻语，"这便是侯府的大小姐吧，生得可真是美貌。"

"秦夫人。"简轻语垂首行礼。她虽私下里时常无视秦怡，但当着外人面时，还未曾拂过她的脸面。

秦怡似乎做好了她会不配合的准备，见她现下还算乖巧，这才松一口气："要我说，直接在家里见面就好，我也正好去看看父母，何必要跑到这么远的地方。"

秦家嫂子脸上闪过一丝不自然："南、南山寺也不错，听说此处来了个得道高僧，正好请他卜上一卦，看看孩子们的生辰八字。"

说罢，余光扫见一道身影从房中出来，急忙转移了话题："那什么，妹妹你看，这便是我家侄儿，玉庆，快来见过姑母。"

秦怡顺着她的声音看过去，看到来人的长相后脸上的笑容突然僵住，简轻语本来还心不在焉地站着，察觉到短暂的沉默后抬起头，恰好看到了那人。

……嗯，矮了些，胖了些，一笑就十分憨厚，跟秦怡口中的"一表人才"完全没有关系。

秦怡显然也不太能接受，将秦家嫂子拉到一旁，压低了声音质问："怎么回事儿，为何长成这样，哪里像个读书人，倒像个杀猪卖肉的屠夫，身份上本就差了一截，如今模样又不好，你叫我回去如何跟侯爷交代?!"

她是不想简轻语嫁得比慢声好，可也绝不想她嫁得太差，毕竟她也是侯府嫡女，一损俱损，她的亲事不好，打的是整个侯府的脸。

"哎哟！妹妹，你这话我可就不爱听了，什么叫身份上差了一截？我娘家虽不算高门大户，可在江南也是有头有脸的，想娶个什么样的娶不着？你们侯府的情形，想来你比我更清楚，如今这门亲事，可是你们占便宜。"

"你……"

姑嫂二人说话时是控制了音量，可这边三个却依然听得清清楚楚，就连平日最寡淡的简慢声，也不由得面露尴尬，前来相亲的男子脸也泛红，反而是简轻语最淡定，眼看着这二人还要掰扯，便主动道："秦夫人不是想卜上一卦吗？不如轻语去请高僧过来吧。"

她又不是真想嫁人，所以对这男子也没意见，只是看秦怡的反应，这门亲事是结不成了，所以干脆找个借口躲开，也省得应付这些人。

秦家嫂子这才想起还有三个晚辈，急忙笑着点头："好好好，叫玉庆陪你去……"

"不必，慢声，你陪轻语去吧，"秦怡也跟着假笑，"我看见玉庆这孩子喜欢得紧，不如留下陪我说说话。"

简轻语："……"什么叫睁眼说瞎话，如今算是见识了。

眼看着秦家嫂子脸都黑了，新一轮的阴阳怪气又要开始，她和简慢声对视一眼，直接转身就走。

既然说要去请高僧，那无论如何还是要去禅房一趟，二人不紧不慢地并排走，却谁也没同谁说话。今日阴天，山中又多清凉，简轻语紧了紧身上衣衫，走到禅房门口时突然开口："你有没有觉得，此处安静得有些过了？"

简慢声顿了顿："非年非节，寺中人少也正常。"

简轻语蹙起眉头："香客少是正常，和尚又不会少，可我们来了这么久，为何没听到敲钟声？"

简慢声愣了愣，正要开口说话，房中突然传出一点响动，简轻语下意识地将简慢声拽到了旁边，下一瞬紧闭的房门被撞开，一个被刀刺穿的和尚从里头摔了出来，伤口喷出的血直接淋了她们一身。

简慢声惊呼一声跌坐在地上，简轻语也吓得不轻，只是在看到熟悉的刀柄

84

后猛地回神，伸手就去拉简慢声，压低了声音催促："起来，快起来，赶紧离开这里……"

话音未落，屋里传来一道嚣张的声音——

"外面是谁，锦衣卫办差，还不快滚！"

简轻语瞬间绷紧了神经，无声催促简慢声赶紧起来。

"……我腿抽筋了。"简慢声脸色泛白，眼底闪过痛苦之色。

简轻语就差长叹一声了，用尽全力将简慢声从地上拖起来，一手撑着她的胳膊一手搂着她的腰，艰难又沉重地逃走，然而没走两步，身后就传来悠悠一声："站住。"

简轻语心下一沉，突然加快脚步，可惜下一瞬，便有人挡住了去路。

"果然是你，"季阳笑了一声，英俊的脸突然阴沉，"真是好久不见啊，小嫂子。"

简轻语："……"

听到季阳叫简轻语小嫂子，简慢声眼底闪过一丝愕然，她下意识看向简轻语，看到对方绷紧的脸色后，抿了抿唇后别过了脸。

季阳方才也不知杀了多少人，此刻身上竟有种热腾腾的腥味，加上他手中染血的绣春刀，整个人仿佛罗刹一般。

而这样一个罗刹，正拦在简轻语面前，盯着她的眼神就像在盯自己的猎物，说话的语气却像跟熟人聊家常："小嫂子见了我，怎么看起来一点儿都不惊讶，莫非是早就知道我的身份了？"

"……季阳，你冷静一点儿。"简轻语尽可能镇定。

季阳听到她叫自己的名字，倏然笑了起来："连我的名字都知道了，小嫂子可真有本事，难怪我遍寻京都城，却找不到你半点儿踪迹，原来是有心躲着。"

说罢，他的表情再次沉下来："既然知道了我是谁，想来也知道大人的身份了？知道他是谁，也知道他一直在找你，你却藏得严严实实，就是不肯见他是吧？"

简轻语有种错觉，只要她敢点头，这人就敢一把大刀挥过来，直接将她砍成两段。

而她不说话，在季阳眼里就成了默认。

季阳登时便怒了："你个狼心狗肺的东西，枉大人待你那么好，你竟敢背叛他，我今日就杀了你为他出气！"

说罢，直接抽出了染血的绣春刀。

简慢声惊呼一声，简轻语飞速开口："我跟大人见过面了！"

季阳的刀一顿，面色不好地冷笑一声："事到如今你还想骗我？"

"我没骗你，很早之前我就去陆府见过他了，他还答应饶过我给我一条生路，这事儿整个陆府的下人都知道，不信的话你去问他们！"生死攸关，简轻语说话都不敢喘气儿了。

季阳皱起眉头："当真？"

"当真！"简轻语急忙点头。

季阳眯起眼眸，英俊的脸上满是怀疑，简轻语悄悄将手心的汗擦在衣裙上，还未来得及松一口气，就听到他冷笑一声："那又如何，你对大人骗财骗色，大人肯饶了你，我也绝不会饶你！"

简轻语："……"到底是谁骗财骗色啊！她那一个多月从地上到床上，兢兢业业地伺候陆远，走的时候不仅付清了赎身钱，还多给了五十两，难道这都不够吗?！

她很早以前就知道，季阳对陆远有种盲目的崇拜，觉得陆远是天下第一等的男人，而对她就是一种恶婆婆心态，不管她将陆远照顾得多好，他都能挑出一堆刺来。

这些她都是知道的，但没想到的是，这才几个月没见，他这种想法竟然更严重了！

眼看着他拿着刀一步步逼近，简轻语后退的同时，还不忘扶着一直沉默不语的简慢声。简慢声的腿已经不抽筋了，只是面对逼近的季阳有些脚软，所以依然要靠简轻语撑着。

互相搀扶的两个姑娘步步后退，退到最后突然碰到一团障碍物，险些摔倒，站稳之后才发现她们是被和尚的尸体绊到了。

简慢声愣了一下，突然干呕两声，简轻语下意识拍拍她的后背，她顿了顿，清了清嗓子直起腰。简轻语见她好了，才抬头看向季阳："你不能杀我，陆大人答应过我，锦衣卫不会动我，你若是杀我，就是与他作对。"

季阳与她对视半晌，突然恶意地笑了："只要我处理得够干净，大人又如何知道是我杀了你?"

简轻语愣了愣，突然生出一股不好的预感，还未等她反驳，不远处就来了一个锦衣卫。

简慢声看到是谁后，扶在简轻语胳膊上的手突然收紧。简轻语痛得蹙了一下眉，下意识看过去，认出这个肤色有些黑的锦衣卫，正是上次与简慢声隔着湖远远对视的人。

……所以来了个熟人，能帮忙救她们离开吗? 简轻语默默升起一点儿希望。

果然，那人看到了简慢声，原本的快步走顿时变成了小跑，一到跟前就立刻道："季哥，妖僧已经捉拿归案，大人要您尽快去前门会合。"

"……陆大人也来了?"简轻语眼眸一亮。虽然不知陆远如今对她的态度，但目前来说应该是不想杀她的，只要他过来，她就能脱身了。

季阳收了刀，没好气地反问："关你什么事儿?"

简轻语立刻闭嘴，眼观鼻鼻观心，假装什么都没说过。

季阳这才不耐烦地看向那人："行了我知道了，这就过去。"

"是，"那人应了一声，见他没有动身的打算，顿了顿后故作无事地问，"季哥，这是怎么了?"

"无事，跟熟人叙旧而已。"季阳收了刀，若有所思地盯着简轻语。他跟在陆远身边多年，认真的神态还真有一分陆远的样子。

于是简轻语更紧张了。

锦衣卫的视线巡视几圈，最后果断开口："既然季哥要叙旧，卑职就不打扰了，这姑娘似乎受伤了，卑职先带她走如何?"

简轻语："……"锦衣卫做事都这般浑蛋吗?

季阳没有思索："带走吧。"

"是。"锦衣卫说完，便去搀扶简慢声。

简轻语眼巴巴地看向简慢声："慢声，他一个人能搀扶得了你吗? 需不需要我帮忙?"

她知道她们关系不好，简慢声也恨不得她没来过京都，可到底还是一个爹的孩子，简慢声应该不会见死不救……吧?

迎着简轻语期待的目光，简慢声沉默一瞬，将胳膊从她手中抽了出来："不用了。"

简轻语："……"但凡有丁点儿良心，都不会做出这种事儿。

不论她如何痛心，简慢声还是深深看了她一眼，然后头也不回地跟着那个锦衣卫走了。简轻语目送他们离开后，幽幽看向季阳："刚才那个锦衣卫叫什么名字？"

"李桓，怎么？想死了之后去阎王殿告状？"季阳一脸恶意。

简轻语沉默一瞬，不太想承认他猜对了。

"看来你已有必死的决心，很好，看在你伺候过大人的分儿上，我给你个痛快。"季阳没改变主意，依然要杀她。

简轻语咽了下口水："……方才走的那两人可都是人证，你若杀了我，陆大人一定不会放过你。"

"能杀了你这个毒妇，挨上一顿军棍又如何。"季阳说完眼神一凛，挥起刀就要朝她砍去。

千钧一发之际，简轻语眼睛一亮："陆大人！"

季阳一愣，忙回头看去，结果身后空空如也，他脸色顿时变得极差，咬牙切齿地去追已经逃跑的女人："简喃喃！你又骗人！"

"……你若不杀我，我怎会骗你！"简轻语一边飞奔逃命，一边还不忘与他顶撞。

季阳冷笑一声："你若不骗大人，我又怎会杀你！"

"我不骗他你就不杀了？你敢说从来没想过杀我？"简轻语也跟着冷笑。

"我想过又如何？我杀你了吗？"季阳愤怒。

简轻语气恼："现在不就在杀?!"

"你若不骗大人，我又怎会杀你！"

季阳说完，两个人似乎都意识到了这场对话又荒唐又无用，跟眼前一个追杀一个被追杀的场景极为不相适，于是同时沉默了。

不拌嘴了，也就意味着闹笑话似的追逐，彻底成为一场谋杀。

简轻语虽然拼了命地逃，可当感觉到季阳离自己越来越近时，还是生出了严重的恐慌，以至于心神越发不稳，在踩到一颗石子后直接摔了出去，整个人都趴在了地上。

刺啦——

膝盖处的衣裙似乎破了，简轻语疼得眼前一黑，慌慌张张地一转身，绣春刀的刀尖便对上了她的鼻尖，只差一寸，她的脸就毁了。

"……你真要杀我？就这么不念旧情？"简轻语声音都颤了。

季阳面无表情："你当初背叛大人时，可曾念过旧情？"

"我只是想回自己家，所以给你们用了些蒙汗药，怎就谈得上背叛了？"简轻语不服气。

季阳黑了脸："蒙汗药？你当我是三岁小儿吗？哪家的蒙汗药吃完会恶心盗汗五脏受损？若非我们强撑一口气找太医医治，怕是早就死在京都城外了！简喃喃，你当真心狠，竟然为了灭口，连大人都敢杀……"

"什么杀不杀的？我真的只是下了蒙汗药。"简轻语一脸不解。那蒙汗药还是她亲手所制，不可能出问题，莫非是锦衣卫的仇敌，借机往药里加了什么东西？

不等她想通，就看到鼻子前的刀尖动了一下，她心里顿时一惊，想也不想道："你真不能杀我！"

季阳却不肯再听她废话："受死……"

"我有了身孕，陆远的！你要敢杀我，他绝不放过你！"简轻语吓得闭眼抱头，用尽全身力气吼了一声。

吼完，整个南山寺似乎都静了下来。

……所以是奏效了？不是，季阳好歹也是见多识广的锦衣卫，且在锦衣卫中官职都算是高的，怎么这般不像话的谎言也信？简轻语越发疑惑，半晌眼睛才偷偷睁开一条缝，去看季阳的反应。

只见他一脸僵硬，甚至有些紧张地看着她身后。

身后？

简轻语顿了一下，一脸不解地回头，只见身后陆远陆大人鲜衣怒马，正在院门外面无表情地看着她。

她："……"

第十章　不讲理

如今这个情景好也不好，好的是陆远来了，她的小命算是能保住了，不好的是她刚才吼那一嗓子，除非陆远聋了，否则不可能听不到。

简轻语怔怔地和骏马之上的陆远对视半晌，突然眼圈一红朝他跑去："大人！"

陆远先是看到她身上的血，眼神倏然冷峻，接着看出血滴痕迹是溅上的，才缓缓松开握紧的缰绳，然后便注意到她磨破的衣裙。

陆远冷着脸翻身下马，未等站稳，仿佛混合了莲和牡丹的淡淡药香便扑了过来，直直躲到了他的身后。

简轻语像抓住救命稻草一般抓住了他的胳膊，惊魂不定地求救："陆大人救我……"

陆远垂眸看向她的手指，简轻语顿了一下，顺着他的视线看去，只见手指上破了几处皮，渗出的血和灰尘混在一起，看起来脏脏的，与他干净的锦袍形成鲜明的对比。

简轻语默默放开他，半晌讪讪一笑："没、没弄脏。"

陆远严厉地直直看向还提着刀的季阳。季阳表情僵了僵，最后有些垂头丧气地跪了下去："大人。"

"回去之后，领三十军棍，面壁思过十日。"陆远淡漠地开口。

季阳抿了抿唇，低着头应了一声："是，"说完顿了一下，"若无别的吩咐，卑职先去与李桓会合。"

说罢见陆远没有反对，便起身将刀收进鞘中，低着头往院外走，从陆远身侧经过时，还不忘恨恨地看了简轻语一眼。

简轻语默默别开脸，假装一切都没发生过。季阳冷笑一声，大步离开了。

季阳一走，院子里就只剩下简轻语和陆远，以及地上一具凉透了的和尚尸体。简轻语偷偷瞄了眼尸体下已经凝固的大片血迹，突然一阵恶心，她"唔"地干呕两声，未等直起腰，一块干净的方帕便递了过来。

"谢、谢谢。"简轻语受宠若惊地接过。

"不必，"陆远面无表情地看着她，"毕竟有了身孕。"

简轻语僵了僵，半晌有些尴尬地开口："我……我刚才也是无奈之举，并非有意编排大人，还请大人见谅。"

幸好重逢之后当着他的面来了一次癸水，之后自己被"虫"咬了时，身上也没有做到最后一步的感觉，否则真是说不清了。

简轻语咬住下唇，小心地看了陆远一眼，犹豫片刻后缓缓开口："大人，我现下好好的，也没受什么伤，您要不……就别罚季大人了？"

她倒是不想为季阳求情，可一来季阳是陆远的手下，有多年的同袍情谊，打一顿除了会让他疼上一段时间，不会撼动他半点地位，二来季阳那人蛮不讲理，今日虽是陆远罚他，但势必会将账算到她头上，到时候倒霉的还是自己。

所以仔细想想，她还是多少得替季阳求两句情，这样将来再见时，她也有说辞。

陆远闻言撩起眼皮扫了她一眼，不带任何情绪地开口："你倒是变得大度了。"

这句话像是夸奖，可听着却莫名地觉得不是那么回事儿。

……莫非是想起当初她为了收拾季阳，对着他胡搅蛮缠撒泼打滚的时候了？简轻语心里打鼓，好半天干笑一声："我以前有些不懂事，多亏大人教诲，如今才稍稍懂事些。"

"我从未教过你懂事。"陆远凉凉开口。

方才简轻语还只是觉得他语气有点奇怪，现在倒是可以确定他在不高兴了……所以为什么会不高兴呢？不等她想出个答案，就听到他淡淡道："罚他，是因他不听命令擅作主张，与你无关。"

简轻语恍然："是轻语逾矩了。"

陆远扫了她一眼，转身往院外走。起风了，院中的树发出簌簌的响声，地上尸体的僧袍也被吹动，仿佛死人又活过来了一般。

简轻语心里发毛，眼看着陆远走了，急忙就要跟上，结果刚走两步，膝盖就传来一阵疼痛，她不由得闷哼一声。

她蹙眉低头，才发现自己的裙子都破了，应该是方才摔倒时受了伤。她又试着走了一步，结果膝盖再次疼了起来。

风又大了些，吹在身上凉飕飕的，叫人心里发毛。简轻语尽可能忽略死相惨烈的和尚，欲言又止地看着陆远的背影，想叫他等等自己，又不敢开口。

正当她纠结时，突然发现陆远的步伐似乎慢了下来，她眼睛一亮，忙一瘸一拐地跟在他身后。

两人一前一后缓慢地往前走，简轻语快走出院子时，以为陆远会翻身上马，结果他只是牵着马绳继续走路。他那匹马显然没走得这么慢过，几次喷出鼻息表示不满，却被陆远一个眼神给看老实了。

这马未免也太胆小了些，被看一眼都能吓成这样，真丢人。想到这里，简轻语偷偷扬起唇角，被陆远看了一眼后瞬间绷紧了皮。

……嗯，她似乎也没好到哪儿去。简轻语笑不出来了，盯着陆远的背影思索，该怎样礼貌且不突兀地与他分道扬镳，然后去找秦怡她们。

没等她想清楚，前面的人就突然开口："锦衣卫办案，闲杂人等皆已退到寺门之外。"

简轻语："……"他怎么知道她在想什么？

既然闲杂人等都在寺门外，那秦怡她们自然也是，而陆远此刻亦是要去寺外……不会是故意为之吧，毕竟杀那和尚时，也没见将闲杂人等驱逐出去，怎么偏偏这时将人撵出去了？

简轻语咬了咬下唇，安分地跟在他身后往外走，走了一段后斟酌着开口："大人。"

陆远无声地看向她。

"……轻语愚钝，想知道近来宁昌侯府可是哪里得罪了锦衣卫，为何会被如此排挤，"简轻语知道此时不是提这件事的好时候，可错过这次，也不知要等到何时，她只能硬着头皮开口了，"我记得大人曾经答应过，不会动宁昌侯府，大人可还记得？"

陆远停下脚步，淡漠地看向她，简轻语被他看得后背出了一层凉汗，正有些不知所措时，就听到他淡淡开口："我答应了什么，难道你不记得？"

简轻语愣了愣，蓦地想起他当日之言——

"锦衣卫日后与宁昌侯府不会再有半点瓜葛，亦不会找你麻烦。"

不会有半点瓜葛，可不就等于断交……原来他如今的发难并非一时之兴，而是早就埋下了伏笔，只可惜她太蠢，当时竟没有听出来。

一想到他从未打算放过自己，简轻语心头发寒，哑着嗓子问："要如何才肯放过侯府？"

看到她眼底一闪而过的恐惧，陆远眼神倏然冷峻："你知道答案。"说罢，他牵着马继续往前走，虽然还是不急不缓，可背影却多了几分阴郁。

简轻语咬了咬唇，瘸着腿跟在后面，步伐比起先前更沉重了些。

两个人无声地走路，快到寺门时，简轻语远远便看到简慢声扶着秦怡站在角落，而秦家嫂子和她的侄儿也在一旁。

……所以秦家人怎么还没走，简轻语心虚地看了陆远一眼，还未开口说话，就看到季阳一脸快乐地朝他们跑来。

简轻语突然生出一股不好的预感。

"大人！"季阳拎着刀冲了过来，没等站稳就一脸激动地告状，"大人，您知道这个狼心狗肺的女人今日来干吗？来相亲的！看见秦家夫人身边那个矮胖男没，就是她要相的夫婿！她果然是要背叛大人！"

陆远眼眸一冷，看向偷偷溜走的简轻语："是吗？"

简轻语僵了一瞬，没敢去看陆远，而是梗着脖子反驳季阳："一派胡言，谁跟你说我是来相亲的？我分明是来上香的！"

"呸！若只是上香，为何秦夫人也来了，还带了个尚未婚配的男子，我看你们就是来相亲的！"季阳冷笑，"你若再撒谎，我就将你们抓进大狱，让周骑严刑拷打，不信你不承认。"

简轻语瞪大眼睛："我又没做错事，你凭什么抓我？"

"抓你还需要理由？大人，此女三番两次欺辱您，您不能再心软了，若觉得下不了手，我可以……"季阳话没说完，不经意间对上陆远的视线，剩下的一堆话在舌尖打了个转，突然就改了口风，"突然想起还有事没处理，卑职先告辞了。"

说完，屁滚尿流地跑了。

他一走，陆远身边就只剩下简轻语了，她硬着头皮忽略秦怡等人探究的眼神，讪讪看向陆远："大人……"

"其貌不扬，你看得上？"陆远淡淡询问。

简轻语听不出他的喜怒，一时间心里没底："看、看不上的。"

"既然看不上，"陆远慢条斯理地看向她，搭在刀鞘上的手指略微曲起，绣春刀便弹出一截，锋利的刀刃上流光一闪而过，"杀了他。"

简轻语颤了颤："大人……"

陆远垂眸看向她，眼底不带半点情绪，却冷得仿佛结了冰霜："不是看不上？证明给我看。"

简轻语僵了半晌，小声问："我若不杀呢？"

"也可以，"陆远说完，不等她松一口气，狭长的眼眸便眯了起来，"那我就杀了你。"

简轻语："……"哪有这般不讲道理的人！

简轻语迟迟不动，两个人便僵持下来，引得越来越多的人往这边看，若再这么耗下去，恐怕真要传出什么风言风语了。

"……大人。"简轻语心里着急。

陆远不为所动。

简轻语咬着唇看看寺门方向，眼看着秦怡已经开始起疑，心下一横脱口而出："您说过不会找我麻烦！"

话音未落，陆远周身的气压便低了下来。

"……这是您自己说的。"简轻语声音瞬间又小了。

陆远定定地看着她，许久之后面无表情地将刀收回鞘中，然后转身就走。简轻语还以为他要亲自去杀人，心里一紧急忙跟上去，追了没两步就看到陆远翻身上马，带着锦衣卫众人直接离开了。

……就这么走了？简轻语愣了愣，突然回过味儿来——

他好像生气了。

一想到这点，她下意识要追过去哄人，但听到秦怡唤她之后瞬间冷静下来。

……算了，他愿意气就气去吧，反正不管怎样都不会比现在更糟了。

简轻语轻呼一口气，赶紧瘸着腿走到秦怡面前，还未等站稳，就听到她连珠炮似的问："你怎么这会儿才出来，方才陆远在跟你说什么，他为何要同你说话，你们认识？"

她问了一堆，简轻语只听到最后一句，正想否认，就注意到她身旁的简慢声盯着自己，似乎要看自己怎么圆。

简轻语清了清嗓子："我方才迷路了，恰好撞见锦衣卫杀人，就吓得摔了一下，陆大人方才是在警告我，要我不得乱说。"

"原来如此，我说你怎么一瘸一拐的，"秦怡听与侯府无关，顿时放心了，"你既然伤了，就别乱走了，去马车上等着，我与嫂夫人说过话便回，慢声你也去马车上歇息吧。"

"是。"简慢声应了一声，便直接上了马车，简轻语扯了一下唇角，也瘸着腿往马车走。

秦怡看着两人都回去，便要去跟秦家嫂子话别，还未过去，秦家嫂子便先一步来了："你看今日这事儿闹的，什么还没做，就被人给撵了出来，听说山下有家素斋还算不错，不如咱们去那边再聊聊？"

"还是算了吧，令侄……一表人才，只是不大适合侯府的姑娘，"秦怡假笑着敷衍，"不如等过些时候，我托侯爷帮忙问问，看有没有什么合适的庶女。"

秦家嫂子闻言脸上的笑顿时挂不住了："什么意思，你觉得我娘家配不上你们宁昌侯府？"

"我可没这么说，只是齐大非偶，有时候高攀也未必是什么好事，嫂夫人觉得呢？"秦怡眯起眼睛反问。简轻语嫁得如何不关她事，可嫂夫人如今种种，分明是在落井下石，若侯府如昔日一般风光，她不信嫂夫人还敢领个歪瓜裂枣来。

秦家嫂子气得不轻，正要出言相讥，想到什么后轻笑一声："妹妹与其在我跟前说这些，倒不如好好想想，为何锦衣卫早不来晚不来，偏偏这个时候来了南山寺。"

秦怡愣住。是啊，那妖僧兴风作浪也非一两日了，锦衣卫为何先前不来，偏偏今日来了，莫非是得了他们要相亲的事，为了不让他们好过，存心来破坏？

秦家嫂子见她明白了，倨傲地勾起唇角："你好好想想吧，锦衣卫摆明了要与你们侯府作对，京都哪个体面人家敢这时同你家定亲？若是再丢了我们这门亲事，你家大小姐怕就真的要耽误了，到时候不仅你们夫妇会得个苛待长女的名声，慢声和震儿也要声名受损，这也就罢了，你能容忍这个长女留在侯府一辈子？"

她说罢，不给秦怡反驳的机会，便扭头走了，只留秦怡一人面色难看地留在原地。

马车里。

简轻语支棱着耳朵试图听清她们的对话，可偏偏什么都听不到，正要偷偷将帘子掀开一角时，就听到简慢声淡淡开口："所以锦衣卫针对侯府，并非因为震儿，而是因为你得罪了陆远。"

她这句话并非疑问，显然心中已经有了答案，简轻语也索性承认了。

"我以前倒不知道，你撒谎的功力如此之高，"简慢声眼底闪过一丝嘲讽，"难怪近来总给震儿送银钱，原来是心虚而已。"

简轻语顿了一下，微微坐直了些："比不得妹妹你，临阵脱逃见死不救的功力也是十足。"

"若没有我，你以为陆远会及时赶到？"简慢声看向她。

简轻语早已猜到陆远是她找来的，可也不觉感激，而是似笑非笑地反问："若非你腿抽筋，我早就逃了，轮得到你来帮忙？再说你去寻他时，应该知道未必来得及吧？"

简慢声眼眸动了动，抿着唇别开脸，倒是不与她针锋相对了。

简轻语也懒得与她继续掰扯，轻哂一声后缓缓道："今日之事到底因我而起，所以我也不同你计较，至于我与陆远的事，记住不准乱说，否则……"

"否则如何？"简慢声眯起眼睛。

简轻语和她对视片刻，突然笑得灿烂："否则我就把你和李桓的事宣扬出去。"

"你胡说！"简慢声突然激动，"你若敢污蔑……"

话没说完，帘子便被撩开了，秦怡探进头来："污蔑什么？"

"……没什么，不过是在闲话家常。"简慢声迅速冷静。

简轻语扬了扬眉，默默看向车窗外。秦怡疑惑地看了她们一眼，便叫车夫打道回府了。

回去的路上，简轻语本以为秦怡会倒苦水，顺便尖酸刻薄地评价一番秦家嫂子的行为，结果一路上半点儿动静都没有，反而是皱着眉头，似乎在为什么事苦恼，与她平日的脾性极为不符。

简轻语又多看了她两眼，大概猜到了什么。

到侯府已经是下午时分，秦怡下了马车便急匆匆往主院去了，倒是简慢声停了下来，待周围没人后警告简轻语："不要以为捏住了我的把柄，我就不敢将你如何了，若你再不尽快解决侯府困境，即便鱼死网破，我也会将你和陆远的事告知父亲。"

"原来你觉得李桓是你的把柄啊？"简轻语笑眯眯。

简慢声表情一僵，干脆扭头就走。简轻语看着她带了三分薄怒的背影，再也笑不出来了，因为她知道简慢声方才的话绝不只是威胁。

可不向陆远求饶，侯府困境就不得解决，简慢声早晚会将她的事告知父亲，到时候别说给母亲迁坟，她自身都会难保，可要向陆远求饶……不也一样自身难保？

意识到自己陷入死胡同后，简轻语咬住下唇，半晌垂下眼眸一瘸一拐地往别院走去。

正是晌午过后，别院里没什么人，她没看到英儿，便独自回了寝房，关好门后将衣裙撩了起来，只见左腿膝盖上掉了一大块皮，红通通的很是吓人，已经过了这么长时间还在渗血。

……难怪会疼成这样。简轻语叹了声气，一瘸一拐地去取了金疮药，仔细地涂抹在膝盖上。她这瓶金疮药还是陆远给的，曾经她自制了一瓶敷伤口的药粉，陆远用过一次后便要走了，把这瓶用了一半的给了她。

这金疮药也不知是什么做的，敷上之后伤口凉凉的，减轻了不少疼痛感，血也立刻止住了，简轻语顿时好受了许多，同时又有些不满——

这药如此好用，陆远都舍得拿它换她配的药粉，可见她的药粉效果更佳，早知道今日会受伤，当初说什么也不该给他。

简轻语轻叹一声，仰面躺了下去，发了会儿呆后很快便睡着了。

她今日起得太早，又受了不少惊吓，这会儿好不容易放松些，顿时睡得又香又沉，睡了许久后才轻哼一声，慢悠悠地从梦中醒来，结果刚一睁眼就猝不及防地跟英儿对视了。

"呀！大小姐您醒了啊。"英儿一副受到惊吓的样子。

简轻语失笑："鬼鬼祟祟的干什么呢?"

"奴婢想看看您醒了没有，"英儿一边说，一边扶她起来，"晌午就没用饭，您也该饿了吧，我叫厨房准备了些饭菜，悄悄送了过来。"

简轻语顿了顿："准备饭菜而已，怎么还要悄悄的?"

"您还不知道吧，夫人好像跟侯爷说了什么事，侯爷发了好大一通脾气，闹得可厉害了，"英儿认真解释，"现下阖府上下都战战兢兢的，咱们自然也要小心些，免得被人捏了话柄。"

简轻语思忖片刻，想到什么后笑笑："放心，他很快就好了。"

"为什么?"英儿疑惑，"难道您知道侯爷为何会生气?"

"无非是不想自家女儿低嫁折了他的面子，"简轻语不甚在意，"待他想清楚耽误在家比低嫁更丢人后，自然就答应这门亲事了。"

"……您在说什么? 奴婢为何听不懂。"英儿眉头紧皱。

简轻语抬头看向她："过几日你就知道了。"若她猜得不错，最多三日，宁昌侯便会来找她了。

大约猜到宁昌侯的决定后，简轻语便安心在别院养伤了，陆远那金疮药着实好用，敷了几次后就结疤了，走路也不再像先前一样疼了。

她耐心地等着宁昌侯来找自己，然而一连等了好几日，不仅没等到宁昌侯，反而等到了秦夫人的侄子赵玉庆骑马出游时遇到锦衣卫，结果马儿受惊摔伤的消息。

第十一章　认输了

赵玉庆摔伤的消息一传出来，南山寺一行的事也被泄露了，京都城顿时流言四起，不是议论他这次受伤是因为与侯府交往过密，才会被锦衣卫报复，就是嘲讽宁昌侯府如今已经穷途末路，竟连这样的人家也看得上，更有甚者，说什么简轻语已经和赵玉庆定亲，那日去南山寺就是交换庚帖的。

总之，一时间流言纷飞，宁昌侯府处境越发艰难，不仅宁昌侯夫妇成了笑柄，连简轻语的名声也受了影响。

英儿出门走了一圈，回来都要气疯了："那些人的嘴真是欠抽，什么胡话都敢乱说。您是去过南山寺不假，可全程话都没跟那个赵玉庆说一句，怎么就成他未婚妻了？他们这是污蔑女儿家的名声，真该报官将他们抓起来！"

简轻语还是第一次见英儿发这么大脾气，一时间有些无奈："早就说别出去打听了，只会越听越气而已。"

"奴婢不想打听，可如今整个京都都在胡说，不想听也能听到，"英儿还在气愤，看到简轻语波澜不惊，忍不住往前走了一步，"大小姐，现下外头传得这么难听，您真的不生气吗？"

"生气啊，怎能不气呢？"简轻语垂着眼眸，把玩手中的杯子。

英儿看着她安静的模样，顿时心疼得眼睛都红了，犹豫半晌后还是忍不住小心地问："大小姐，如今种种，可都是陆九爷所为？"

简轻语静了一瞬，片刻后给自己倒了杯清茶，喝了半杯后才再次开口："今日初一，我去佛堂没见着父亲，你可知他去哪儿了？"

她没有正面回答，英儿也没敢再追问，听了她的话后忙回道："侯爷一早就跟夫人去秦家了，奴婢听说他叫下人去库房拿了不少补品，想来是去看赵公子了。"

她说完顿了一下，见简轻语没反应，忍不住又抱怨一句："现下本就有些解释不清，侯爷和夫人该远远避开赵公子才是，如今却一同去探望，也不知是怎么想的。"

简轻语抿了抿唇，还未开口说话，外面突然传来一阵骚乱，她顿了一下，叫英儿去察看情况。

英儿应了一声，便急匆匆出去了，不多会儿一脸着急地跑了回来："大小姐不好了！少爷与礼部尚书家的钱公子在街上打了起来，钱公子带的人多，少爷快被打死了，跟着他的小厮拼死才跑回来报信，侯爷和夫人都还没回来，二小姐便自己出门了。"

"自己？没带人？"简轻语愣了一下。

英儿先是点了点头，又赶紧摇摇头："就带了个丫鬟和报信的小厮。"

"胡闹！她带个丫鬟有什么用。"简轻语略微有些烦躁，皱着眉头站了起来，一边往外走一边吩咐，"去叫几个身手好的护院，现在就随我去找他们，记着带上兵器，不要利器，最好是能藏在身上，如今侯府正值多事之秋，不可太过招摇。"

"是，奴婢这就去！"英儿忙应一声，小跑着去叫人了。

简轻语独自去了大门口等着，待叫的人都齐了才出发。之前报信的小厮跟着简慢声走了，简轻语不知道具体的地址，但一路上听着百姓的议论，硬是找到了斗殴的那条街。

简轻语到时，街上一个百姓都没有，显然已经被驱逐了。被绑着的简震嘴里流着血，平日白净的脸上全是灰尘和伤口，正被一个公子哥模样的人踩在脚下。

而简慢声和丫鬟被几个男子围着，那些男子不知道小声说了些什么，气得她整个人都在发抖，眼里含着泪叱骂他们，却只招来一阵哄笑，更有不老实的，竟想去摸她的脸。地上的简震气得呜呜直吼，结果被公子哥狠狠踹了一脚，顿时吐出一口血沫。

简轻语是不喜欢这俩弟妹，可看到这一幕也是火气直冲脑门，怒斥一声："撒开你的臭手！"

简慢声和简震同时动了一下，看到简轻语后都愣了愣，显然没想到她会来。

几个纨绔子弟正在嬉闹，乍一听到有人说话没反应过来，愣神的工夫侯府护院已经冲了过去，推开众人将简慢声姐弟救了过来。

"震儿！"简慢声跪在地上，将简震扶到怀里，看到他手上绑着的绳子后，眼角瞬间红了。

简轻语冷着脸走过去，顺着简慢声的视线看过去，只见简震手腕上绑着的绳子，此刻已经快勒进他的肉里，皮开肉绽的伤口触目惊心。

她深吸一口气，站在简慢声身侧咬牙问："谁干的？"

简震嘴唇张了张，却没说出话来，十六岁的少年一脸灰土和血，单是忍受痛苦就耗费了全部力气。

"是、是他！"报信的小厮一脸青紫，颤巍巍地指向公子哥，"就是他！"

"是我又如何？"那人嚣张地双手叉腰，"他先动的手，还不许我还手？"

"……明明是你先骂大小姐，少爷才会动手！"小厮气得脸都白了。

简轻语愣怔一瞬，显然没想到他变成这样，是因为替自己出头。

那人嗤笑一声："难道我说得不对？本来就是你家大小姐不知廉耻，在南山寺与男子私通，还不让说了？"他说完顿了一下，不怀好意地看向简轻语，"你这么着急为他出头，该不会你就是那个私德败坏的女人吧？"

"肯定是了，你看她那狐媚长相，一看就不是个安分的，也难怪还未出阁就做出此等丑事。"

"别说，真有做丑事的资本，这张脸我看了都动心，要不别跟着那乡下来的土货了，给我做外室……"

那人说完，他的狐朋狗友们就开始污言秽语，简轻语深吸一口气，刚要骂回去，就听到简慢声嘶哑着嗓子吼："闭嘴！你们算什么东西，也敢诋毁宁昌侯府的大小姐，一个个腌臜玩意儿，也不看看自己的身份！"

简轻语还是第一次见她如此"泼妇"，注意到她说完手都在抖后，突然生出一点别的滋味，只是还未等细细去想，就听到那人声音尖厉地笑了起来。

"宁昌侯如今就是个笑话，空有其表罢了，得罪了锦衣卫，真以为还能如以前那样风光？"那人笑着说完，眼底闪过一丝阴郁，"你爹明明只是个主事，却仗着有爵位在身，连我爹这个礼部尚书都不放在眼里，如今可算是风水轮流转了。"

"我说怎么如此嚣张，原来是阴沟里的老鼠一朝得志，"简轻语极尽嘲讽，"堂堂礼部尚书需要废物儿子用这种不入流的手段出气，想来也不是什么成器的东西，不被我父亲踩在脚下，将来也会被别人踩在脚下。"

"放屁！再敢胡说，信不信老子弄死你！"那人炸了。

"这句话该我说才是，"简轻语冷笑一声，眼神猛然凌厉，"给我打！"

"是！"护院们立刻抽出身上的短兵器，朝着那人围堵过去。

那人带的都是狐朋狗友，真的手下只有两人，远没有简轻语带的人多，见状顿时慌了一瞬，接着稳定心神怒骂："我看谁敢！真当宁昌侯府还能像以前一样护住你们这些狗吗?!我告诉你们，你们侯爷得罪了锦衣卫，马上就要完了！今日谁敢动我，来日我就敢杀他全家，不信试试！"

威胁的话一出，护院们竟都不敢上前了。

简轻语脸色难看："打！打死了本小姐担着！"

护院们面面相觑，一时间谁都没敢动身。她心头一凉，第一次意识到锦衣卫对侯府的孤立意味着什么。

那人顿时得意："看见没？宁昌侯府不行了，你若现在向我下跪求饶，叫我一声好哥哥，我倒可以放你们一马。"话音刚落，狐朋狗友们便嬉笑起来。

简轻语气血一阵一阵地翻涌，一双美眸死死盯着那人。那人被她看得心头一动，竟坏笑着朝她走了过来："快点，叫我一声好哥哥，好哥哥带你去快活。"

宁昌侯府的护院们为难地相互看眼色，竟无一人上前护着。简轻语总算生出一分后怕，不由得紧张后退，退了两小步后脚便碰到了什么，一低头就对上简慢声紧张的眼睛。

她顿了一下，也不知是怎么想的，竟然停下了脚步拦在了简慢声姐弟身前。看到她竟然停下，简慢声扶抱着简震的手突然紧了紧，眼神也变得复杂起来。

"怎么不躲了，可是想让哥哥带你快活了?"那人坏笑着凑过来，刚要去摸简轻语的脸，短街之上突然尘土震动。

众人都停顿一瞬，接着便听到由远及近的马蹄声。简轻语愣怔地顺着声音的方向看过去，只见一道暗红色身影骑着烈马而来，身后是一众暗色飞鱼服，马蹄所到之处尘埃滚滚声势浩大，震得人说不出话来。

"是锦衣卫。"简慢声低声说了句。

简轻语心头一动，还未来得及松一口气，就看见陆远面无表情地由远及近，然后从她身侧经过，从头到尾他目不斜视，仿佛没看到她一般。

但怎么可能没看到，不过是不肯停下而已。简轻语颤着深吸一口气，却被尘土呛得咳嗽几声。

马蹄声渐行渐远，那人搓了搓手，猥琐地看向简轻语："大小姐方才看什么呢？不会想向锦衣卫求救吧？"

简轻语看到他流油的脸就一阵恶心，咬着牙攥紧了拳头。

他身后那些人便仿佛听了什么了不得的笑话一般，夸张又尖锐地笑了起来，只是笑着笑着，仿佛被谁捏住了脖子，笑声戛然而止。

简轻语怔怔回头，只见方才呼啸而过的某人，又骑着马折返回来。

短街不过几丈远，一眨眼的工夫，数匹烈马便出现在众人眼前，最前头的枣红骏马上，陆远居高临下地看着众人，视线并未特别停留在谁身上。简轻语看向他，见他不与自己对视，抿了抿唇后低下头，突然因眼前的状况生出一分难堪。

她低头之后，陆远便看向了她，视线在她白皙的脖颈上停留片刻，才淡淡地开口："为何当街伤人？"

简轻语顿了一下，觉得他是在问自己，只是刚一抬头，方才还在调戏自己的那人便跑到陆远面前，觍着脸谄媚道："回陆大人的话，晚辈没有当街伤人，只是跟简震拌了几句嘴，现下矛盾已经解决，不敢再劳烦大人。"

简震还一身伤地被简慢声抱着，他之所以敢睁眼说瞎话，无非是觉得锦衣卫与宁昌侯府不和，陆远不会为宁昌侯府的人出头，说不定还觉得他这事儿办得不错，再趁机踩简震一脚。

简轻语眼底闪过一丝嘲讽，正要开口说话，就被简慢声轻轻扯了一下裙角，她顿了一下低下头，就看到简慢声微微摇头蹙起眉头。

即便陆远秉公处理，当街械斗也是可大可小，极有可能是各打五十大板，简震身上有伤，未必能承受得了责罚。更何况生事的是礼部尚书之子，是宁昌侯顶头上司的儿子，闹大了对整个侯府都没有好处。

简轻语知道简慢声的顾虑，也清楚这么做才是对的，可还是生出了屈辱的憋闷。

陆远看着她将下唇咬得发白，也不肯向自己求助，眉眼逐渐变得冷峻："既然已经解决，就散了吧。"

一听陆远果然不同自己计较，那人顿时笑得灿烂："是是是，晚辈这就散了。"

陆远淡漠地看了简轻语一眼，见她依然只是低着头不发一语，便冷着脸掉转马头，率领其他锦衣卫离开。

那人再次得意起来，一低头对上简轻语冷漠的眼睛，得意忘形之间直接骂："小娼妇，看什么看，真以为锦衣卫会帮你？"

话音未落，背对他们离开的陆远缰绳一紧，烈马猛地停下，不安地喷洒鼻息。

烈马之上陆远眼底一片晦色，声音阴郁冷淡："掌嘴五十，就地行刑。"

众人都以为锦衣卫已经走了，才敢继续羞辱简家三姐弟，没想到陆远会突然停下。此言一出，所有人都愣了愣，还未等明白什么意思，陆远的手下便纷纷应声下马，带头的更是直接走到那人面前，一脚将他踹出老远。

当看到锦衣卫抓的并非宁昌侯府的人时，纨绔子弟们顿时慌了起来，一边惨叫一边求饶，全然没了方才嚣张的模样。至于礼部尚书之子，更是被锦衣卫给踹得昏了过去。

这一切发生得极快，简轻语回过神时，陆远已经离开，短街之上只留下此起彼伏的巴掌声和惨叫声。锦衣卫常年练武，手劲非同寻常，几巴掌下去便血沫横飞、唇角翻裂，打到一半时便有不少人直接昏死过去，嘴里溢出的血竟连街道都染红了一片。

简轻语看着这群对他们横行霸道的无赖，在锦衣卫手中转眼变得如死狗一般，心底蓦地生出一股凉意。自从侯府被孤立，她便知道了侯府与陆远权势的悬殊，只是从未像此刻一般，有这样清晰的认知。

"震儿！震儿！"

耳边传来简慢声焦急的呼唤，简轻语猛地回神，看到简震昏迷后立刻叫人抬他回府。他们回到府中时，宁昌侯夫妇也刚好赶回来，一看到简震的伤，脸色顿时难看起来，急忙让人去请大夫。

将简震送进房间后，简轻语便出来了，护院们在庭院里跪了一地，她只当没看到，轻声细语地吩咐管家多备些热水。

"……大小姐，侯爷现下心系少爷，吩咐这些护院由您处置，"管家恭敬地开口，"可要治他们护主无能之罪，一人打上二十板子，扣一个月月钱?"

简轻语沉默一瞬："不必，签了死契的发卖，活契的撵出去，父母子女在侯府做事者，也如此打发，既然看不上侯府，便不要留在这里了。"

听说宁昌侯将此事交给简轻语后，这些护院本还有些高兴，觉得挨上几板子事情便能了结，更有甚者，觉得大小姐平日最好说话，哭号两声说不定连板子都不用挨，结果没想到她比侯爷更利索，直接断了他们全家的生路，顿时慌得赶紧求饶。

然而简轻语只是看他们一眼，便让人将他们撵了出去。

人都撵走后，院子里稍微清净了些，然而还是慌乱的，一如当初简震被锦衣卫所伤时，只是上一次他是为简慢声而伤，这次是为了她。

宁昌侯一家在寝房陪着简震，简轻语独自站在厅堂中，看着下人端着水盆进进出出，大脑仿佛都停止了思考。

不知到了什么时候，进出的下人没了，整个厅堂只剩下她一个人，简慢声从寝房走出来，看到她后犹豫一瞬，还是面无表情地走了过来："震儿醒了。"

简轻语眼眸微动，半晌抬脚往寝房走去，还未走两步，身后的人突然道："父亲说今晚要去礼部尚书家致歉。"

简轻语猛地停下脚步："明明不是震儿的错，却还要致歉，你可知为何?"

简慢声平静地抬头，"因为这里是京都，不讲对错只论权势，若不道歉，锦衣卫今日打在那些人脸上的巴掌，明日就会被礼部尚书还到侯府身上。"

简慢声看着她单薄的背影，半晌别开脸淡淡道："我不管你与陆远之间是因为什么，但不该让整个侯府都承受这些。"

简轻语垂下眼眸，安静地往简震寝房走去。

她到时，秦怡正坐在床边抹眼泪，简震口齿不清还不忘安慰她，宁昌侯沉着脸站在一旁，无人知道他在想什么。简轻语在门口站了片刻，低着头走了进去。

一看到她，秦怡便立刻不哭了，擦了擦眼泪站了起来，板着脸朝外走去。宁昌侯不悦地皱了皱眉，勉强笑着与简轻语解释："你别同她一般见识，陪陪震儿吧，我去看看她。"

说罢，便也跟了出去。

简轻语沉默地看着他们离开，半晌才走到简震面前。

简震这次伤得依然凄凄惨惨，但只是皮外伤，这会儿醒来已经精神不少，见了她竟还生出三分窘迫，不等她开口就先一步抢断："你别自作多情，要不是因为你是宁昌侯府的人，侮辱你就等于侮辱侯府，我才不会出头。"

简轻语难得笑了一声："我说什么了吗？"

"……我就是先警告你。"简震冷哼一声。

简轻语啧了一声，在旁边的椅子上坐下，低着头也不知道在想什么。简震欲言又止地看了她一眼，话到嘴边又咽了下去。

两个人安静地待着，不知过了多久，简震再次睡了过去，等醒来时已是黄昏，屋里也点了灯烛，他睁开眼睛，就看到简轻语还在椅子上坐着，低着头维持和方才一样的姿势。

"……你一直在这儿？"简震表情古怪。

简轻语顿了一下："打扰到你了吗？我现在就走。"说罢，就真的站起身往外走去。

简震看着她的背影，不知为何突然忍不住叫住她："你要去哪儿？"

"自然是回房。"简轻语的声音透着轻松，似乎在笑他问了一句废话。

简震也觉得是废话，轻哼一声便不说话了。

简轻语轻呼一口气，不急不缓地朝别院走去，途经主院时，看到里面灯火通明，下人正往马车上搬东西，宁昌侯木着脸站在一旁，看着下人们忙碌。

简轻语停下脚步，看到管家跑到宁昌侯面前："侯爷，都准备妥当了，只待您明日下了早朝，便能直接去尚书府。"

"嗯，叫人将我的灵芝也拿上。"宁昌侯淡淡道。

管家顿时为难："那灵芝极为贵重，送人是不是可惜了？"

"你懂什么，钱德之子这次定然伤得不轻，他不敢记恨锦衣卫，便只能将仇记在我身上，"宁昌侯表情晦暗，"若不让他消气，震儿日后的仕途、慢声和轻语的婚事，少不得都要受影响。"

"唉，若是侯府没有开罪锦衣卫，一个小小的钱德哪敢如此嚣张……"

剩下的话，简轻语没有再听了，她低着头回了别院，看到着急等待的英儿后笑笑："叫人准备热水，我要沐浴。"

"是。奴婢这就去。"英儿忙应了一声，扭头就要去叫人。

简轻语及时叫住她："还有，去租一辆马车，沐浴完我要出门。"

英儿猛地停下，一脸愣怔地看向她："大小姐……"

"快去，"简轻语轻笑一声，"不要耽误时间。"

"……是。"

夜色渐渐深了，不知不觉又下起了小雨，花香混合着泥土的味道，安静地弥漫到侯府每一个角落。

侯府之外，一辆不显眼的马车启程，朝着侯府相反的方向去了，车轮碾在地上的声音与马蹄声混在一起，在不宽的巷子里传出很远很远。

第十二章　讨好

马车如上次一般，在距离陆府还有一段路的时候便停下了，简轻语撩开车帘走下去，车夫便赶紧驾着马车离开了。

夜已深，小雨还在下，简轻语没有带伞，雾蒙蒙的雨落在头发上，形成一个又一个小水珠。她安静地走在石板路上，熟悉的场景让她叹了声气。

早知道有妥协的这日，她第一次来时就该老实点，继续做陆远的掌中雀。而不是像现在这样，白白牵连侯府这么久，最后还是要回到他身边。

回去也就罢了，只怕这次再踏进这个门，就不会如上次那般好过了。简轻语抿了抿唇，不知不觉中走到大门口，盯着面前的门环看了许久，最后深吸一口气双手握住，一脸凝重地敲了下去。

咣……咣……

厚重的敲门声传出很远，然后悄无声息地消失在雨中。简轻语只敲了三下，便耐心在门口候着，等人开门的工夫，已经想出陆远今日折辱自己的千百种方式了。

原本是不紧张的，可越想就越紧张，在听到门里传来急匆匆的脚步声后，她下意识地就想打退堂鼓，可想到一身伤的简震，以及宁昌侯还未送出的灵芝，她又生生停下了脚步。

陆府的小厮将大门从里头拉开，看到简轻语后先是一愣，正要板起脸问来做什么的，突然又觉得她有些眼熟，于是话到嘴边迟疑起来。

"我上次来过，也是这样的雨夜。"简轻语好心提醒。

小厮恍然，态度立刻变得热切起来："姑娘可是来找陆大人的？"对于唯一一个在府中住过一晚，还是留宿陆大人房中的女客，他很难不记得。

"正是。"简轻语点头。

"可有拜帖?"小厮又问。

简轻语蹙起眉头，微微摇了摇头。

小厮见状依然殷勤:"那劳烦姑娘稍候片刻，小的先去通报一声。"

"劳烦了。"简轻语温声道。

小厮诺诺连声，一边鞠躬一边往院里退，退了一段后才转身小跑着离开。简轻语站在门外，看着他的背影消失，轻轻呼了一口气，不再脑补陆远会对她用的手段，而是生出一种新的忧虑——

若是陆远不肯见她该怎么办?

若他不肯见她……那真是最糟糕的结果，意味着他非常生她的气，已经气到不愿再要她的程度，而她也再无本钱扭转如今困境。想到这里，简轻语抽了一口冷气，突然生出一分恐慌。

好在她没有恐慌太久，小厮便跑了回来，还未等站稳便回禀道:"姑娘，大人请您去书房，这边请。"说罢，便主动在前方带路了。

简轻语闻言顿时松一口气，抬脚便迈过门槛，跟着小厮穿过长廊小路，径直往府邸深处走去。他们越走周围的人越少，环境也就越安静，静得她能清楚地听到自己的脚步声。

小雨渐渐停了，空气潮湿得能掐出水来，简轻语不远不近地跟在小厮身后，一同从花团锦簇的花园中穿过，待她随着小厮停下时，身上也染了淡淡的花香。

"姑娘，这便是书房，小的告退。"小厮说完，便恭敬地退下了，偌大的地方顿时只剩下她一个人。

简轻语抬头看向紧闭的房门，心跳越来越快，后背也僵直起来。她深吸一口气迫使自己冷静下来，揉了揉发僵的脸往前走了两步，伸出手犹犹豫豫地敲了两下门。

无人应声。

简轻语咬住下唇，好半天又敲了一下。

还是没有人来开门。

她敲门的手不自觉攥紧，半晌又突然松开，试探地扶在门上一用力——

吱呀，门开了，屋里灯火通明，还放着几个冰鉴，飕飕地往外冒凉气。

虽然没有淋湿，但衣衫都潮了的简轻语轻颤一下，小心地将头探进去，就看到陆远正坐在书桌前，没什么表情地批示公文。

她开门的时候虽然声小，可只要不聋，也该知道有人进来了，然而陆远并没有看她，如白日短街偶遇时一般无视她。

果然气得不轻。简轻语内心叹息一声，无声地进屋把门关上，这才轻手轻脚地走到书桌前，对着他福了福身，小心翼翼地唤了声："大人……"

陆远依然没有看她。

简轻语一时不知该如何打破沉默，只能站在原地等着。屋里的灯烛燃烧着，汇聚成一滴一滴的红泪，冰鉴散发着寒气，即便门窗紧闭也丝毫不闷，只是对于简轻语来说，还是有些凉了。

她局促地站了许久，没忍住打了个喷嚏。

陆远拿着笔的手一顿，笔尖上的墨滴落在公文上，形成一团小小的墨渍。他不悦地抬起眼眸，从简轻语进屋之后第一次看向她。

简轻语讪讪一笑："对、对不起……"

陆远垂下眼眸，放下毛笔继续翻看公文，仿佛这点小插曲从未发生过。简轻语裹紧了身上潮乎乎的衣衫，正要站得离冰鉴远些，就听到陆远淡淡开口："一身脏污，下去换身衣裳。"

简轻语愣了愣，低头才看到裙子上有些许泥点，想来是方才走路时溅上的。陆远喜净，即便是赶路的时候，也永远衣衫整洁体面，最看不得的便是脏乱。

意识到自己犯了陆远的禁忌，简轻语忙点了点头："是，我这就去……"

"去哪儿？"陆远淡淡打断。

简轻语微微一怔，才想起这里并非侯府，也不会有她的衣衫，她现下就算出去，也没有衣裳可换……总不能跟丫鬟借一身，或者像上次一样指望陆远给她准备吧？

面前的人突然安静了，陆远长眸微动，不带什么情绪地开口："左侧有憩室，去换。"

还真准备了？简轻语顿了一下："是。"

她往左边张望一圈，果然找到一扇和墙颜色极为相似的门，顿了顿后走过去，一推开便看到里头有一张小床，还有一个不大的衣柜，想来是陆远平日休息的地方。

简轻语走了进去，打开柜门后只看到两套衣袍。

都是男装，一看便是陆远的衣衫……所以他是故意的？简轻语眨了眨眼睛，想到什么后脸上突然飞起一抹红，半晌才犹豫地将手伸向了其中一套。

她以前只帮陆远穿过男装，轮到给自己穿时，发现没那么容易，尤其是陆远身高腿长，他的衣衫穿在她身上，便将手脚都捂了起来，每次要做什么，都要特意将宽大的袖子往上捋捋，尽管已经十分小心，还是闹出不少响动。

书房依然极静，憩室的声响清楚地在屋里回荡，直接掩盖了蜡烛的毕剥声。陆远垂眸静坐，手中的公文停在其中一页上已经许久，也未曾见他翻动。

许久之后，某人从憩室中出来，陆远眼眸动了一下，将手上的公文翻了一页。简轻语为难地在憩室门口停下，见他不肯看自己，咬了咬唇后拢起过长的衣衫，磨磨蹭蹭往他身边走去，直到走到书桌一侧，才鼓起勇气唤他一声："培之。"

听惯了她叫自己人人，乍一听她直呼名讳，陆远的手指动了一下，好半晌才扭头看向她，当看到她身上的衣衫后，眼神猛地暗了下来："……为何穿成这样？"

简轻语愣了愣："不、不是你让我穿的吗？"

陆远沉默地看着她，无声地反驳了她的话，简轻语顿时紧张："难道另一套才是给我的？可那件是飞鱼服，我不敢穿……"说完顿了顿，有些犹豫地试探，"这套不好看吗？"

她是为了配合陆远"变态"的爱好，才忍着羞穿了他的衣衫，若是不好看，岂不是败了他的兴致，让他们本就紧绷的关系雪上加霜？

一想到陆远会因此生厌，简轻语便愈发局促起来。

书房烛火昏黄，她穿一身过于松垮的衣衫站在灯下，暗色的锦袍衬得她肤色越发白皙，一双黑亮的眼眸如狐狸一般勾人。她的发髻因为换衣裳散了，此刻被她用一根簪子简单地挽在脑后，整个人慵懒又羞涩，像池子里被雨淋过还未盛开的荷花。

不好看吗？怎么会。

陆远盯着她看了许久，最后别过脸去，视线重新落在手中的公文上："磨墨。"

简轻语愣怔一瞬，回过神后忙应了一声，挽起袖子到桌后站定，拿着墨石仔细地磨了起来，一边磨还一边在心里遗憾——

果然是不合他胃口，早知道方才就大胆一些，直接穿那套飞鱼服了，说不定他胃口大开，直接就不跟她计较了。

简轻语想着想着，忍不住叹了声气。陆远耳朵微动，唇角浮起一点不明显的弧度。

简轻语只顾着遗憾，并未注意到他的眉眼已经和缓，直到砚台里的墨都要溢出来了，她才后知后觉地意识到，陆远似乎一次都没用过。

她心头一动，抬头看向他，只见他还维持方才的姿势，手里的公文还是她刚出来时翻的那页。

……上面统共就三十几个字，就算看得再慢，也该看完了吧？简轻语眼眸眯了眯，突然将墨石放下，用帕子净了净手后，试探地扶上了他的肩膀："培之，太晚了，休息吧。"

陆远不语，却放下了手中公文。

简轻语的心跳突然快了起来，脸颊也飞起一抹淡淡的红，见陆远没了别的反应，便又开口说了句："我为你宽衣，伺候你就寝吧。"

"你是谁？"陆远总算有了反应，只是看向她时眼神冷淡，像看一个陌生人。

简轻语被他的眼神惊得将手收了回来，一时间不敢轻易回答。

陆远见她不说话，眼神逐渐冷凝，面无表情地起身便要离开。

简轻语一惊，急忙抓住他的衣袖，半晌才小声回答："我是……喃喃，是、是你的女人。"

"想清楚了再答。"陆远垂眸看向她。

简轻语喉咙动了动，哑声开口："培之，我知错了，以后一定会乖。"

说罢，她揽住陆远的脖颈，主动吻了上去。浅淡的香味柔软地朝他袭来，陆远安静地站着，任由她挂在自己身上，将全部的重量都倚过来，不推开，也不配合。

"我真的错了，以为自己回了京，成了候府的大小姐，便开始心高气傲目中无人，竟连你也敢顶撞，培之，都是我的错，我已经为自己的无知付出了代价，你不要生我的气了好吗？"和上次一样，她将重点歪向了别处，将她的背叛从蓄

112

谋已久变成了一时冲动。

而陆远只是垂眸看着她，并未反驳她的话语。

简轻语费力地攀着他，小心翼翼地在他唇边辗转，却始终得不到想要的回应，于是眼底盈泪，楚楚可怜地对他示弱："培之，你还在生气吗？"

陆远眼神晦暗，周身弥漫着危险的气息，明明已经动情，却还是只淡漠地看着她："不该生气？"

"……该，"简轻语心里一虚，默默松开了抱他的手，"那现在怎么办，你要罚我吗？"

陆远闻言，眼底闪过一丝嘲讽："大狱八十七种刑罚，你觉得自己受得了哪种？"

简轻语脖子缩了缩，可怜地看着他："哪一种都受不了，我膝盖还疼着呢，不能受刑了。"

陆远眉头微蹙："南山寺受的伤？"

"嗯，还没好全，"简轻语说着，看到他眼底的不悦，顿时又扑进了他怀中，"好像又疼了，培之救我。"

说着又疼了，语调却比先前轻松得多，显然是装的。陆远冷笑一声："没脸没皮。"

今日不把他哄好，明日就要被人踩在脚下，被陆远一人欺负，总好过被外头千万人欺负。简轻语想着，索性豁出去了，抱着他的腰一本正经地讨饶："培之，我真的知错了。"

"是知错，还是走投无路，你心里清楚，对我是恨是爱，你心里也清楚。"陆远淡淡看了她一眼，转身向憩室走去。

简轻语被他看得周身一凉，咬着唇跟了进去，然后就注意到床边的桌柜中，似乎放着一套女子的衣裙。

她："……"难怪陆远方才会问她为什么穿成这样。

简轻语顿时臊得脸红，匆匆别开脸假装没发现衣裙，小步跑着来到陆远面前。

见陆远没有赶她走，便鼓起勇气上前，温顺地为他宽衣。陆远安静地看着她，漆黑的眼眸叫人看不出情绪，简轻语猜不透他在想什么，索性也不猜了，待他躺下后便去吹熄烛火，然后摸着黑回到憩室，在他身侧躺下。

憩室的床很窄，一个人用正好，多出一人后便显得拥挤了。简轻语却觉得很合适，躺下后直接钻进了他的怀中，察觉到他要推开自己忙小声道："要掉下去了。"

陆远冷漠："那又如何？"

简轻语撇了撇嘴，八爪鱼一般缠紧了他："大人一个人睡会孤单的。"

陆远冷嗤一声，倒没有再推开她，沉稳均匀的呼吸声仿佛已经睡着。

然而睡没睡着，简轻语比谁都清楚，毕竟贴得这样紧，什么反应能瞒得过她？

憩室里静悄悄的，连两个人呼吸交融的声音都能听得清楚，简轻语已经许久没有像这样离他这般近，不论是对他冰雪一般凛冽的气息，还是对他温度过高的坚实怀抱，都十分地不适应。

但她很好地掩饰了这种不适应，在冷静片刻后，小手攀上了他的脖子。

陆远警告："简喃喃。"

每次他生气，都会这样连名带姓地叫她，每次简轻语都会收敛许多，但这次非但没有，反而变得越发胆大，竟敢直接将手伸进了被子，陆远猛地绷紧了身体。

"你越来越放肆。"陆远哑着嗓子警告。

黑暗中，简轻语偷偷扬起唇角，趁他不注意在他心口印上一吻："喃喃只对陆大人放肆。"

她还从未在床上叫过他陆大人，就像是猎物对猎人不自量力的挑衅，下一瞬，憩室中响起布帛撕裂的声音，简轻语只觉身上一凉，接着手腕被扣在了床单上。

窗外不知何时又下起了雨，雨点从小到大，裹挟着大风朝大地侵袭，花圃里的月季在风雨中飘摇，很快花瓣便被打落进泥里，与泥水纠缠融合，最后变得软烂一片。

简轻语迷迷糊糊间听到陆远哑声质问："相亲宴还办吗？"

"……不。"她就知道他还在介意此事。

"还找别的男人吗？"陆远又问。

114

简轻语眼角泛红，只觉得眼前的一切在与当初的梦境重合，于是哽咽着回答："不找。"

"你是谁的？"

"你的。"

"谁的？"

"你的……"

简轻语被断断续续地问了许多遍，一开始还能强打精神回答，后来就干脆只顾着哭了，然而尽管她一直在掉眼泪，这次陆远也没有像赶路时那般轻易就放过她。

她被折腾了大半夜，临近天亮时，听到陆远用近乎冷酷的声音道："你是我买来的，即便我日后厌倦了，也不准找别的男人。"

……这人可真是霸道，只准自己买卖人口，却不准她赎身。简轻语轻哼一声，眼角还噙着泪，人却再次钻进了他的怀里。

憩室的床窄，且硬，有助于和好，却影响休息。简轻语累得胳膊都抬不起来，睡得都快昏死过去时，还在因为床板不舒服而皱眉，好在这种情况持续不久，她便感觉自己被被子卷了起来。

当泛着潮气的凉风吹到脸上时，简轻语勉强睁开眼睛，昏昏沉沉地只能看到陆远的下巴，她迟钝许久，才意识到陆远正抱着自己走在府邸中。

"……你要把我扔出去吗？"她声音沙哑地问。

陆远似乎没想到她会醒，停顿一瞬后冷淡道："嗯。"

"好狠的心，"简轻语看着他棱角分明的下颌，"用完就扔，负心汉。"

说罢，她重新闭上眼睛："父亲说，等早朝之后要去跟礼部尚书道歉。"

"所以？"陆远的声音凉了一分。

简轻语听出他的不悦，迟疑一瞬后开口："此事因我而起……"

"因你而起的又何止此事，"陆远眉眼彻底冷峻，"简轻语，不要跟我谈条件，当初你执意断绝关系时我便说过，再回来，便不会再是往日光景。"

简轻语心尖一颤，身上因为薄被包裹生出的汗意，此刻被凉风一吹突然发冷。她真是累昏头了，竟然觉得亲昵一场之后，便可以直接跟他提这些。

园子里蓦地安静下来，打落的花瓣和泥水混在地上，发出幽幽的香味。陆远说完迟迟没等到简轻语的回应，周身的气压越发低了，简轻语察觉到他的情绪，默默缩了缩脖子，更加不敢说话了。

转眼便从书房移到了寝房，床铺蓦地大了起来，简轻语主动到靠墙的位置躺下。陆远冷淡地看了她一眼，便一言不发地躺下了，两个人之间隔出了一条河的距离。

寝房里的气氛莫名压抑，简轻语默默搂着薄被，想缓解一下紧绷的形势，然而一开口，就是一个绵长的哈欠。

……算了，有什么事明日再说吧。简轻语实在是太累了，刚翻个身要睡，就碰到了陆远的手，她下意识地退了一下，后背抵在墙上时才反应过来——

他刚才不是跟自己隔很远吗？

想到这一点，简轻语眨了眨眼，试探地去握他的手，结果还未十指相扣，就感觉一股大力将她拖了过去。

"培之……"

剩下的话被堵在了嘴里，简轻语哼哼抗议两声后，黑暗中对上他不悦的长眸，顿了顿主动抓住了他的衣领。

又是一场"荒唐事"，这次结束，简轻语便真的一动不动了，只能安分地由着陆远将自己抱进怀里。临睡着时，她含糊地叫了他一声。

"嗯。"陆远淡淡给她回应。

"你真不帮我吗？"简轻语小手里揪着他的里衣，梦游一般问。

陆远依然冷漠："不帮。"

"可那个人让我叫他好哥哥。"简轻语嘟囔完，便直接睡了过去。

陆远："……"

简轻语这一觉睡得又沉又香，全程一个梦都没做，要不是日上三竿屋里光线太亮，她说不定还要再睡两个时辰。

睁开眼睛时，便看到一片陌生又熟悉的场景，她愣神许久，才想起这是陆远的寝房，是昨晚陆远将自己抱过来的地方。简轻语揉了揉咕噜噜的肚子，手撑着床勉强坐起来，刚坐好就因为腰太酸闷哼一声。

不用检查也知道身上都被陆远清理干净了，那人虽然没什么人性，可这一点倒是不错，就是过于爱干净，以至于每次她累得死活不肯动时，他宁愿亲自伺候，也不许她一身汗地躺在他身边，所以她每次房事之后虽然不太舒服，但至少是清爽的。

陆远不在房中，简轻语起身下床，但刚一碰到地面就脚下一软险些跪倒，然后便是难以言说的疼席卷全身，她轻呼一口气，休息够了才勉强起身，抖着腿披件衣裳，慢吞吞地走到桌前，拿起一块糕点开始吃。

她本想坐着慢慢吃的，可陆远这屋子比起府里其他地方，简陋得有些过了头，连椅子都是硬邦邦的木头做的，上头也不见有个软垫，为了避免受罪，她还是站着吧。

不紧不慢地吃完半盘糕点，简轻语总算舒服了些，神色淡淡地盯着桌上的半杯茶看。陆远一向占有欲极强，最厌恶自己的所有物被人染指，她临睡前特意提到那人羞辱她的事，也不知能不能刺激他对礼部尚书下手，如果不能……

那她也没有办法，毕竟能做的她都做了，父亲亏欠她们母女太多，这次就当她欠他一次。

简轻语抿了抿唇，正准备回侯府看看情况，一个丫鬟便走了进来。简轻语看向她，发现她是上次给自己传话的人。

"姑娘，"丫鬟这次毕恭毕敬，行礼之后低眉顺眼道，"大人吩咐，等您醒了便送您回去，这个是大人要奴婢交给您的，他要您带回去之后再看。"

说着话，将一个叠得整齐的布包呈了上来。

简轻语一眼就看出这东西是陆远亲自叠的，虽然好奇里面装了什么东西，但想到丫鬟的话还是忍住了，只是接过来抱在怀中："嗯，有劳了。"

丫鬟又福了福身，一路将她送到了马车上。在马车里的软垫上坐下时，简轻语轻呼一口气，感慨这京都的人个个都会看人下菜碟，同样是留宿，她上次没与陆远同房，便跟这次不是一个待遇。

马车从陆府后门驶出，车夫催马快速跑了起来。陆远这马车也不知是怎么造的，明明跑得极快，可马车里却十分平稳，连小桌上杯子里的水都不怎么晃动。

简轻语一个人坐在马车上，不住地打量手中布包，她捏了很多遍，手感像是布料非常柔软，所以推测是昨日自己没穿的那套衣裙。

可若说是衣裙，又未免薄了些……到底是什么呢？简轻语越来越克制不住拆开的冲动了，好在马车跑得够快，她没抓心挠肝太久，马车便停在了侯府后门。

"姑娘，到了。"车夫提醒道。

简轻语应了一声，拿着布包从马车上往下走。

她这次快到晌午才回，英儿早就在侯府后门等着了，正焦急踱步时，就看到一辆不显眼的马车朝这边跑来。马车不是她租的那辆，也没有陆府的标志，所以她上前一步后又迟疑起来，好在马车很快停下，熟悉的身影从上面走了下来。

"大小姐，这马车是您自己租的吗?"看到简轻语后，英儿急忙迎上去，接过她手里的布包背在身上，然后空出手来扶着她。

"不是，是陆府的，"简轻语回答完，看到她眼底的疑惑，笑了笑道，"我与陆远这关系见不得人，自然不能坐有陆府标识的马车回来。"

当今圣上多疑，最不喜欢锦衣卫与权贵交往过密，陆远是对她有几分喜爱，可远不到为她开罪圣上的地步，自然是不会大摇大摆地送她。

听到她这么轻描淡写地定义她与陆远的关系，英儿顿时心疼了，一边往府中走一边絮叨:"您怎么这个时候才回来，侯爷下朝之后叫人来请过您，奴婢都快吓死了，也不敢胡乱编瞎话说您病了，只能推说您还没醒，您若再不回来，奴婢可真是要活不成了!"

"这个时候找我做什么?"简轻语疑惑。

英儿摇了摇头:"奴婢也不太清楚，只知道侯爷心情极好，一回来便说什么'恶有恶报'，然后便叫人来请您，说是要一家人吃个饭庆贺一番，想来是有什么好事发生?"

简轻语心头一动:"只说一同用膳? 没说要出门?"

"没有啊。"英儿不解地开口。

简轻语斟酌片刻:"你可知礼部尚书的府邸在哪儿?"

"京都权贵常有往来，奴婢也曾替侯爷去送过年礼，自是知道的。"英儿回话。

简轻语点了点头:"那你叫个机灵点的丫头，去他府宅门前转一圈，也不必查探什么，只消看一看他们家门口的小厮都在做什么。"

"……是。"虽然不太明白为何要看这些，但英儿还是乖巧地应下了。答应之后想起侯爷叫一同用膳的事，又急忙问，"侯爷他们怕还在等着，那……那您要去吗?"

简轻语叹了声气，难掩脸上的疲色："去不了。"

"这样侯爷会不会生气?"英儿一脸担忧。

简轻语顿了一下："不怕，简慢声会替我圆过去。"

……可二小姐为何会这么好心? 英儿越发不明白了，只是还未问出口，就听简轻语道，"你叫人烧些热水吧，我要松快松快再歇着。"

"是，奴婢这就去。"英儿说罢，便赶紧去叫人做事了。

简轻语乏得厉害，一个人飘一样地回寝房了，待热水都送过来后，派出去打探的丫头也回来了。

"尚书府大门紧闭，谢绝见客，大小姐没叫奴婢打听，奴婢便没问人，只听经过的百姓闲话几句，说钱尚书上朝回来后脸色难看，之后便叫人将门关上了。"丫头说完，便低着头出去了。

待她一走，英儿立刻问："大小姐，莫非钱尚书便是侯爷所说的恶人?"

"应该是吧。"简轻语想到枕旁风有点儿作用，心情便突然愉悦。

英儿没有多问，正要退出去让简轻语沐浴，就被她给叫住了："别走，你扶着我沐浴。"

她沐浴时向来都是一个人，这会儿突然叫人伺候，英儿愣了愣。简轻语也十分无奈，她也不想连沐浴都要人服侍，可是以她现在的状态，很难一个人迈进浴桶。

英儿愣了愣，急忙上前为她更衣，当一件件衣衫落下，触目惊心的痕迹暴露在眼前，英儿先是震惊地睁大眼睛，接着眼泪唰地流了下来："大小姐，大小姐……"

"哭什么，这些只是看着吓人，其实不疼的。"简轻语无奈道。真正不舒服的是其他地方，只是不足为外人道而已。

英儿却不相信，但怕她跟着伤心，便胡乱擦了擦脸上的泪，哽咽着说了句："您受苦了，奴婢待会儿去买些药给您敷一敷吧。"

简轻语哭笑不得："可别，放着不管，过几日就好了。"其实涂些药确实能消得更快，可她现下实在是没力气，便只能放任不管了。

英儿还想说什么，见她心不在焉，最终还是含着泪点了点头。简轻语是真的没有力气，索性一句话也不说了，在英儿的伺候下泡了热浴。

沐浴之后，身子没有那么沉了，困倦却重新袭了上来，她换上一件轻薄里衣正要躺下，突然想起还未解开的布包，于是拿了到床上坐下，这才慢悠悠地解开。

布包解开，一张字条飘了出来，简轻语还未来得及去看写了什么，就看到里面叠得整整齐齐的东西。

她："……"

僵坐许久，她的脸唰地红了，又是窘迫又是羞恼，在心里骂了陆远无数遍，这才看向字条：洗干净。

她："……"

简轻语深吸一口气，直接把布包扔到了地上，叠得整齐的床单就此散开，上面一抹暗红默默提醒她先前都做了什么蠢事……所以陆远是如何发现的？她不是藏得很深吗？！

一想到陆远找到床单时的场景，她顿时无地自容地捂住脸呜咽一声，气哼哼地将床单捡起来扔到床底下，这才板着脸躺回床上。

她的床铺比陆远寝房的那张更软，倒下后整个人都陷进了柔软的被褥，羞窘之后，困意越发浓重，她带着一点气恼不甘地睡了过去。

可能是因为在自己的房间休息，也可能是礼部尚书这个后患解决了，简轻语这一觉睡得竟比在陆府时还香，一直睡到天色黑了，才迷迷糊糊地要醒来。

大概是睡了太久，她半梦半醒的状态维持许久，眼睛都仿佛胶住了一般极难睁开，直到还疼着的地方突然感到一抹清凉，她才猛地睁开眼。

待她不可思议地看向某人时，某人已经掏出锦帕，在仔细擦拭手指上沾染的药膏。

看着他用公事公办的表情擦手指，简轻语的脸唰地红透了，整个人仿佛要冒热气一般，连滚带爬地躲到墙角控诉："你、你怎么来时也不说一声……"说完，觉得这句重点有些偏，于是重新小声抗议，"你怎能趁我睡着的时候往我……乱涂东西！"

"还疼吗？"陆远将脏了的手帕扔到地上，抬起长眸反问。

简轻语眨了一下眼睛，这才后知后觉地发现火辣辣的疼痛减轻了不少，她顿时愣住了："你、你是怕我难受，所以专门来给我涂药的？"

这可不像他会做的事啊。

陆远没有回答她的问题，而是从怀中掏出一个瓷瓶扔给她。

简轻语接过去打开，倒出两粒药丸，她嗅了嗅，确定这是避子药。原来涂药只是顺便，不让她怀上他的骨肉才是重点。

简轻语干脆利落地将药吃了，喝一口凉茶解苦后才道："其实你不必特意走一趟，待我歇够了，会自己配一服药的。"

陆远顿了一下，抬眸看向她："陆府此药多的是，你尽管拿，不得再配。"

啧，家里藏这么多避子药，一听就不是什么正经人。简轻语在心里吐槽一句，没拿他的话当回事儿。

"若我知晓你自己配药，便将你绑起来挂城门上三日。"陆远语气突然阴森森的。

简轻语瑟缩一下，这回总算听进去了："嗯，我以后只吃你的药……"不肯让她自己配药，是怕她动手脚怀上孩子吧，真是心机深重。

两个人对视一眼，寝房里便再次沉默下来，简轻语瞄了眼陆远手边的药膏，感到身上减轻大半的疼痛，顿时有些馋了，只是还未等她讨要，陆远就直接收了起来。

简轻语："……"避子药给得挺痛快。

她再次无言，又一段漫长的沉默之后，见陆远迟迟没有要走的意思，她有些坐不住了："您还有什么事吗？"没事就赶紧走。

陆远撩起眼皮看向她："有。"

"……什么事？"简轻语只好陪聊。

"我叫你洗的床单，洗了没有？"陆远将她刚才剩了半杯的茶端起来，饮尽之后不紧不慢地问。

简轻语的脸轰地一下热了，欲言又止，半天才艰难开口："……我昨晚累坏了，回来之后就在睡，明日洗，"说完顿了顿，试图转移话题，"我们聊些别的吧。"

"你要聊别的?"陆远若有所思。

简轻语急忙点了点头:"聊别的,什么都行。"只要别提床单了。

陆远眼底闪过一丝嘲讽,盯着她看了半晌后缓缓开口:"如今京中传闻,你与秦家那个打秋风的远亲已经定了终身,你如何看?"

简轻语:"……"要不还是聊回床单吧。

第十三章　撒娇

面对陆远审视的目光，简轻语往下缩了缩："流言而已，大人知道的。"

"我知道什么？"陆远抬眸看向她，"知道宁昌侯府离南山寺几十里地，你特意跑一趟便是为了相看他？"

简轻语没想到这旧账算起来没完了，当即清了清嗓子，讨好地磨蹭到他身边，扶着他的膝盖亲了亲他的唇角："大人吃醋了？"

"怕你忘了自己的本分。"陆远捏住她的下颌。

简轻语歪头看他，眼睛泛着灵动的光："喃喃从未忘记，此生只喜欢大人。"

"睁眼说瞎话。"陆远眼底闪过一丝嘲讽。

简轻语知道他又想起自己躲着他的事，当即更加努力地卖弄："喃喃说的是真的，培之高大俊美，又对喃喃好，喃喃最喜欢的便是大人。"

听着她大人培之地乱叫，明知道她嘴里没一句真话，可依然觉得受用。陆远的指腹在她下颌上摩挲几下，若有所思地问："流言一事，可要我来解决？"

"……多谢大人，但还是喃喃自己想法子吧，我不想您再因为这件事不高兴。"简轻语体贴地拒绝了。

陆远定定地看了她许久，最后握住了她的手："不想让我不高兴，就尽快解决。"

"是。"简轻语应了一声，对着他温柔地笑笑。

她眉眼温顺地看着他，小狐狸一般的眼眸中只有他一人，给人一种深情的错觉。陆远沉默地与她对视，眼底逐渐变得晦暗。

简轻语与他对视片刻后咽了下口水，默默将手从他膝盖上拿下来，然后扭头就要往她的墙角跑，然而刚离了两步，便被他攥住了脚踝。

虽然身上已经用了药，但还是有些疼的，简轻语一时没停住扯了一下，顿时疼得闷哼一声。

陆远听到她的痛哼，不悦地松开了她，接着将人整个抱到了腿上："跑什么？"

简轻语撇了撇嘴："……还疼，不能做。"

"我说要做了？"陆远反问。

……你是没说，可眼神快将她衣裳都扒了。简轻语敢怒不敢言，只是憋闷地哼一声。

陆远唇角勾起，突然将人抱了起来，简轻语惊呼一声，不等揽紧他的脖子，后背便妥帖地碰触到柔软的被褥，她顿了一下，任由他将自己放平。

陆远把人放下后，自己也在旁边躺下了，闭上眼睛淡淡道："我明日要去趟近郊，三日后回来，若自己解决不了，就去找季阳。"

找那匹野马，她宁愿名声就这么臭着。简轻语心里吐槽一句，面上依然乖巧："是。"

陆远顿了顿，仿佛猜出了她的心思，睁开眼冷淡地看向她："他会帮你。"

"……嗯，我若解决不了，一定会去找他的。"简轻语一脸真诚。

陆远知道她只是说说，但也没有拆穿她，只是重新闭上眼睛。

简轻语安静地躺在他身边，因为白日里睡了太多，此刻一点困意也没有，老实片刻后便忍不住开口说话："大人。"

"嗯。"

"你今日教训那个礼部尚书了吗？"

"没有。"

"骗人，"简轻语轻哼一声，"我都知道了，他今日下朝后便闭门不出了，肯定是你做了什么。"

"既然知道了，为何还问我。"陆远不悦。

简轻语攀上他的胳膊："我只是想知道大人是怎么帮我的。"

"拿了点他的小错，递了折子给圣上。"陆远淡淡开口。

简轻语恍然，接着问："那圣上是如何罚他的？"

"闭门思过一个月，罚俸半年。"陆远回答。

"罚得这样重呀，"简轻语惊叹，"那岂不是休息一个月，却半年都没进账？"

陆远不语。

简轻语看得出他不想与自己说话，可她毫无困意，又不能做别的事打发时间，只能凑到他的脸旁闲话："半年没俸禄，他府上那么多人该怎么养活?"

陆远还是不说话。

"大人不如再查查他可有贪污……"

"简喃喃。"陆远睁开眼睛低头，恰好与她的视线撞上。

被叫全名，简轻语一凛："怎、怎么了?"

"我今日只睡了不到半个时辰。"陆远平静道。

简轻语顿了一下："为何睡这么少?"

"你说呢?"陆远反问。

简轻语眨了眨眼，回过神后忙躺好，默默消化脸上的热度。两人折腾那么久，他又要上早朝，又要处理礼部尚书，锦衣卫还有一大堆事，他自然不会像她一样，有一整日的时间可以补眠。

陆远看着瞬间老实的简轻语，重新闭上眼睛之前还不忘警告一句："再敢胡闹，就将你扔出去。"

简轻语紧闭双眼，假装已经睡着，然而——

咕噜噜……

她尴尬地睁开眼睛，对浑身冒寒气的陆远小声说："我一整日就吃了半盘点心……"

两刻钟后，寝房灯火通明。

房门被敲响三声，然后外头传来英儿的声音："大小姐，饭菜已经准备好了。"

简轻语默默无视板着脸的陆远，急忙跑去将门开启一条小缝，看着面露紧张的英儿问："可够两个人吃的?"

"……够、够的，"英儿在听到她要两人的餐食时，便已猜到了什么，此刻低着头不敢看房中，"但奴婢担心……所以只要了一副碗筷。"

"嗯，将饭菜给我吧。"简轻语说着，从她手上端过托盘，运到桌上后又折了回去。

来来回回两三趟，桌子上便摆好了四菜一汤，简轻语去门口将托盘还给英儿，示意她拿走后便关上了门。

"大人，陪喃喃用餐吧。"简轻语含笑将陆远拉到桌旁坐下，夹了块腐竹喂到他唇边，虽然不知他用过晚膳没，但根据以往的经验，他似乎颇为享受这种投食的服务，所以一般不会拒绝。

果然，陆远只是淡淡地看了她一眼，便吃下了嘴边的菜。简轻语眼底闪过一丝笑意，和他你一口我一口地分吃饭菜，一桌菜很快用了大半。

用过膳，灭了灯，二人便歇息了。

简轻语也不知道自己是何时睡着的，只知再次醒来时，外头不过蒙蒙亮，而身边已经没有了陆远的痕迹。她坐起身发了会儿呆，这才披上衣裳往外走去。

清晨的别院透着一股清凉，空气里泛着清淡的花香，早起的下人们正在院中洒扫，看到她后恭谨地福身行礼，然后继续各忙各的。

简轻语站在廊下深吸几口气，顿时觉得心旷神怡，伸个懒腰重新回房，准备梳洗一番出去散散步。

她换好衣裳时，英儿匆匆赶来，拿起梳子便开始为她梳发髻："大小姐今日怎么醒得这样早？"

"昨日睡得太多，自然就起早了。"简轻语刚呼吸过新鲜空气，心情还算不错。

英儿偷偷瞄了一眼镜中的她："昨夜可是……陆九爷来过？"

"嗯。"英儿是自己的贴身丫鬟，日后这种事早晚要习惯，她没必要藏着掖着。

英儿闻言倒吸一口冷气，顿时担心起来："那、那您可又受伤了？"

简轻语先是一顿，接着反应过来她说的受伤是什么，顿时哭笑不得："都说了那不是受伤……罢了，别担心，他昨晚什么都没做。"

"那、那就好……"英儿抿了抿唇，半晌还是红了眼眶，"可继续这样也不是办法，您明明不喜欢侯府，何必要为了侯府如此委曲求全？"

昨日下午，礼部尚书被禁足的事便传得沸沸扬扬了，她虽脑子不好，可也能猜到礼部尚书这时被罚，应该与大小姐去了趟陆府有关，一想到大小姐为此牺牲了什么，她便心疼得不能自已。

简轻语失笑："我是不喜欢侯府，可也不能让伯仁因我而死，再说……也并

126

非全为了侯府。"

陆远摆明了不想放过她，即便整个侯府都搭进去，她也无法脱离他的掌控，既然如此，又何必再难为自己、难为侯府。其实仔细想想，无非就是这些事，陆远对女人不算差，她跟着他也不吃亏，只是回漠北的时间要往后延了，毕竟陆远看起来不像一时半会儿会腻了的样子。

英儿见她眉眼和顺，不像有委屈的样子，一时间也迟疑起来："那、那您还嫁人吗？"

"自然是不能的。"简轻语好笑地摇了摇头，陆远那人霸道惯了，怎可能容忍自己的东西冠上别人的名儿。

英儿皱起眉头："若不嫁人，如何让侯爷答应立家？"说完，她顿了一下，"您要请陆九爷帮忙吗？"连礼部尚书都能轻易整治，相信说服侯爷也不难吧。

"当然不了，我会自己想办法，"简轻语说完，又特意嘱咐，"日后他或许会常来，无论何时，都不许在他面前提起此事。"

她如今虽算陆远半个枕边人，可却不想求他太多，就像养猫养狗，付出越多便越难割舍，超过可承受的范围便会生恶，不管是难以割舍，还是厌烦生恶，后果都不是她能承受的。

她更希望就这样不远不近的距离，待到哪日他肯高抬贵手放过她了，他继续做他风光无限的陆大人，她回漠北做个快活肆意的老姑娘。男人的本性便是喜新厌旧，相信这一日来得不会太晚。

想到以后，简轻语整个人都轻松起来，然而下一瞬，便想到了京中流言的事，顿时忍不住叹了声气。陆远要出门三日，三日内她总要解决了才行，否则到时候少不得又要被折腾。

只是她一介闺中女子，又不肯找季阳帮忙，该如何才能平复流言呢？

没等她想出个法子来，宁昌侯倒先来找她了，一见面就劝她与赵玉庆定亲。

"若是以前，我绝不会给你找个这样的人家，可如今侯府不得人心，外头又风言风语的，你若不嫁那赵家小子，那日后就只能嫁鳏夫纨绔之流了。"宁昌侯一脸愧疚，有些不敢看她的眼睛，"不过你放心，为父已经替你相看过了，那赵玉庆虽然相貌一般，可性子憨厚老实，是个值得托付的人。"

简轻语闻言不语，倒没有太大的反应。

毕竟侯府不比从前，从南山寺回来那日起，她便料到宁昌侯会答应这门亲事，先前她也想过利用这门亲事完成母亲遗愿，但之后流言满天飞，她思索之后直接放弃了，更别说如今已经重回陆远身边，更不可能再与那人有什么瓜葛。

简轻语思忖片刻，才缓缓开口："父亲可是已经答应这门亲事?"

"……还没有，总要先同你说了，才能给赵家回话。"宁昌侯见她不吵不闹，心里越发愧疚。

简轻语微笑："我若不答应呢?"

"轻语，你不要任性，爹知道赵玉庆配不上你，可眼下人人都知道他是为了你，才会被锦衣卫所伤，而且……"

"先让我见见他吧，"简轻语温和地打断，"上次南山寺一行也没正式说过话，若直接定亲，未免草率了些。"

"是是是，是要见一面才行，他憨厚体贴，你好好聊上几句，定是会喜欢的。"宁昌侯对赵玉庆的印象还算不错，见她不抵触，顿时高兴起来。

简轻语笑笑，敷衍几句便将他送出别院了。

宁昌侯似乎怕她反悔，翌日一早便叫上秦怡，带她往秦府去了。

大约是知道这门亲事太不相配，秦怡难得一句话也没说，倒是宁昌侯一路说了不少赵玉庆的好话，简轻语但笑不语，只是安静地听着。

到了秦府，秦夫人热切相迎，看到简轻语后更是笑得见牙不见眼，拉着她的手不肯放："轻语丫头，你就放心吧，我那哥嫂都是好相处的，玉庆也听话懂事，你嫁过来之后肯定都是好日子。"

还未定亲，她便开始说这种话，显得有些过了，秦怡顿时皱了皱眉，生怕宁昌侯因此生气，好在宁昌侯只是脸上的笑容淡了些，并没有说别的话。

秦怡兄长倒是懂些事理，闻言板起脸教训："行了，八字还没一撇，就别说这些了。"

早在简轻语回京的时候，她便提过为简轻语和赵玉庆说亲，他当时坚决反对，不承想她竟瞒着他去了南山寺，回来之后流言传成这样，他已觉对不住妹妹一家，自是不允她再胡言乱语。

秦夫人不当回事儿："板上钉钉的事儿，说说又怎么了，现下谁不知道轻语只能嫁……"

话没说完，秦怡便咳了两声，秦怡兄长也皱起眉头，宁昌侯更是要扭头就走，但想到什么之后还是忍了下来。

简轻语的视线从四个人身上扫过，轻笑一声道："赵公子何在?"

"他伤还没好，不宜见风，"秦夫人忙道，说完还捂嘴笑了笑，"他这伤虽重，但能得你来看看，也算受得值了。"

听到她话里话外提醒他们，赵玉庆是因为他们才受伤的，简轻语扬了扬眉，倒也没有反驳，只是随他们走到赵玉庆的院子后，对着四人福了福身："四位长辈可否答应轻语一件事。"

"你说。"秦夫人忙道。

简轻语笑笑："待会儿着人进去通报，可否只说我一个人来的，四位长辈就在外间，不论我与赵公子聊什么，都不要出声，这样既能让我们多说说话，也有长辈们盯着，说出去不算逾矩。"

这要求太过奇怪，四个人面面相觑，最后还是秦夫人笑着招呼："那便这样吧，轻语愿意多与玉庆说话，那是好事!"

她这么说了，其他三人也没有意见，于是秦怡兄长叫来小厮，吩咐之后一行人便进去了。

因着院子里的约定，四人走到外间便停下了，只有简轻语一个人进了里间。赵玉庆已经等候多时，看到她急忙站了起来，却因为扯到伤口又皱眉坐下，疼得咝了一声。

简轻语在桌边坐下，安静地看着他。

没等到想象中的关心，赵玉庆憨厚一笑道："我这胳膊伤得有些重，所以一直没好，怕落下病根不能吹风，只能请简小姐来寝房相见，实在是失礼了。"

"赵公子客气，有伤在身自然要多休养。"简轻语缓声道。

赵玉庆不好意思地挠挠头："多谢简小姐体谅，我也是太过倒霉，不知怎的就得罪了锦衣卫，结果被伤成这样。"

说罢，他便看向简轻语，本以为会看到她愧疚的神色，结果只看到她唇角扬起，竟是这么笑了起来。虽然这笑来得突兀，赵玉庆还是看呆了。

外间和里间只隔一道薄墙，里头说什么外面都能听清楚，秦夫人听到二人和缓的对话，心想这事儿或许能成，喜气顿时快要溢出来了，而秦怡兄妹也默默松一口气。倒是宁昌侯，见女儿这般懂事，心里反而说不出的难受。

四个长辈心思各异，正各自走神时，突然听到里头的简轻语说了句："赵公子的意思，是锦衣卫伤的你？"

四人顿了一下，再次集中于里间的对话。

不知被偷听的赵玉庆，在听到简轻语的问题时愣了一下，接着朴实地笑笑，却没有正面回答："简小姐何出此言？"

"没什么，只是听赵公子话里话外都提及锦衣卫，就有此一问而已，说起来舍弟也被锦衣卫伤过，腿断了不说，还受了内伤，吐了很多的血，赵公子似乎只伤了胳膊，倒不像锦衣卫的作风。"简轻语语气轻描淡写。

赵玉庆笑不出来了："简小姐在怀疑我撒谎？"

"怎么会，只是想起舍弟那次受的伤而已，"简轻语笑笑，"对了，赵公子是读书人，不善骑射，会从马上跌下来也正常。"

"我听不懂简小姐的意思！"赵玉庆猛地站起来，憨厚的笑容一消失，又黑又糙的脸便显得狰狞起来。

简轻语扬起唇角："赵公子急什么，我这才说了几句，还没提近来京都的流言呢，"说着话，她看向赵玉庆，眼底闪过一丝笑意，"你说奇不奇怪，南山寺一行只有简、秦两家知晓，却传出这样乱七八糟的闲话……"

"是锦衣卫做的！不然还能是我吗？！"赵玉庆不悦地打断。

简轻语眼底笑意更深："那就更奇怪了，锦衣卫只知晓简、秦两家出现在南山寺，如何知道我们是去做什么的？"季阳知晓，是因为套了简慢声的话，但此事赵玉庆绝对是不知道的。

外间，四个人的表情逐渐凝重，秦夫人尤为不安，好几次想站起来，都被秦怡兄长用眼神制止了。

果然，赵玉庆愣了一下，随后皱紧眉头："锦衣卫看不惯你们宁昌侯府，自然会编排你们。"

"赵公子句句不离锦衣卫，看来锦衣卫真是不错的说辞，"简轻语抬眼看向他，"你说，若有人将此事告与锦衣卫，他们是认了，还是揪出造谣生事的人？"

"简小姐是觉得锦衣卫有工夫管宁昌侯府的闲事儿？"赵玉庆双手紧扣桌面，表情逐渐不善。

听到他颇有攻击性的语气，宁昌侯表情更加难看，秦夫人几次站起来，都被秦怡兄长严厉制止。

面对赵玉庆挑衅一般的语气，简轻语倒是淡定："何必要闹到锦衣卫那里，真要想查，也不是查不出来，流言总是有个源头，才能流传这么远。赵公子在京都没什么根基，能用的人要么是秦夫人的手下，要么是自己花银子雇来的，总归远不出秦家方圆三里地，侯府如今是不如以前，可查些人出来，似乎也不难。"

赵玉庆呼哧呼哧地喘着粗气，本就粗糙的脸越发黑了，简轻语蹙了蹙眉，十分硌硬他这么居高临下地看着自己，于是也站了起来，往后退了两步："你很聪明，也很会演，可惜错算了一点。"

"哪一点?"赵玉庆下意识地问。

简轻语扬起唇角："错算了从头到尾，我都不曾觉得这些事是锦衣卫做的。"陆远将她视作自己的所有物，既然是所有物，就不会往她身上推这些脏事，所以她从一开始就没怀疑过他。

不是陆远，就只能是这件事发生后受惠最大的人了，这也是她思索过后决定放弃亲事的原因。她想要一段短暂且容易放下的亲事，这种心思深沉、无所不用其极的人不适合她。

赵玉庆看着她笃定的表情，眼底闪过一丝不甘，半晌突然笑了起来："即便你猜到了所有又怎样，如今你已经臭了，除了嫁给我还有别的选择吗? 宁昌侯若真疼你，又怎会一直不让你回京，我看他就算知道真相，为了宁昌侯府的名誉也会……"

"畜生! 我打死你!"

外间传来一声暴喝，赵玉庆吓得一哆嗦，还没反应过来宁昌侯便冲了进来，朝着他一脚踹去，秦怡兄长也跟进来，黑着脸补了一脚，秦夫人和秦怡急忙去拦，四周顿时一片兵荒马乱。

简轻语在混乱之中被推了一把，撞在了身后的花架上，腰间顿时一疼，她蹙了蹙眉，揉着腰转身离开了。

知道宁昌侯还要逗留一阵，她便准备先坐马车回家，结果走到秦家大门口等马车出来的工夫，季阳恰好从此处经过，一看到她立刻勒马停下，冷笑着说了句："大白天的跑到秦府，怕是专程来看赵玉庆的吧，你果然跟他有一腿，我现在就去告诉大人，这次大人不杀你我就跟你姓！"

说罢，也不听简轻语解释，便快马加鞭离开了。

简轻语："……"简阳？行吧，这名字听起来还不错。

第十四章　为媳妇出头

简轻语回府一个时辰后，宁昌侯才回来，一进家门便怒气冲冲地去了别院，看到她正坐在石桌前插花，顿时气不打一处来："你还有心情摆弄这些?!"

简轻语一脸无辜地抬头："该解决的父亲不是已经解决了，女儿为何会没心情?"

"为何不提前告诉我！非要当着这么多人的面给我一个措手不及！"宁昌侯质问。

相比他的咄咄逼人，简轻语神色轻松："女儿此举也是无奈，父亲何苦再逼问。"

"你有什么可无奈的！"宁昌侯越发烦躁。

简轻语顿了一下，眼底流露出一丝嘲讽："连赵玉庆这等八竿子打不着的人，都知晓女儿不被父亲看重，父亲当真不知女儿有何无奈?"

"胡说……"

"是不是胡说您心里清楚，"简轻语含笑打断他，"看看满京都的权贵子弟，有谁像女儿一般自幼被养在漠北，十七年来见父亲不到十次，又有谁像女儿一般，身为嫡长女，母亲去后却连祖坟都不能进。"

宁昌侯被她噎得半天说不出话，好一会儿才沉下脸："若非你母亲非要将你留在身边，我又怎会让你待在漠北，养成今日这样放肆的性子，你不去怪你母亲，反而来怪我?"

"那便更有趣了，母亲连自己的人生都做不了主，还能决定女儿的去留?"简轻语脸上的笑意淡了些。

宁昌侯不耐烦："所以呢? 你终于装不下去了，要来质问我了是吗? 可你别忘了，将你们母女留在漠北的不是我，是你祖母！你难不成，还要记恨一个已

133

经过世的长辈?!"

"说不准母亲进祖坟的也是祖母，可父亲还不是拿这件事与我谈了条件，可见父亲只要愿意，是不会被规矩孝道牵绊的，"简轻语的笑意彻底消失，冷淡的样子与陆远有些相似，"还有，我母亲也过世了，若说死者为大，大的也该是生我养我的她。"

"放肆！胡闹！你……"宁昌侯指着她的鼻子，气得甚至想动手，可看到她的眼神后竟生出一分畏惧。

简轻语看向他迟迟没落下的手，半晌突然垂下眼眸："若今日经历这一切的是简慢声，你与秦怡是会将她匆匆嫁给那个赵玉庆，还是宁愿将她养在身边一辈子?"

宁昌侯愣了一下，突然不知该如何回答了。若真发生这样的事，即便他愿意嫁女儿，秦怡怕是也不肯……

他能想到的，简轻语自然也想得到，苦涩地笑了笑后开口："秦怡有千般不是，可有一点好，就是她还活着，还能护着一双儿女。"

宁昌侯心头一酸，突然有些无地自容。

简轻语平静地看着他："父亲放心，我只是随口一问，并非嫉妒慢声，毕竟要有人在乎，才有资格嫉妒……总之日后不必再劳烦父亲为我相看夫婿，至于母亲的衣冠冢，父亲愿意立就立，不愿意便算了。"

"轻语……"

"父亲也累了，回去歇着吧。"简轻语冷淡地打断。

宁昌侯皱起眉头，正要说什么，余光扫到别院躲在廊后的下人们，咬了咬牙还是扭头走了。

宁昌侯走后，英儿急忙跑出来："大小姐您没事吧?"

"我能有什么事?"简轻语失笑。

英儿将她从头到脚打量一遍，眼眶突然红了："大小姐，您很思念先夫人吧……"她回来这么久，英儿一直以为她已经从丧母之痛里走了出来，可方才听到她说那些话，才明白她远没有表现得那般平静。

"你可别哭，我方才那些话只是为了让他愧疚才说的，没你想得那么真心实意。"简轻语忙打断她。

英儿噎了一下："真的?"

"当然,"简轻语眼底闪过一丝笑意,"现下恼人的订婚之事解决了,他一时半会儿也不会再给我相看夫婿,若他的愧疚足够多,还能立刻为母亲立冢,那可就是三全其美了。"

"没伤心就好,那奴婢就祝大小姐能得偿所愿!"英儿轻呼一口气,也跟着笑了起来。

简轻语歪了歪头:"谢谢英儿。"

主仆二人相视一笑,便直接闹作了一团。

然而好心情没有持续太久,翌日一早,简轻语还睡着,便被英儿不太温柔地弄醒了。

"怎么了……"她声音含糊地问。

"大小姐!那个赵玉庆太不要脸了,他竟然叫了几个人,带了几箱金银珠宝跑到侯府门口,大肆张扬说是来下聘的!"英儿愤怒道。

简轻语瞬间清醒了,一时间有些无语:"他这是打算无赖到底了吧?"

"呸!他也配吗?侯爷已经出去了,定将他打出去!"英儿气得咬牙切齿。

简轻语思忖一番,以最快的速度更了衣,带着英儿快步往大门口走去。

还未到门口时,便远远看到那边堵了一堆家丁,外头人声鼎沸,显然聚集了不少人看热闹。她又往前走了两步,宁昌侯的呵斥声传了过来:"赵玉庆!你这宵小之辈,若再不滚开,本侯就叫人打死你!"

"打死我?大家都快看啊,侯府要杀人了!就因为我与大小姐心意相通要杀我啊!大家一定要帮我做证……"

"你再胡说八道!来人,给我撕烂他的嘴!"秦怡的声音也传了过来。

她一发话,家丁便冲了过去,外头顿时更热闹起来,赵玉庆鬼哭狼嚎地死活不肯走,一时间动静更大,也就聚集了更多的人。

简轻语躲在门后往外看,就看到秦家夫妇匆匆赶来,秦夫人一看到赵玉庆便哭:"你个小混蛋!非要连累死姑母是吗?!"

"姑母,快帮我劝劝侯爷,就让他答应我和大小姐的亲事吧!"赵玉庆被揍得抱紧箱子,还不忘咬牙喊话。

秦夫人气得直拍腿,可当看到他脸上的血后,便跪下对秦怡兄长哀求:

"夫君，如今事情已经闹成这样，为了宁昌侯府和秦家的脸面，不如就成全玉庆吧。"

"你胡闹！"秦怡兄长闻言大怒，"若非你乱来，今日如何能闹成这样？！"

宁昌侯也听到了秦夫人的话，顿时气得直哆嗦："你们夫妇若再敢多说一句，本侯连你们都打！"

"侯爷不可，那可是我亲兄长呀！"秦怡劝道。

几个人吵成一团，打人的家丁逐渐停了下来，赵玉庆擦了把嘴角的血，眼底浮现一丝兴奋。京都女子最重名节，他今日一闹，简轻语便只能嫁给他了。

简轻语看到他扭曲的脸喷了一声，一想到此事很快就会传遍京都，便对他生出一分同情。闹剧看到这里似乎也没什么可看的了，她正要转身离开，便不经意间和赵玉庆对视了。

赵玉庆一看到她顿时笑了，正要叫她的名字，远处突然传来了马蹄声。

马蹄声来得声势浩大，宁昌侯四人争辩的声音渐渐小了下去，四周看热闹的百姓面面相觑，场面一时间安静下来。

半晌，不知是谁喊了一句"锦衣卫来了！"，所有人顿时慌了，只是还未逃散，便被身着飞鱼服、腰配绣春刀、骑着高头大马的锦衣卫们围堵在侯府门前。

看着这些鲜衣怒马的少年郎，简轻语扬了扬眉，一时又不想走了。这些家伙虽然残忍粗暴没教养，可不得不说个个都生得五官端正样貌极好，也难怪京都那么多小姑娘宁愿忍着恐惧，也要偷偷看上一眼。

百姓们被围起来后，都下意识地跪了下去，简、秦两家人面色也不大好看，在看到锦衣卫鱼贯让出一条路，陆远骑着烈马款款走来时，表情更是难看到了极点。

"陆大人。"宁昌侯先对马上之人打了招呼。

陆远淡漠地看向他："途经宁昌侯府，听到吵闹便来看看，"说罢扫了一眼地上几个系着红布条的箱子，这才重新开口，"侯爷这是？"

宁昌侯脸色铁青，还未来得及说话，赵玉庆便急忙道："大人，是晚生为侯府大小姐准备的聘礼。"

"放肆！"

"胡说！"

秦怡兄长和宁昌侯同时开口，宁昌侯又骂了几句，赵玉庆却坚持是来下聘的，还口口声声说自己与侯府大小姐心意相通，简轻语便忍不住凑近门缝，想看陆远是何反应。

陆远一脸平静，只是眼底晦色一片，显然心情不怎么好。

赵玉庆看不出脸色，在顶撞完宁昌侯后，竟扑通跪在了陆远跟前："陆大人，陆大人做主啊！晚生对大小姐痴心一片，求陆大人成全晚生吧！"

陆远跟宁昌侯府八竿子打不着，他之所以会求陆远，无非是觉得陆远与宁昌侯不对付，宁昌侯反对的事陆远一定会答应，且宁昌侯也不敢反对陆远。

他能想到的事，其他人也能想到，秦夫人眼睛一亮，宁昌侯脸黑得越发厉害，秦怡兄妹保持沉默，一时间所有人都严肃起来。

只有简轻语，偷偷叫来英儿，压低了声音道："叫人多备些水和皂角，待会儿得仔细将门前那几块地砖擦擦。"

英儿："……地砖很干净啊，为什么要用皂角擦？"而且现在是担心地砖的时候吗?！

简轻语叹气："我也不想，可架不住有人找死。"

说罢，她回头正要继续看热闹，却猝不及防对上了陆远警告的视线。

简轻语："……"他什么时候发现她的？还有，他这脾气怎么像冲她来的？

被陆远冷不丁横了一眼，简轻语下意识想跑，可戏刚看到一半，怎么也舍不得挪步，最后只好对他展颜一笑，然后厚颜无耻地继续留下。

陆远见她还敢笑，表情越发不快，地上的赵玉庆还在没眼色地磕头，一边磕一边求他成全自己和简轻语。

秦夫人看到他这副模样，已经吓得快站不稳了，几次想把自家侄儿叫回来，可每次看到陆远那张冷峻的脸，便一个字也不敢多说了。

"大人，大人为晚生做主啊！"赵玉庆翻来覆去还是这一句。

宁昌侯终于爆发："畜生！今日莫说你求陆大人，就算你求到当今圣上面前，也休想得逞！"

这话说得不可谓不重，秦怡兄妹顿时无地自容，倒是秦夫人忙上前一步哀求："侯爷不可这么说，眼下、眼下还是先将玉庆劝回来为好，不然咱们两家的脸都要被丢光了。"

"我侯府如今丢脸是因为谁，赵福芳，你可真是有个好侄儿！"宁昌侯气得呼吸都不稳了，秦怡急忙扶住他，小声劝他不要动怒，却被他一把甩开。

"侯爷……"当着这么多人的面被推开，秦怡顿时羞愤得眼都红了，偏偏又理亏在先，只能生受了这委屈。

赵玉庆见宁昌侯放了狠话，急忙跪着往前挪了两步，一脸热切地看向陆远："大人，您都听到了，侯爷死活不肯将轻语嫁给我，如今就只有您能替我做主了！"

他话音未落，跟在陆远身后的锦衣卫倏然笑了起来，简轻语看过去，发现是上次在南山寺见过的、跟简慢声似乎有点儿什么的李桓。

"大人，卑职怎么听着这话不太舒服，好像您不为他做主，便是怕了侯爷一般？"李桓皮肤微黑，可五官端正英俊，不笑时透着三分闷，一笑便如季阳他们一般染了些痞气。

简轻语忍不住多看了两眼，还没来得及看第三眼，威胁的视线便再次扫了过来，这一次比上次还要不高兴，她顿时缩紧了脖子，不敢往李桓那边了。

赵玉庆听到李桓的话顿时慌了，急忙对陆远磕了三个头："晚生绝无这个意思，晚生、晚生只是求娶心切……"

"轻语，求娶心切。"陆远不紧不慢地重复他先前说过的话。

赵玉庆眼睛一亮："对对，轻语便是侯府大小姐的名讳，晚生对她求娶心切。"

"陆大人，这是宁昌侯府的家事，本侯自会处理，大人还是不要掺和了吧！"宁昌侯没好气地开口。锦衣卫最近把他折磨得够呛，现在连他的家事都要掺和了，泥人也有三分血性，他实在不想再忍了。

他语气不善，陆远反而十分平静："侯爷若能处理，何至于闹到此等地步，陆某今日既然来了，便不会就这么离开。"

"你！"宁昌侯气恼，秦怡急忙拉住他。

被锦衣卫围堵的百姓们已经跪了许久，恐惧久了渐渐麻木，胆子大些的已经敢偷偷交换眼神，支棱起耳朵偷听了。

陆远的视线转到赵玉庆身上，盯着他看了片刻后缓缓开口："赵玉庆。"

"……是是是，正是晚生。"赵玉庆被他盯得发毛，不由得咽了下口水。

陆远眼底闪过一丝嘲讽："就是你在京中散布谣言，说锦衣卫害你落马？"

此言一出，所有人都愣了一下，尤其是在场的百姓，无一不感到震惊——

难道不是锦衣卫害此人落马吗？

赵玉庆闻言顿时慌了，也不敢自称晚生了："小、小的没有，一切都只是谣传，绝不是小的做的！"

"你在质疑锦衣卫的侦查手段。"陆远俯身看他，英俊的眉眼气势逼人。

赵玉庆吓得直哆嗦，粗糙的黑脸也开始泛灰："小的、小的真的听不懂……"

不等他说完，李桓便翻身下马，一脚将他踹翻在地上，秦夫人惊呼一声"玉庆"，下一瞬绣春刀连刀带鞘扎进他的伤口。

赵玉庆惨叫一声，在地上扭曲成一团，然而不管他怎么扭，胳膊都被牢牢地钉在地上，动得越厉害便流血越多。秦夫人哭号着要去扶他，却被秦怡兄长强行拉了回来，她泪眼婆娑地看着自己丈夫："我哥嫂就这一个儿子，你快去救他呀！快去救他呀！"

秦怡兄长皱起眉头，犹像之间宁昌侯淡淡提醒："你们夫妇倒是有两个儿子，但凡事还是三思为好，免得护住了人家的，丢了自己的。"他现下已经看清形势，今日之事陆远是友非敌，所以态度反而悠闲起来。

宁昌侯的话点醒了秦怡兄长，他当即严厉地将秦夫人扯到怀中，压低了声音警告："你若不想大郎他们受牵连，就给我闭嘴！"赵玉庆得罪的是锦衣卫，如今秦家能不能全身而退还要另说，又如何去护他。

秦夫人一听会牵连自己的儿子，顿时蒙住了。

另一边李桓的绣春刀牢牢地钉在赵玉庆胳膊上，待他挣扎不动时才勾着唇角问："现在，能听懂了吗？"

赵玉庆嘴唇发紫，头上的虚汗如黄豆般大小，闻言哆哆嗦嗦地点了点头。李桓这才将绣春刀拔了，看着刀鞘上半指深的血迹，厌恶地啐了一声。

陆远居高临下地看着如死狗一般的赵玉庆，半晌淡淡开口："为了娶到侯府大小姐，不惜造谣锦衣卫、污蔑女子声誉，此罪你认是不认？"

赵玉庆哆嗦着看向平日最疼他的秦夫人，秦夫人咬紧了帕子哭，却不敢说一句话。他心里一慌，正要哀求时，就看到李桓朝他近了一步，恐惧之下忙喊："认！我认！"

"很好，"陆远勾起唇角，笑意不达眼底，"李桓。"

"卑职在！"

"将他交给周骑，好好审一审！"陆远语气意味不明。

一听到他提起周骑，陪着简轻语偷看的英儿小小地惊呼一声，然后赶紧捂住了自己的嘴。简轻语疑惑地看过去："怎么了？"

"……大小姐没听到吗？九爷要将人交给周大人！"英儿压低了声音道。

简轻语顿了顿："我听到了啊，那又如何？"不就是小十一嘛，她又不是不认识。

"周大人啊！那可是专治诏狱的北镇抚司，凶横又残忍，凡是到了他手上的犯人，活着还不如死了痛快。"英儿似乎回忆起什么不好的画面，顿时一个哆嗦。

简轻语沉默一瞬，想起老实温厚的十一，实在很难跟英儿口中的"凶横又残忍"联系到一起。可再往外看，跪着的百姓们噤若寒蝉，秦夫人闷哼一声险些昏死过去，最后被秦怡兄长及时扶住，这才堪堪没有昏倒，而宁昌侯却一脸快意，对陆远也有了好脸色。

……嗯，似乎有点儿实感了。

府门外，赵玉庆被锦衣卫拖走，在地上留了一条极长的血痕，陆远扫了一眼，抬头看向宁昌侯："血迹不好洗，只能劳烦侯爷多备些皂角了。"

偷听的英儿："……"

简轻语偷偷翘了翘唇角，扒着门缝往外看。

"陆大人客气了，本侯自会将门庭清理干净，"宁昌侯心情不错道，"侯府近日新得了陈年普洱，陆大人可要过府一叙？"

"不急，事情还未解决完，茶待会儿再喝也行，"陆远说着看向秦怡兄长，"秦旷，你在朝为官多少年了？"

秦怡兄长一凛，急忙走上前去："回陆大人，今年刚好二十年。"

"二十年，也算朝中老臣了，"陆远语气轻描淡写，"却如此识人不清，当真还能为朝廷做事？"

秦怡兄长背后唰地出了一层汗，紧皱眉头不敢反驳，而他身后的秦夫人，更是一个字都不敢说。

她不说话，却不代表陆远就忘了她，敲打完秦怡兄长后，视线便转到了她身上："秦大人日渐昏聩，想来是府中风水不好，不如让秦夫人出城祈福三年，改改风水如何？"

说罢，他眼神暗了下来。

简轻语："……"总觉得他这事办得意味深长。

陆远发了话，秦怡兄长咬了咬牙，最终还是答应了。

秦夫人彻底跌坐在地上，这回是哭也哭不出来了。三年时间说长不长，可足够自家夫君再纳几个妾，等她再回来，还不知会是何光景。

可她又能怪谁呢？执意将娘家侄儿接到京都求学的是她，妄图高攀侯府的是她，侄儿犯下大错非但不教训，还奢望侯府妥协嫁女的也是她，如今一切都是罪有应得。

宁昌侯心中畅快，可看在亲戚一场的分儿上，不给他们夫妻脸面，多少还是要给秦怡脸面，于是象征性地求情："今日之事，其实也不能怪嫂夫人。"

"侯爷说得是。"陆远难得附和。

两人一人一句，这就结束了，至于对秦大人的惩罚，倒是一个字都没更改。

秦家夫妇脸色灰白地去了一旁，秦怡对他们也有气，此刻也不肯看他们，只是跟在宁昌侯身边。陆远不再看这四人，而是看向那群看热闹的人："今日之事，可都听清了。"

"听、听清了……"

"听清了。"

百姓们瑟缩着回答。

陆远垂下眼眸，一旁的李桓立刻道："既然听清了，那便一五一十地给传出去，洗了锦衣卫和侯府大小姐的冤屈，若日后再有不三不四的传言，便是你们澄清不力的缘故，到时候你们所有人都要受刑，听到了没有！"

"是是是……"

"是……"

陆远这才别开脸，重新看向侯府大门，果然从门缝中看到了某张脸，他眼底闪过一丝嘲讽，用只有自己能听到的声音冷淡道："倒是有闲情逸致。"

简轻语看到他嘴唇动了动，虽然没听到说了什么，可总觉得不是什么好话，于是识相地扭头跑了。英儿见她突然离开，也赶紧追了过去。

"大小姐，不继续看了吗？"她追上后问。

简轻语微微摇头:"事情已经解决了,没什么可看的了。"即便没有外面那群人帮着澄清,要不了半日,锦衣卫抓了赵玉庆的消息便会传遍京都,到时候依然能洗清她的污名。

英儿点了点头:"也是,九爷已经全都解决了,大小姐这回真是守得云开见月明。"

简轻语突然停下脚步。

英儿险些撞到她,赶紧停下,一脸莫名地看向她:"大小姐,怎么了?"

"你叫他九爷?"简轻语扬眉,"先前不还是陆九爷吗?"

英儿眨巴眨巴眼睛,嘿嘿一笑压低声音:"奴婢看他待大小姐还算不错,竟然专门过来为您解围,便不自觉地叫得亲近了些。"

"那你可真是太好收买了。"简轻语啧了一声。

英儿挠挠头,有些不好意思:"谁对主子好,奴婢就想对谁好。"

"不必对他好,毕竟……"简轻语想起陆远看自己的眼神,不由得叹了声气,"他都是要收利息的。"

是夜,整个侯府静谧无声。

别院寝房门窗紧闭反锁,房中层层纱幔堆叠,遮住了床上一片风光。

汗意交融之间,陆远哑声质问:"李桓好看吗?"

"……嗯?"简轻语咬唇轻哼,不懂他在说什么。

"不是看得高兴?"陆远眯起眼眸提醒。

简轻语顿了顿,迷迷糊糊中想起自己好像多看了李桓两眼,但那只是因为好奇而已……所以今日瞪她,就是因为她看了别的男人?

"说话!"陆远见她还敢走神,当即不悦地扣住她的十指,房中越发闷热。

"……喃喃不过是见他说话,多看了两眼,并未在意他的相貌,"简轻语哼哼唧唧地撒娇,"再说了,有大人在,喃喃眼中哪儿容得下别的男人。"

陆远冷呵一声:"小骗子。"

这么说着,眉眼却和缓了些,显然还是吃这套的。男人啊,简轻语心里啧一声,温顺地看着他。

本以为这事算是过去了,谁知他又突然问:"不是让你找季阳帮忙,为何还要自作主张?"

"喃喃……喃喃不想找他……"简轻语咬着唇防止闷哼出声。

陆远冷笑一声:"所以便亲自去了秦府?"

……她就知道,季阳那浑球儿肯定会告状。简轻语双瞳剪水,湿润地看了陆远一眼,最后揽上他的脖子,将他按到了床上。

陆远任由她作为,躺下后抬头看着上方的小姑娘:"说,去做了什么?"

"去警告赵玉庆,叫他澄清流言。"简轻语乖乖地趴在他胸膛上,手指去按他脖颈上凝成一片的汗珠。

陆远的喉结动了动,半晌才眯起长眸:"有用吗?"

"没用,"简轻语一脸无辜,"他竟还跑来提亲了。"

"你倒是理直气壮。"陆远气笑了,不客气地捏住她的脸。

简轻语被他捏得一疼,急忙放低了声音求饶:"我知道错了!"

"下次还敢是吗?"陆远不上当。

简轻语没忍住笑了,捧着他的脸亲了亲:"多谢大人为喃喃讨回公道。"

"没有下次。"陆远不悦。

"嗯!保证没有下次。"简轻语一本正经地发誓。

陆远这才勉强放过她,一只手揽住她躺在床上休息,片刻后蹙眉道:"你这屋里太热了,为何不放冰鉴?"

"宁昌侯府的藏冰少,还是能省则省,待到七月酷暑时再用也不迟。"简轻语半真半假地回答。

京都夏季炎热漫长,每座府邸能存的冰又十分有限,要安然度过整个夏日,自然是要省着用。但也不至于太抠抠搜搜的,她之所以不用,只不过是为了把怕热的陆远逼走,若日后不再夜探宁昌侯府,那就更好不过了。

她这些小心思藏得深,连陆远也没有发觉,闻言只是蹙起眉头:"穿衣裳。"

"……做什么?"

"随我回陆府睡。"陆远淡淡开口。

简轻语嘴角抽了抽,一脸无辜道:"喃喃都要累死了,不想挪地方,大人若是觉得热,不如自行回去吧。"走吧走吧赶紧走吧,最好日后一想起她这儿的闷热便直皱眉头,再也不想来了。

陆远不悦地蹙起眉头:"那就裹上被单,我抱你走。"

"……被大人这么抱着离开，喃喃日后在宁昌侯府还如何做人？"简轻语干脆将自己蒙进被子，隔着薄被抗议，"大人还是快点走吧，喃喃一个人睡还凉快些。"

陆远闻言更不高兴，板着脸连人带被子都扯到怀里，冷淡道："那就这么睡吧。"

简轻语："？"

……不是，你这时候犟什么？简轻语无语的工夫，陆远真就这么闭上了眼睛。他白日忙了一整天，晚上又多"操劳"，在最初皱了会儿眉头后，便真就这么睡了过去。

简轻语无言许久，最后也不甘心地睡着了。

因为天气炎热，身边又有个火炉一般的男人，她可算知道了什么叫自作自受，一晚上醒来三四次，每次身上都汗津津的，偏偏最怕热的某人睡得十分踏实，一次也没有醒过。

晚上醒太多次的后果，便是翌日醒得晚，等到她睁开眼睛时，外头已经天光大亮，而身边的位置空了一片，也不知某人是什么时候走的。

简轻语掏出一粒避子药吃了，叫英儿搬来一个冰鉴放在床头，然后倒头就开始睡回笼觉。

解决了赵玉庆，也暂时不必再相亲，立冢一事更是无法再急，她似乎突然无事可做了，每日在园子里散散步喂喂鱼，偶尔出门走走，日子过得还算悠闲。

自打那晚被热醒几次后，她便将冰鉴留在了屋里，打算若陆远突然造访，就说是特意为他准备的。她小算盘打得啪啪响，可陆远之后便不再来了，也不知是不是被热怕了。

他不来更好，简轻语便每日都能抽出时间，在园子里待上好几个时辰，就为看简震新养的那几只兔子。

这一日她又去看兔子，还未走到园子便迎面撞上宁昌侯，她顿了一下主动上前福身："父亲。"

"轻语来了，我正要去找你，你这是又要去看兔子？"宁昌侯乐呵呵地问，她整日往园子里跑，整个侯府都知道她喜欢简震那几只兔子了，"不如叫震儿送你两只，你放到别院养如何？"

144

"还是不了，女儿只是喜欢看，真要养还是觉得麻烦。"简轻语含笑拒绝了。

宁昌侯微微颔首："那就等到你想要的时候，叫震儿抱一对给你，他若是不给，为父就亲自去讨。"

"多谢父亲。"

父女俩相处温馨和睦，与往日没有任何区别。那一天的质问和愤怒似乎已是上辈子的事，谁也没有再提，宁昌侯惯会粉饰太平，她也乐得配合。

闲话完日常，似乎就没什么可说的了，简轻语正要告辞，宁昌侯便清了清嗓子："赵玉庆死了。"

简轻语顿了一下："嗯？"

"本来是不想同你说的，可又怕你不安心，便只能说了，"宁昌侯皱起眉头，"他没熬住刑罚，死在了狱里，好在招得彻底，锦衣卫不打算牵连他的本家，只是将他的尸首扔去了乱葬岗……对了，流言也都澄清了，还了你清白，日后不会再有人敢对你指指点点。"

"哦，这样啊。"不论是赵玉庆死，还是流言澄清，都在她的预料之中，因此听到宁昌侯这般说，她也没有太大的波动。

宁昌侯见她无喜无悲，叹了声气道："这事儿说到底，都怪夫人识人不清。你放心，我已经罚她在佛堂抄写经书，十日内都闭门思过。"

虽然不喜秦怡，可听到他将责任都推到她身上，简轻语眼底闪过一丝讽刺，对此不置一词，只是垂下眼眸转移了话题："父亲方才说要去找我，可是有什么事吗？"

"哦，你不说我都差点忘了，今日休沐，我打算带些礼物去陆府一趟，谢谢陆大人这次出手相助，"宁昌侯点了点头，温和地看着她，"说起来他也算你的大恩人了，为父便想着带你一同去道谢，也显得有诚意些。"

简轻语一愣："我也要去？"

"对，你随我一同前去，"宁昌侯见她蹙眉，以为她不愿意，便劝了两句，"放心，只是去道个谢，全了该全的礼节，前两日我已经递了拜帖，他若愿意见，也算缓和了关系，若不肯见，那我们便即刻回来，见与不见都不会耽搁太久。"

被锦衣卫折腾这么久，他倒是不想主动求和，可这样下去也不是办法，只能尽可能抓住任何机会了。

听到他说已经递拜帖了，简轻语只好答应："好，那女儿回去换件衣裳。"

"不急，我去前厅等你。"宁昌侯温和道。

简轻语应了一声，转身回了别院。

知道宁昌侯在等她，她便没有耽搁太久，简单换套正式些的衣裙便去找宁昌侯了。

"赵玉庆何时死的？"路上，简轻语与宁昌侯闲聊。

"昨日，秦家本想将尸首带回去，可惜天气炎热腐化极快，只能随便找了块地埋了，"宁昌侯提起赵玉庆，依然没有好脸色，"哼，罪有应得！"

父女俩有一搭没一搭地说着话，很快就到了陆家门前。陆府大门白日里也紧紧关着，车夫只得先一步跑去敲门，等到大门开了时，简轻语和宁昌侯也到了门口。

跑来开门的小厮第一眼先看到了简轻语，当即热切走上前去，简轻语心里一惊，赶紧上前一步，背着宁昌侯和小厮挤眉弄眼："请问陆大人在府中吗？"

小厮反应极快，立刻看向了宁昌侯："这位便是侯爷吧，我家大人早已恭候多时，这边请。"

宁昌侯想过陆远或许不会像先前一样直接闭门不见，可没想到能从陆府家丁口中听到"恭候多时"这种话，不管是不是客套，都足够他受宠若惊了。

他笑着应了一声，带着简轻语随小厮朝府中走去。

简轻语统共就来过两次，还都是晚上来的，大白天地跑到陆远家里还是头一回，跟在宁昌侯身边走着忍不住东张西望。

宁昌侯还是第一次见她这般不稳重，不由得压低了声音提醒："轻语。"

简轻语顿了一下，当即眼观鼻鼻观心，不再乱看了。

二人在小厮的引领下，很快到了陆府的花园里，远远便看到陆远在凉亭中坐着。宁昌侯加快了脚步，快到凉亭时笑呵呵地朝陆远一拱手："陆大人。"

陆远也站了起来，抱拳还礼："侯爷。"

宁昌侯顿时笑得更开，在凉亭站定后见简轻语还未走到，便温声催促一句："轻语，快来见过陆大人。"

简轻语低着头走到凉亭，对着陆远福了福身："轻语见过陆大人。"说罢一抬头，正对上他意味深长的眼神，于是莫名地脸颊一热。

……真是神经了，他就看了她一眼，她竟有种衣裳都要被扒了的感觉。

她走神的时候，宁昌侯已经开始寒暄，提到了这次赵玉庆的事儿，对着陆远又是再三感谢："这次若非陆大人，小女这辈子怕都要毁了，轻语，还不快谢谢陆大人。"

简轻语嘴角抽了抽，但还是恭顺地又福了福身："多谢陆大人。"

"简大小姐客气，陆某也只是为我的人出口气而已。"陆远语气古井不波，只在"我的人"三个字上加重了音。

简轻语脸颊顿时浮起一点热意，手心也开始出汗，生怕宁昌侯看出什么端倪。

好在宁昌侯没有多想，只是顺着陆远的话往下说："大人此举虽是为了锦衣卫的名声，可也间接救了小女，小女致谢也是应该。"

陆远意味深长地扫了简轻语一眼："是啊！"

简轻语："……"她现在好想走啊！

好在没让她局促太久，管家便走进了凉亭，毕恭毕敬地对宁昌侯行了礼，接着才看向陆远："大人，后厨刚做了糕点，配前些日子杭州送来的龙井正好，可要送一些过来？"

一听有糕点吃，简轻语便乖乖看向了陆远。

陆远眼底波光流转，抬眸看向宁昌侯："侯爷可有空用些小食？"

宁昌侯巴不得立刻与陆远破冰，哪有不答应的道理，于是赶紧应声，陆远这才看向管家，管家会意后便立刻退下了。

一刻钟后，三人在凉亭坐定，糕点和茶也送了上来。简轻语早就有些饿了，于是眼巴巴地看着，结果宁昌侯只是侃侃而谈，偶尔才抿一口茶水，桌上的糕点碰也不碰。

刚出锅的糕点还热着，散发出甜香味儿，简轻语默默咽了下口水，到底不敢当着宁昌侯的面太随意。正当她要放弃时，一只骨节分明的手突然将糕点往她面前推了推，宁昌侯的话戛然而止。

简轻语惊恐地看向陆远，生怕他会说什么不该说的话、做什么不该做的事儿，然而陆大人相当坦荡，只是如对自家晚辈一般和缓开口："糕点偏甜，小姑娘应该喜欢，简大小姐尝尝？"

简轻语："……"我真是谢谢你了。

凉亭突然静了下来，宁昌侯莫名觉得气氛尴尬，干笑一声后催促："对对对，轻语你不是最喜好甜食嘛，陆府的厨子手艺定然极好，还不快尝尝。"

"……好，多谢陆大人。"简轻语一笑，默默从盘子里拿了一块糯米糍粑。

糕点还烫，她两只手各伸出两根手指捏着，认真而小心地慢慢吃，可能是糕点太好吃，也可能是陆远与宁昌侯的对话太无聊，她吃得相当专注，像极了简震养的那几只兔子。

陆远原本还在应付宁昌侯，不知不觉中视线便总落在她被糕点烫得泛红的唇上。她的唇形状生得极好，嘟起来圆圆的甚是可爱，尝起来也不错……

"陆大人，陆大人？"

陆远不动声色地回神，看向唤他的宁昌侯："何事？"

"陆大人可是累了？不如本侯过些时日再来打扰吧。"宁昌侯见他方才似是心不在焉，便及时提出告辞。

简轻语刚拿起一块新的糕点，这会儿吃也不是不吃也不是，只能一脸无奈地用手拿着。

陆远沉默一瞬："侯爷难得来一趟，不如留下用个午膳再走。"

宁昌侯："？"

虽然不知道陆远是发哪门子的慈悲心，竟然愿意留他用午膳，但这样千载难逢的机会，宁昌侯是绝对不会放弃的，于是假意推让一次便欣然答应了。

只是现下离晌午用膳的时候还差半个时辰，陆远又是个不爱说话的，宁昌侯只能在午膳之前绞尽脑汁地想各种话题，一时间说得口干舌燥，一壶茶喝掉了半壶。

而他的亲生女儿也不遑多让，虽然茶没喝上两口，可糕点却吃了大半盘子，眼看着又要伸手去拿，陆远当即警告地看了她一眼，简轻语顿了顿，不甘心地收回手。

确实吃得有些多了，肚子撑得厉害。她叹了声气，略显遗憾地看了眼剩下的糕点。

好在宁昌侯一个人说得热闹，也没注意到细枝末节的涌动，只是说到累时有些饿。他不喜欢吃甜食，干脆就等着用午膳。

不知不觉中小半个时辰过去了，陆远站了起来，早就饿了的宁昌侯也跟着站了起来，脸上带着喜悦。而他身后的简轻语，则因为吃了太多糕点有点撑，见他们都站起来便知道饭点到了，顿时苦起脸，无声地打个小嗝。

完了，待会儿用午膳时若一口不吃，回去定然要被父亲训斥，可要她吃，她是一口都吃不下了。

陆远扫了她一眼，抬眸看向宁昌侯，在他还未开口说话之前道："时候不早了，陆某送侯爷回去。"

"……啊？"宁昌侯没反应过来。

简轻语眼睛一亮。

陆远一脸坦然："陆某想起还有要事回禀圣上，侯爷不介意吧？"

"不、不介意啊……"宁昌侯的脑子总算转过弯来，掩过尴尬干笑一声，"既然陆大人还有事要忙，那本侯和小女就不打扰了，咱们改日再聚。"

"侯爷请。"

两个人又说了几句，宁昌侯便笑容满面地带着简轻语离开了，只是一进马车，脸便猛地沉了下来："他陆远什么意思，说了留咱们用膳，临了又赶出来，是故意给我下马威？"

"只是事忙吧，他也不至于用一顿午膳给您下马威。"简轻语随口敷衍，心里庆幸自己不用为了礼节撑着自己。

宁昌侯冷哼一声，怎么想怎么气不顺，回到侯府后也不痛快，正当他要找点什么事做时，外头小厮突然来禀："侯爷，陆府来人了！"

宁昌侯一顿："陆府？哪个陆府？"

"陆远陆大人。"小厮回答。

宁昌侯皱眉："他府上的人来做什么？"

"说是奉陆大人之命，给侯府送些冰块。"小厮恭敬道。

宁昌侯蒙了："冰块？"怎么突然想起送这个了？

别院，寝房。

听到陆远往侯府送了几车冰块的消息后，简轻语默默将自己捂进被子，好半天都没出来。

第十五章　没救了，等死吧

陆远送来冰块后，简轻语就老老实实地用上了，每天晚上都会往冰鉴里填几块，等着他随时偷袭，然而一连等了十余日，却连他的影子都没等来。

转眼便是七月，京都的酷暑终于到来，空气里都蒸腾着沉闷的热气，堵得人呼吸都变得不顺了。

宁昌侯初一休沐，便叫丫鬟通知各院，晌午一同用膳，简轻语虽不想去，但还是答应了。

她到正厅时，宁昌侯一家已经到齐了，正有说有笑地热闹着，一看到她笑声顿时停了。简震轻哼一声，表情有些许不自在，秦怡撇了撇嘴，眼底闪过一丝嫌弃，但当着宁昌侯的面也没敢说什么。

这二人自从上次赵玉庆一事之后，对她便是这种别别扭扭的样子，反倒是简慢声始终如一，不论简轻语做什么说什么，她都一如既往地冷漠无视。

简轻语懒得去猜他们在想什么，走进去后对着宁昌侯福了福身："父亲。"

"快坐下吧，等你多时了。"宁昌侯招呼她坐下。

简轻语应了一声，便到简慢声和简震中间的空位上坐下了。管家见人到齐后，便叫人将饭菜传了上来。

侯府没有食不言、寝不语的规矩，饭菜一上齐，秦怡便给宁昌侯盛了碗汤："今年夏天可真热，幸好陆大人送了不少冰来，不然靠侯府那点存量，哪敢像这样吃个饭就用三四个冰鉴。"

简慢声若有所思看向简轻语，简轻语淡定地拿起筷子，在桌子上搜寻想吃的东西。

"陆大人确实出手阔绰，所以我打算将府中那副棋盘赠予他。"宁昌侯与她闲聊。

秦怡一边舀了一勺虾仁蒸蛋送到简慢声碗中，一边惊讶开口："侯爷说的可是先皇所赐的棋盘？那可是您的宝贝，您舍得割爱吗？"

"送陆大人的，有何舍不得，他府上奇珍异宝恐怕不少，本侯还担心他看不上呢！"宁昌侯轻哼一声。不过是与陆远你来我往一次，昔日那些避他唯恐不及的人就等不及重新簇拥而来了，若是能更进一步，其间好处可想而知。

他所能体会到的变化，秦怡身为侯府当家主母自然也能体会到，因此深有感触，为简震夹了块红烧肉后点头："说的也是……那侯爷送棋盘时，记得与陆大人博弈两局，说不定会更加亲近。"

"我倒是想，只可惜短时间内是没机会了。"宁昌侯长叹一声。

一直在研究菜色的简轻语顿时抬头，想问问为何没机会，可又怕太突兀，会引起宁昌侯的怀疑，于是欲言又止。

正当她纠结时，简震偷瞄她好几次，终于忍不住顺着她的视线看过去，然后就看到她在盯着……父亲的汤？

简震愣了愣，看看父亲的汤，又看看自己碗里的红烧肉和简慢声碗中的虾仁蒸蛋，仿佛突然明白了什么。他轻哼一声重新低头吃饭，但泄愤似的扒拉两口饭后，还是忍不住了。

简轻语还在迟疑，只觉某人的筷子在眼前一晃，接着她的碗中就出现一块糯米鸡，她顿了一下，一脸莫名地看向旁边的简震："你干什么？"

"……不小心掉的，不行吗？"简震态度恶劣。

简轻语扬眉："能拐着弯掉进我碗里，也是不容易啊！"

简震被她嘲得耳朵都红了，冷哼一声抬起头，发现其他三人都在看他，他赶紧转移话题："爹，为什么陆远短时间内不能跟您下棋啊？"

简轻语："……"这便是瞌睡了有人送枕头？

她安静一瞬，默默往简震碗里送了块鱼。简震余光看得清楚，耳朵越发热了，只外强中干地横了简轻语一眼，便假装认真地看向宁昌侯，仿佛特别想知道答案一般。

宁昌侯不负所望，扫了他一眼后缓缓开口："近来天儿太热，圣上又病了，着他留在宫中辅助大皇子批改奏折。"

"锦衣卫批改奏折？"简轻语惊讶，等反应过来时已经说出声了，只能假装镇定地补一句，"锦衣卫不是武职嘛，怎么还管批折子的事儿？"

"圣上信任陆大人，这有何奇怪的。"难得遇到自己会的题，秦怡当即一脸"你真无知"的表情回答，再看宁昌侯等人一副淡定的模样，显然也觉得这是正常的。

……很好，她对陆远的实权又有了进一步的认知。简轻语淡定地吃掉碗里的糯米鸡。

她这个小插曲之后，秦怡继续同宁昌侯聊天："这都七月了，宫里还没提行宫避暑一事，今年还有指望吗？"

"圣上还病着，怎么可能再折腾去行宫，除非他能尽快好起来。"宁昌侯轻哼一声。

秦怡蹙眉："圣上这次的病是不是很严重？我看李大人、杨大人家原定的寿宴和婚宴都取消了，若有什么事儿你可要与我通个信儿，我好盯着点府里人，免得闹出什么乱子来。"

"放心，圣上的病不过是旧疾，不算什么大事儿，"宁昌侯说完顿了一下，压低声音道，"但还是低调些好，圣上这次下旨召回了二皇子，怕是有了立储的意思。"

秦怡惊呼一声，意识到自己反应太大后立刻捂住嘴，简震表情逐渐严肃，一直没说话的简慢声也蹙起了眉头。简轻语看看这个又看看那个，给自己盛了碗冰镇梅子粥。

用过午膳，宁昌侯和秦怡便去歇息了，简慢声也转身离开，简震本想跟着走，却被简轻语拦住了。

"做什么？"他一脸警惕。

简轻语啧了一声："怕什么，我还能打你不成？"

简震蓦地想起当初腿没好时被她推倒的事儿，顿时咬着牙威胁："现在的你可打不过我。"

"是是是，你最厉害了，"简轻语敷衍完话锋一转，"问你个事儿，为何提及立储的事儿，你们都这么紧张？"

莫非宁昌侯加入了哪个皇子的阵营？可他一个没什么实权的闲职侯爷，平日最大的差事就是陪圣上下棋，还一两个月都不定下一局的那种，当真有皇子

152

肯接收他？

简震闻言轻哼一声，倨傲地抬起下巴："二姐要嫁的周国公府，是贵妃娘娘的母家，大皇子和二皇子又素来不和，不论谁做皇帝，都不会放过对方，自然会紧张了。"

简轻语顿了一下，虚心请教："所以贵妃娘娘是？"

"是大皇子的母妃，未来二姐夫的姑母，你怎么什么都不知道?!"简震不耐烦地横她一眼，直接大跨步走了。

简轻语眨了眨眼睛，在心里捋了一下关系，所以简慢声的婆家是贵妃的娘家，贵妃就是简慢声未来的姑母，大皇子是简慢声未来的表兄……这么近的关系，难怪会如此紧张。

简轻语啧了一声，懒洋洋地回了别院。

这一次午膳之后，她才发现自己对京中的事一点都不了解，于是特意叫来英儿问了问，勉强得知当今圣上子嗣稀薄，如今只有两个皇子四个公主，前两年二皇子直言进谏惹恼了圣上，所以被调出京都任职，之后便一直没回来过，即便如今回来了，众人依然觉得大皇子更得圣上宠爱。

当听完圣上如何偏心大皇子的故事后，简轻语心中感慨，难怪秦怡每每提及简慢声的婚事都如此骄傲，这能不骄傲嘛，将来大皇子做了皇帝，简慢声就是真正的皇亲国戚了。

打听完京中的事儿，简轻语再次专注于实现母亲遗愿的事儿，她在宁昌侯面前表现得贴心听话，时不时提起在漠北时的生活，以引起宁昌侯的愧疚。在她的努力下，宁昌侯终于有所松动，一次晚膳之后提起，要在秋后为她母亲立冢。

秋后，满打满算也就两三个月了，只要她足够懂事温顺，宁昌侯应该不会食言，而立冢之后的第二件事，便是叫陆远对她生出厌烦……陆远已经半个月没来找她了，第二件事对她来说似乎也不难。

简轻语又充满希望了。

当天夜里，她便梦到自己回了漠北，于漫天黄沙中找到一处温泉泉眼，于是解开衣衫踏了进去，当温热的水漫过身躯，她只觉得自由，没有边际的自由。

"这般高兴，梦到谁了？"

不悦的声音响起，温热的水消失，只剩下发烫的肌肤相贴。简轻语猛地惊醒，睁开眼便对上陆远淡漠的双眼。

半个月没见，他似乎黑了些，也瘦了些，下颌线越发分明，双眼也冷得吓人，看得出这段时间十分劳累。简轻语无言地与他对视片刻，突然揽住他的脖子将他拉到床上："我好想你，你怎么现在才来？"

娇憨娇憨的，仿佛等了他许久。

陆远冷笑一声没有上当："若真想我，为何一次都没去找我？"

"……你不是在宫里嘛，我如何去找你？"简轻语大言不惭，好像不是今日才知道他去了哪儿，说完不等他反驳便先发制人，"你看，我日日放着冰鉴，就是因为怕你来了之后会觉着热。"

她这句话取悦了陆远，陆远这才算放过她。

简轻语枕着他的胳膊，见他没有做那事的意思，顿时松了一口气，调整一个舒服的姿势便睡了。因为担心身旁的人会兽性大发，她这一夜都睡得不怎么安稳，翌日天一亮便醒来了，睁开眼睛后发现身侧空空如也，仿佛陆远的到来只是一场梦。

简轻语蒙了半天，一抬头看到冰鉴上放了一个小小的食盒，她顿了顿拿过来，打开竟是一盒精致的糕点。冰鉴的寒气将食盒冻得凉凉的，里头的糕点也有些发硬，夏日里吃起来应该别有一番风味。

简轻语盯着看了半天后，脑子里突然冒出一个念头：他专程跑来一趟，不是为了来给她送糕点吧？若真是这样，得什么时候才能等到他的厌烦呢？

英儿进屋伺候时，就看到简轻语直勾勾地盯着手中的食盒发呆，她顿了一下上前，还未请安问好，就突然发出一声惊呼："大小姐！"

简轻语茫然抬头："嗯？"

"您身上怎么了？又有虫子了吗？"英儿一脸惊慌。

简轻语愣了一下低头去看，只见自己敞开的里衣中，白皙的肌肤上布满青红不一的痕迹。

她："……"就知道陆远不可能这么好心。

无语地系好里衣，遮住一身的痕迹，简轻语这才洗漱干净，拿了一块糕点细细品尝。不出所料，冰过的糕点煞是香甜，解了她大半的暑意。

吃过东西去园子里散步，恰好遇到宁昌侯，她心头一动走上前去闲聊，聊着聊着无意间提起："父亲昨日说的棋盘可给陆大人送去了？"

"他还未从宫里出来，恐怕要等上几日了。"宁昌侯随口道。

……所以他昨日出宫一事无人知晓，费这么大功夫，就为了来占她的便宜，简轻语继认知陆大人的权势之后，对陆大人的好色程度也有了新的认知。

"我说的你听到了吗？"宁昌侯又说了些什么，一扭头就看到简轻语心不在焉的模样，顿了一下后蹙眉提醒。

简轻语回神，对上他的视线后老实摇头："女儿热昏头了，没听清父亲说了什么。"

"我说，后日是周国公府四小姐的十六岁生辰宴，你记得到时候随夫人和慢声一同去赴宴。"宁昌侯无奈地重复一遍。

简轻语不想去，可碍于要做个乖巧懂事的女儿，不太好直接拒绝，想了想后委婉道："不是说圣上病重不好太铺张高调嘛，咱们贸然前去参加生辰宴，会不会不太好？"

"放心吧，这次生辰宴是以为圣上祈福为主，届时夫人小姐们抄写经文，再由周国公夫人送去宫中，不会有人说什么，"宁昌侯悉心叮嘱，"四小姐与慢声未来夫婿周励文是一母同胞的亲兄妹，与侯府关系近得很，慢声和震儿都会去，你若不去，怕是不太好看。"

话都说到这份儿上了，简轻语也不好再拒绝，只得点头答应下来。

宁昌侯顿时高兴了，从怀中掏出一个鼓鼓囊囊的荷包递给她："这个你拿着，去买两身好看的衣裳和头面，本想叫人来给你定做，可周国公府的邀请函来得急，时间上来不及，只能委屈你了。"

说完对上简轻语含笑的眼眸，顿了一下不自然地补充道"若不想穿得太艳，就买身素净的，大大方方便好，你生得好，穿什么都好。"

"知道了，谢谢父亲！"简轻语将荷包接了过去。

"好好好。"宁昌侯连道几声好，实在没什么话说之后，便找理由离开了。

简轻语看着手上的荷包，无奈地叹了声气。

既然答应了，也接了荷包，便总要做做样子，显得自己对此事上心些。傍晚不那么热的时候，她叫上英儿乘着马车，便朝着街上去了。

白日里太热，除了做生意的鲜少有人出门，到了这个时候街上全是出门放风的百姓，尽管他们小心避让，马车也有些寸步难行。

马车外是还算清凉的风，马车里则是沉闷的空气，简轻语忍了半天后，终于受不了了，戴上面纱帷帽，叫马车在一个巷子口停了下来。

"大小姐，真要走着去吗？"英儿迟疑。

简轻语从马车上下去，扭头朝她伸手："来吧，叫车夫在此等候，咱们买了东西便回来。"

英儿哪敢让她扶，赶紧自己跳了下来："那好吧，我们可要尽快回来才好！"虽说京都治安极好，可小心些总归没错。

简轻语笑着答应，等她站稳后便一同朝街上走去。

京都城礼教虽严，但也没到不叫女子上街的地步，因此这个时候的胭脂铺、成衣铺都聚集了不少姑娘。

简轻语带着英儿到成衣铺时，里头简直门庭若市，以至于她还特意问一句："确定这是最好的成衣铺吗？"

英儿一看就知道她在想什么，忍着笑回答："确实是最好的，公主郡主都来过的地方，这里最便宜的一件衣裳也顶得上寻常百姓家一年的吃喝了，只不过京都的富家小姐太多，所以每天都十分热闹。"

简轻语啧了一声，表示不太理解。

两人进去后，英儿本想替她好好挑挑，简轻语实在不喜欢，干脆随便拿了两件便去结账了。如英儿所说，这里的衣裳确实不便宜，两件衣裙便几乎花空了她的荷包，只剩下两小块银子。

"大小姐逛街也太省心了。"英儿抱着衣裳出来时感慨。

简轻语随口敷衍两句，扭头看到旁边一家药堂，她眼睛一亮，直接走了进去。英儿见状暗道一声糟糕，赶紧追了过去："大、大小姐，咱们该回去了，天儿都快黑了。"

"还早呢，我选些草药回去给你磨药丸子吃。"简轻语说着，向伙计报了几个药名。

英儿欲哭无泪："奴婢没事吃药丸子做什么？"

"强身健体呀，放心吧，我到时候给你加几味清热解毒的，保管你整个夏天

156

都不会中暑。"简轻语说着，又要了清热解毒的草药。

英儿劝不动，眼睁睁地看着简轻语买了一篮子草药，视若珍宝地拎着出门了，她再看看自己手里价值不菲的衣裙，无奈地跟了出去。

两人在药堂耽搁的时间不算短，从里头出来时天已经黑了，街上的人也少了许多，只剩下商贩在叫卖。

主仆二人一前一后地往马车的方向走，越走身边的行人越少，英儿心里紧张，忍不住想催简轻语快些，结果还未说出口，旁边的巷子里突然冲出一个高大的男人，直直地倒在了她们脚前。

简轻语下意识拉着英儿后退一步，正要转身跑，就看到男人一只手死死捂着小腹，黑色的血液从他指缝中溢出。

"你中毒了?"医者仁心让简轻语停下了脚步。

男人听到声音艰难抬头，温润清俊的脸暴露在月光下："姑娘，在下被贼人暗害，可否请你叫附近的官兵前来?"

说罢，艰难地从怀中拿出一块不起眼的令牌，勉强举到半空。

他声音暗哑艰涩，显然在忍耐剧烈的痛苦，可饶是如此，也秉持良好的教养，不紧不慢地同简轻语说话，他态度恭谨有礼，看似寻常书生，可一身月白色锦服和腰间看不出价格却入目生辉的玉佩，一看便是非富即贵。

英儿拉了拉简轻语的袖子，用眼神求她别多管闲事，男人见状苦笑一声，挣扎一下勉强扶着地坐起来："是在下逾矩了，抱歉。"

简轻语抿了抿唇，从他手中拿走令牌，英儿顿时一阵绝望。

简轻语扭头将令牌交给她："方才我们经过的地方就有官兵，你去请他们过来吧!"

"……那您呢?"英儿蒙了。

简轻语被帷帽遮住的脸上表情郑重："我得先为他解毒。"

英儿："……"

男人看向简轻语怀中的草药，眼底闪过一丝感激："那便多谢姑娘了。"

英儿："……"

简轻语蹲下，将刚买来清热解毒的草药一一拿出来，一抬头发现英儿还在，她当即皱起眉头："还愣着做什么，赶紧去叫人哪!"

"……大小姐，要不您去叫官兵吧，奴婢去叫大夫，您觉得如何？"英儿怕自己将官兵叫来，大小姐就把人给治死了。

"我就是大夫，还叫什么大夫。"简轻语头也不抬道。

男人闻言颔首，一脸温和："我相信姑娘。"

英儿："……"没救了，等死吧。

眼前这俩一个比一个坚定，英儿只得一咬牙一跺脚，扭头朝官兵的方向飞奔而去，只想在人被自家大小姐治死之前，赶紧将外援请到。

男人目送她几乎算得上落荒而逃的背影，抬头看向眼前被帷帽遮得严实的简轻语，温和地开口："刺客已逃，现下已经安全，其实她不必这样着急。"

"她只是热心而已。"简轻语随口说完，觉着帷帽过于碍事，索性摘下来放到一旁，只留薄薄的面纱在脸上。

男人脑子逐渐昏沉，恍惚间一抬头，恰好对上她璨如星河的眼眸。他有一瞬的失神，半晌正要开口，突然感觉腰上的伤口被塞了什么东西，顿时生出一阵剧痛，未说出的话顿时化作一声闷哼，接着两眼一黑失去了意识。

简轻语刚把几种草药揉成一团敷到伤口上，便察觉病患的身子突然放松，她愣了一下抬头，果然看到他已经昏死过去。

……怎么回事儿，失血过多了？简轻语蹙了蹙眉，觉得这个时候睡着不是好事儿，纠结半晌后迟疑地伸出手指戳了一下伤口。

"唔……"昏迷中的男人痛哼一声，依然双眼紧闭不像要醒的样子。

简轻语咬住唇，又伸手戳了戳。

英儿急速跑回来时，就看到简轻语伸着一根手指在男人的伤口上戳来戳去，她顿时眼前一黑，拉着简轻语就跑。

"我还在为他疗伤。"简轻语不悦。

"……您还是快跟奴婢走吧，官兵马上就来了，会将他送到医馆的！"英儿苦口婆心地劝。

简轻语不喜欢麻烦，闻言顿时有所松动，回头时恰好看到官兵朝这边赶来，于是立刻跟着英儿跑了。

两个人一直跑到马车旁，简轻语还未来得及休息，便被英儿强行架到了马车上。

"快点回侯府!"英儿一上马车便催促道。

车夫以为发生什么事儿了,赶紧掉头就走,马车在已经没多少行人的路上飞快地狂奔起来。

随着离方才的小巷越来越远,英儿这才松一口气,四肢瘫软地倚在马车上。简轻语无语地看她一眼:"我们又不是伤他的刺客,你这么怕做什么?"

……你是没有伤他,可你快把人治死了啊!英儿心里呐喊一声,抬头对上她清澈的眼眸,咳了咳后认真道:"这不是怕官兵将您留下问话嘛,万一折腾太晚,少不得要侯爷亲自去接,万一再被教训就得不偿失了。"

简轻语一听有理,当即认同地点了点头。

"所以……"英儿小心翼翼地问,"那人还活着吗?"

"自然是活着的,只是暂时昏迷而已,"简轻语认真道,"不过是寻常的丹毒,有我的药在,保证很快好起来。"

"……那他还在喘气吗?"

简轻语哭笑不得:"当然了,你这是什么问题。"不喘气不就死了嘛。

英儿一听这才松一口气,没有再追问了。

这一晚的事就像羽毛轻点水面,很快便被简轻语抛至脑后,回府之后便开始专心准备参加生辰宴的事,只是还未等来生辰宴,就等到了二皇子遇刺的消息。

简轻语听说这件事儿的时候,下意识想到那晚遇到的男子,但听说二皇子伤重昏迷十分凶险后,又觉得是她想多了。

"那个人中的是丹毒,虽致命,但发作慢,及时救治后不至于会一直昏迷,更何况我已经为他解了毒,只要再简单处理一下伤口,相信已经不影响日常生活了。"简轻语相当笃定道。

英儿听着她有理有据的分析,沉默半晌后默默叮嘱:"总之那日救人之事,大小姐切莫泄露出去,这几日最好也不要出门了。"

"放心,我本就没打算说,只是不出门是不行的,明日便是周国公府四小姐的生辰宴,我已经答应父亲要去了。"简轻语不紧不慢道。

英儿顿了顿:"也许不必去了。"

"为何?"简轻语抬头看向她。

英儿闻言瞄了眼门外，确定没人后压低声音道："二皇子在外县待了两年，都未曾遭遇不测，偏偏回京之后被人刺杀，坊间都说是大皇子做的，周国公府又是大皇子的外家，发生了这样大的事，怎么还敢办生辰宴？"

简轻语失笑："这你就不懂了，越是有嫌疑，便越要表现如常，我看这生辰宴哪，必然是要继续办的。"

像是为了验证她的话，傍晚时分简慢声便来了别院，她身后的丫鬟还端了一个托盘，上头摆了一套头面。

"母亲说，你是侯府大小姐，明日去周国公府若是首饰太过寒酸，会令侯府蒙羞，所以着我送一套过来，你明日记得戴上。"简慢声不紧不慢道。

简轻语看了眼放在桌上的首饰，很快便不感兴趣地别开脸："不必了，我有首饰。"

简慢声表情不变："东西我已经送过来了，你要用便用，不用就先收起来，待到用时再说吧。"说完，她便不看简轻语一眼，扭头离开了。

英儿将人送到别院外，回来后看到首饰还在桌子上，当即皱起眉头收起来，一边收一边为简轻语鸣不平："二小姐也太目中无人了，您再怎么说也是她姐姐，她怎能次次待您如此冷漠。"

"本就不是一个槽里的驴，硬是要拴在一起，自然是冷漠的，"简轻语笑笑安抚道，"别放心上，我待她也没好到哪儿去，都一样的。"

英儿撇了撇嘴，见她不在意，也只好不再提了。

眨眼便到了生辰宴的日子，简轻语一大早便被叫了起来，梳洗打扮一通之后刚换上新衣，就不小心弄脏了，英儿顿时着急起来："这可怎么办，另一身今早刚洗了，这会儿还没干呢。"

简轻语蹙眉看着身上的茶渍："就一点痕迹，不要紧吧？！"

"不行不行，那些夫人小姐挑剔得很，若是看到您身上有污痕，定是要笑话您的。"

英儿急得团团转，简轻语无奈地看着她，半晌突然想起什么，大步走到了衣柜前，翻找一通后拿出一条藕色衣裙："这件可以吧？"

英儿顿了一下，看到后眼睛一亮："可以可以，这裙子颜色温柔明亮，料子也极好，比咱们买的那两身还好！大小姐何时得的裙子，奴婢怎么不记得？"

简轻语笑笑，没有提醒她这是自己第一次从陆府回来时，陆远给的那条裙子，只是想着既然是陆远给的，那定然不会差了，现在看英儿的反应，便知道自己的推测是对的。

提起陆远，简轻语才发现自己与他真是许久未见了，竟然生出一种恍若隔世的感觉……那条脏了的床单还在她床下塞着，明日空闲了便掏出来洗洗吧，免得陆远什么时候再想起来，用这件事儿拿她的错。

"大小姐，大小姐……"

简轻语回神，笑道："时候不早了，伺候我更衣吧。"

重新换好衣裳，已经是一刻钟之后了，宁昌侯和简震已经先行，她只能跟秦怡和简慢声坐同一辆马车出发。

自从赵玉庆那事儿之后，秦怡便安分许多，没再像以前一样，一看到她就冷嘲热讽，只是这点安分没有持续太久，她便又开始忍不住炫耀未来女婿了。

"励文这孩子打小就聪明，十岁中秀才，十六岁中举人，谁人不知他有状元之才，这偌大的京都，也就只有我家美貌的慢声，才配得上这样的儿郎。"秦怡满意地看着简慢声，炫耀完去看简轻语，就看到她心不在焉地坐在逆光处，身上藕色的衣裙低调却不掩华丽，衬得她眉眼都温柔起来。

自从简轻语在人前露过面后，满京都都在说她比简慢声还要美上三分，作为慢声的亲生母亲，她从未觉得自己女儿被比下去过，可今日看着简轻语的眉眼气度，突然生出一点憋屈。

"……空有美貌也不行，慢声还有才华呢。"秦怡心虚地嘟囔一句，便丧失了炫耀的兴趣。

简轻语虽然不知道她为何突然不高兴，但耳边突然清静了，不得不说她心情还算不错。

三人一路无话到周国公府，马车快到周府时，秦怡紧张地坐直了身体，扭头对简慢声叮嘱："音儿是励文一母同胞的亲妹妹，她今日生辰，你可要表现得得体些，拿出未来嫂子的气度，知道吗？"

"是。"简慢声平静应声。

简轻语看了她一眼，很快又低下头去。

入府之后，三人便随着周国公府的丫鬟一路去了后院。后院里已经来了不少夫人，看到秦怡后都热情地迎了上来，仿佛先前那些冷落和孤立都不存在，秦怡也笑得见牙不见眼，一手拉着简慢声，一手拉着简轻语，落落大方地介绍给众位夫人。

简轻语配合地假笑，给足了秦怡面子。原本以为她会闹事儿的秦怡松一口气，再看向她时难得带上几分真心的笑："小姐们都去亭台里玩儿了，你也随慢声过去吧。"

简轻语一听求之不得，立刻应声跟着简慢声走了，秦怡目送她们离开后，继续笑呵呵地与其他人说话。

简轻语就听到身后爆发一阵笑声，于是不动声色地加快了脚步，几乎与简慢声并行了，只是离开了夫人们的笑声，又走近了小姐们的笑声，看着前方闹作一团的小丫头们，简轻语煞是头疼。

"……到了亭台中，便不必应酬了吧?"她蹙眉问。

简慢声听出她未尽的意思，扫了她一眼淡淡道："若你能找个僻静地界待着，便不会有人打扰。"

简轻语一听高兴了，默默放缓了脚步，待简慢声进去吸引了其他人的注意之后，便默默绕过亭台走到湖边角落，在一块大石头后坐下了。

石头背阴，十分凉爽，简轻语擦了擦额角薄汗，总算放松下来。然而没有松快多久，便有不速之客来扰了她的清净。

"你便是宁昌侯府的大小姐简轻语?"

头顶传来一道倨傲的声音，简轻语抬头看过去，就看到一个十四五岁的小姑娘站在自己面前，她身边还有一个更小一些的，与她生得极像，不是亲姐妹便是有血缘的。

简轻语眨了一下眼睛："我是，怎么了?"

"生得也不……不怎么样嘛。"小姑娘本要嘲讽一下她的长相，可看到脸后突然有些底气不足。

她旁边的小孩儿倒是坦然些："没错，长得一点也不好看!"

面对明显来找碴儿的二位，简轻语本想直接无视，但想到今日来的非富即贵，还极有可能是周国公府的人，得罪了总归是不好的。

思及此，她一本正经地点了点头："两位小姐说得对，我是长得不好看。"

没想到她就这么直接承认了，俩小孩儿噎了一下，面面相觑半天后，年长些的小姑娘冷哼一声："你倒是识时务，比你那个妹妹强多了。"

"慢声?"简轻语扬眉。

"没错，就是她，明知音儿姐姐不喜欢她，还跑来参加生辰宴，真是不知趣，"年长些的小姑娘抱怨完，见简轻语正盯着她看，顿时没好气道，"看什么看，你若想告状只管去说，反正音儿姐姐讨厌她的事儿，她早就知道了。"

怎么还没过门就被未来的小姑子讨厌了?简轻语顿了一下，还未说话那姑娘便主动解释了。

"还不是她不知天高地厚，竟敢自称京都第一美人，明明音儿姐姐才是第一美人，"小姑娘轻哼，"若不是她母亲死乞白赖，借着与我姊姊关系好强求婚事，我堂兄才不会答应娶她，平日还一副冷淡样子，你与她相处这么久，应该最知道她有多虚伪。"

话没说完，简轻语就看到简慢声蹙着眉头朝这边走来，当听到小姑娘的话后，她又停下了脚步，接着扭头就走。

小姑娘还没发现简慢声来了又走，继续叽叽地与简轻语抱怨，简轻语只好打断："此处靠近湖边，两位小姐还是不要久留了。"

小姑娘噎了一下，瞪眼道："你是不想听我说话吧?"

简轻语惊讶于她这会儿的敏锐，然后一脸认真地开口："是啊。"

"你!"

小姑娘还想说什么，简轻语直接扶着石头离开了，四下看了一圈后，发现简慢声在另一侧的角落里坐着，身边只有两三个小姐妹，与亭台上周四小姐身边比起来，算得上是冷清了。

简轻语对周音儿没兴趣，径直走到了简慢声面前，简慢声冷淡地与她对视。小姑娘们察觉到气氛不对，便找个理由散去了，很快就只剩下简轻语和简慢声二人。

"你不是说只要我去偏僻地界躲着，便不会被打扰嘛，我都躲到湖边了，怎么还被人找来了?"简轻语语调轻松。

简慢声冷漠开口："说明你躲得不够偏，下次可以直接跳湖里。"

"……要淹死我啊?"简轻语无语。

简慢声冷笑一声，起身便要离开，刚走两步就听到简轻语在身后不紧不慢地开口："方才那么匆忙地跑过去，是怕她们为难我？"

简慢声停下脚步，半晌面无表情道："你想多了。"

"谢谢啊，"简轻语笑眯眯，"作为回报，我没有跟她们一起说你坏话。"

简慢声闻言扭头："所以呢？我该谢谢你？"话是这么说，表情却没有先前冷淡了。

"想谢我的话，告诉我茅厕在哪儿好了。"简轻语一脸纯真。她来的时候喝水喝多了，这会儿急需轻快一下。

简慢声无语地睁大眼睛："粗俗！"说罢，皱着眉头指了指左侧的竹林，"走出林子右转再左转便到了，再找不到就问丫鬟！"

"不愧是周国公府未来的儿媳，连此处的地形都如此熟悉。"简轻语恭维一句，便赶紧走了。

她这话听起来像讽刺，偏偏说得真诚，叫人挑不出错来。简慢声盯着她的背影瞪了半天，到底没忍住唇角弯了弯。

简轻语牢记简慢声的话，从竹林出去后右转再左转，然而转了半天也没找到茅厕，也没见什么下人，只好憋着原路返回，结果因为方才转悠太多，迷路了。

偏僻的竹屋内，隐隐能听到姑娘们的说笑声。

一位男子身着金织蟠龙锦袍，怡然自得地哼着小调，半晌睁眼看向另一位没什么表情的男人，笑了一声道："陆大人不必拘谨，这是本王的外祖家，都是自家人。"

"殿下这会儿该在承恩殿批折子，而不是带微臣来国公府做客。"陆远平静地端起茶杯轻抿一口，"好茶。"

眼前的男子便是当今大皇子，褚赢。

褚赢闻言笑得更开："这是今年江南一带的贡茶，满共就得了十斤，父皇赏了本王两斤，本王给了国公府一斤，还剩一斤，陆大人若是喜欢，本王明日便叫人送去陆府。"

"多谢殿下抬爱，但无功不受禄，茶就算了。"陆远不卑不亢。

褚赢眼底闪过一丝狠意，又爽朗大笑起来："陆大人客气，本王还指望你尽快查清二弟遇刺一事儿，尽早还本王一个清白，如此辛苦，又怎算无功。"

陆远垂下眼眸，对此不置一词。

褚赢皱了皱眉头，又笑："说起来，这两日本王还没见过父皇，也不知他对此事是何态度？"

陆远闻弦知意，将茶杯轻轻放在桌上："殿下不必担心，案子还未结，圣上不会轻易起疑心。"

"若不疑心就好了。"褚赢表情苦涩。

陆远抬头扫了他一眼，并未接他的话。

褚赢叹了声气，若有所思地看向陆远："不知这次彻查，大理寺可有参与？"

"大理寺事忙，锦衣卫理当为圣上分忧。"陆远回话。

褚赢顿了一下，低头把玩手中核桃，半晌突然开口："既然只由锦衣卫负责，那真相如何，岂不是陆大人说什么就是什么了？"

"殿下这是何意？"陆远撩起眼皮看向他。

褚赢与他对视许久，唇角的笑意渐深："没什么，只是觉得真相若是一出苦肉计，应该是极有趣的。"

话语未落，窗外传来树枝断裂声，陆远眼神一凛，在褚赢反应过来前跃到窗前，一掌击开了窗子——

然后便看到简轻语在地上蹲成小小一团，一脸惊恐地仰着头看他，身上穿的还是他所选的藕色衣裙。

简轻语："……"她发誓自己只是在找回去的路，不是故意跑到这里来的。

"外面是谁？"褚赢声音紧绷。

在他走过来之前，陆远面无表情地将窗关上了："没人，是只猫。"

褚赢闻言松一口气，一时也没了闲聊的心情，该说的都说了，索性直接告辞："虽说今日是音儿表妹的生辰，本王这个做表兄的理应在场，可二弟重伤未愈，本王实在没心情宴饮，便先一步告辞了，国公府的膳食不错，陆大人若是喜欢……"

他最后两个字音拉长。

陆远勾起唇角："微臣不喜热闹，还是回家用膳吧。"

"如此也好。"褚赢笑眯眯地说完，便转身往屋外走去。

陆远目送他出门，表情这才缓缓沉下来，正打算跟着离开，窗子上便传来轻轻的敲击声，他顿了一下，蹙着眉头开窗，单手将人从外头拎了进来。

简轻语惊呼一声，忙抱着他的腰站稳，刚要开口就听到他不悦地问："误闯也就罢了，怎么还不走？"

"我想如厕……"简轻语欲哭无泪。

陆远："……"

面无表情地盯着她看了半晌，无奈地带她去了竹屋后的茅厕。

解决完生理大事后，简轻语一身畅快，出了茅厕看到陆远，习惯性地扬起笑脸，还没等扑过去，便被他戳着脑门强行逼停。

"洗手！"陆远铁面无私。

简轻语："……哦。"

等再回到竹屋时，已经是半刻钟之后了，简轻语一进门便先撇清自己："我方才什么都没听到，真的什么都没听到。"

"大皇子说要杀宁昌侯。"

"怎么可能，他才没有……"简轻语话说到一半猛地停下，讪讪地看向目露嘲讽的陆远，"你怎么还套我话呀？"

陆远见她一脸不知怕，索性眯起长眸威胁："不该套？你可知今日若非是我，你小命不保？"

"喃喃知道，可这不是有你嘛，"简轻语讨好地抱住他的腰，将下巴枕在了他的胸膛上，"谢谢陆大人的救命之恩。"

她身段是软的，表情是软的，声音是软的，陆远的脸只勉强绷了片刻："下不为例。"

第十六章　怎么又不高兴

周国公府，竹屋中。

不大的屋子放了四个冰鉴，悄无声息地冒着凉气，香炉里飘出若有似无的白烟，直直地升向房梁，又在接近房梁时散去，门缝中传来悠远的蝉鸣，催得人阵阵发困。

简轻语坐在陆远腿上，指腹在他右手被缝得歪歪扭扭的伤疤上摩挲："你今日怎么有空出来了？"

"大皇子相约。"陆远随口回答，垂着眸子把玩她身上的衣带。

简轻语顿了顿，心里生出一分好奇，但纠结片刻后还是强行转移了话题："周国公府可真大，喃喃方才找了半天，都没找到回亭台的路。"

陆远捏着衣带的手指一停，撩起眼皮看向她："想问什么直说便是，不必忍着。"

见被他看出来了，简轻语顿时讪讪："还是算了，其实也没那么好奇……"

"问！"陆远不悦。

简轻语咽了下口水，却意外地坚持："我不问。"

她跟陆远就是段露水情缘，现下陆远对她还算感兴趣，或许会对她诸多包容，亦肯将机密之事告诉她，可将来呢？待到他对自己厌烦时，会不会将知道他太多秘密的自己灭口？

正胡思乱想时，下巴突然被钳住，简轻语被迫与陆远对视，只能干巴巴地笑一下："大人。"

陆远面无表情地打量她许久，才缓缓开口："你是好奇大皇子为何约我到周国公府见面？"

"我不是，大人你不要再说了……"

167

简轻语说着赶紧要捂住耳朵，却被陆远扣住手腕压在怀中："因为他如今嫌疑未消，一举一动都被人盯着，我又是负责案子的人，为免瓜田李下，他只能私下找我，为了不被撞破，只能约在国公府。"

简轻语见他还真说出来了，心里顿时发慌，为免他再说出更多的事，赶紧开口敷衍："原来是这样……我出来太久，也该回去了，大人既然已经跟大皇子见过，也赶紧离开吧！"

说罢，她便直接起身要逃，却被陆远手腕一转，重新拉回了怀里。

"……大人，我就是个弱女子，不懂你们朝堂上的事，您就放我走吧。"简轻语欲哭无泪。不论是大皇子向陆远求合作，还是陆远与大皇子在国公府私下见面，都是天大的秘事，她已经撞破太多，不想再掺和下去了。

陆远喉间发出一声轻嗤："我又不杀你，怕什么？"

简轻语："……"您现在是不杀我，以后呢？

她越想脸色越白，动了动后发现自己被陆远牢牢桎梏，根本没办法逃走，只能生无可恋地缩在他怀中。

陆远修长的手指抚上她的后脖颈，不轻不重地捏了一下后，隔着柔软的衣料从背脊往下滑，感受到她的紧绷后，才慢条斯理地开口："对大皇子来说，与国公府见面是最安全的，可对我来说却不是，你可知为何？"

简轻语顿了一下，本不想说话，可察觉到他在等答案之后，只好小声回答："因为此处是他的外祖家，即便被发现了，也可以说自己是来参加四小姐生辰宴的，可对大人来说，今日此处皆是同僚，大人与国公府又无甚来往，一旦被看到了就说不清了。"

"既然说不清，为何我还要来？"陆远抬眸看她。

简轻语闻言，眼底闪过一丝疑惑，这也是她好奇陆远会来的原因。大皇子将见面地点定在国公府，未免太过鸡贼，以陆远的性子，怎么也不该答应才对。

她思索许久都想不出答案，一低头对上陆远的视线，突然心头一动："因为要见我？"

说罢，虽然觉得不大可能，可她莫名觉得这就是唯一的答案。周国公府是简慢声的未来夫家，今日生辰宴的主角是简慢声未来的小姑子，这般近的关系，宁昌侯府定然是要阖家到场的，陆远冒险来这一趟若没别的理由，便只能是因为她了。

面对她的答案，陆远勾起唇角反问："你觉得可能吗?"

简轻语认真思索一番，非常诚恳地点头："我觉得可能。"

若是换了先前，她被陆远这么一问，可能就自我怀疑了，但相处了这么久，她对陆远多少也有了点了解。平日人模狗样的，其实也好色得紧，否则也做不出大半夜偷溜出宫来侯府爬床的事来。

她肯定的回答取悦了陆远，陆远眼底闪过一丝愉悦，捏着她的下颔吻了上去。简轻语配合地软倒在他怀里，直到他的手撩起裙边，她才慌忙制止："不行。"

陆远不悦地蹙眉。

"我出来太久了，肯定会有人来找的，万一看到你在这里就不好了。"简轻语低声劝道。

陆远呼吸灼热，双手攥着她的胳膊："你怕被人看到?"

"……我一个姑娘家，自然是怕的呀，"简轻语失笑，"虽然做过几日青楼女子，可到底还是正经人。"

听到她提起青楼，陆远眉眼猛地冷峻："我不过随口一问，你提青楼做什么?"

"我也是随口一说……"简轻语不知他为何生气，一时间底气都不足了。

陆远神情淡漠地放开她，简轻语有些局促地站起来，想走又不敢走，只能干巴巴地站着。

竹屋里的旖旎一瞬消散，空气中都弥漫着低沉的沉默。

不知过了多久，陆远淡淡开口："花月楼与悍匪有来往，又私藏朝廷要犯，已经被锦衣卫夷为平地，世间已无花月楼，懂了吗?"

"是……"听到困住自己的青楼已经不复存在，简轻语的某根弦突然松了，说不出心里是什么滋味。

陆远淡漠地看她一眼，起身便朝外走去，等简轻语回过神时，已经看不到他的背影了。

他生气了，比上次在南山寺时还要生气。

简轻语心里升起这个认知，不由得咬了咬唇。也是她不好，陆远不过是问她是不是怕人看到，她偏话赶话提起什么青楼，搞得好像暗讽陆远轻视她一般。

远方传来丫鬟的呼唤，简轻语听到自己的名字后顿了一下，垂着眼眸从竹屋走了出去。

等她被丫鬟找到时，主院已经快开席了，夫人小姐们皆已就座，唯有秦怡和简慢声还在院外站着，看到她后迎了上来。

"你跑去哪里去了?! 为何不跟着慢声!"秦怡开口便要斥责，余光注意到国公府的家丁，又强行忍了火气压低声音质问。

简轻语抿了抿唇："我迷路了。"

"罢了罢了，赶紧进去吧!"秦怡说完便蹙着眉头进院了。

简轻语垂下眼眸，跟在她身后去厅里落座，刚一坐下就听到旁边的简慢声淡淡问道："被人找麻烦了?"

简轻语顿了一下，抬头："什么?"

简慢声抬头看向前方："提醒你一下，若不表现得讨厌我，那在国公府便算不上讨喜的客人。"

简轻语顺着她的视线看过去，不经意间与今日的主角周音儿对视了，看到她眼底的鄙夷后，便知道简慢声误会了，于是只得解释："没人找我麻烦，是我自己迷路了。"

简慢声端起凉茶轻抿一口，似乎没听她的解释，简轻语也没心情再说，叹了声气后老老实实地扮演乖巧大小姐。

一顿饭在夫人们的说笑声中度过，待每家将生辰礼都送到周音儿手上后，宴席也算结束了，之后便是为圣上祈福抄经。

不论长幼辈分，每人都分了几张空白经幡，夫人们在厅里抄写，小姐们则又回到了亭台中。简轻语看着手中的空白经幡，再看看追逐打闹的小姐们，不由得擦了擦额角的汗。

……到底是年轻，宁愿热着也要跑到外面来，丝毫不懂享受屋里的冰鉴。

亭台中已经准备了十几张小桌，每一张桌上都摆了文房四宝，小姐们先是追逐打闹一番，接着关系好的都聚到一起，嬉笑着拿起了笔，而她们聚集的中心，便是周音儿。

简轻语巡视一圈，看到简慢声在角落里坐着，顿了顿后选择了她身边的位置。

简慢声扫了她一眼，继续垂眸抄写，简轻语也不理她，拿起笔对着经书一个字一个字地开始抄，两个人彼此格格不入，与整个周国公府亦是格格不入。

还在嬉闹的小姑娘们很快便注意到了这边，周音儿看到两张有三分相似的脸后，眼底闪过一分厌烦，她旁边的小姑娘突然抬高了声音："有些人可真虚伪，别人都在说笑，偏偏就她们抄经，好像我们这些人不够心诚一般。"

"这你就不懂了，若是不虚伪，又如何能讨长辈欢心，定下高攀的亲事呢？"又一个人开口，说完话锋一转，"不过有些人虚伪能飞上枝头，可有些人却注定做一辈子草鸡，平白做大家的乐子罢了。"

这话针对性不可谓不明显，简轻语扬了扬眉没有理会，旁边的简慢声也不急不缓地抄写经幡。

几个出言讽刺的姑娘见这两人没一个接招儿的，顿时心生烦躁，其中一个脾气火暴的更是直接讥讽："简轻语，你聋了吗？没听见我在同你说话？"

简轻语不搭理她。

"……你有什么可得意的，漠北来的村妇，认识字吗就在那儿抄，也不怕字污秽辱了圣上耳目！"女子说着，怒气冲冲地走到她面前，一把将她的经幡夺走，正欲再嘲笑，看到上面的字后猛然睁大眼睛。

周音儿见状勾起唇角："怎么呆了，莫非丑瞎了你的眼？"

话音未落，其他人便给面子地笑成了一团，周音儿见那人还愣着，干脆将经幡夺了过去，结果看到字迹后突然表情一僵。其余人看到她的反应，也忍不住凑了过来，看到清秀中透着锋利的字迹后，也都止住了笑，更有人惊呼一声，难掩惊讶。

简轻语这才抬眼看向她们："轻语是漠北村妇，字迹自是不堪入目，也不知各位小姐写得如何，可否让轻语开开眼？"

她这手字是母亲一手教出来的，好与不好她心里清楚，莫说眼前这些人，即便是整个京都，能比她字好的怕也是一只手就数得过来。

果然，她这么一说，其余人顿时面露讪讪，周音儿不悦地将经幡甩到她脚下："不过是会写几个字罢了，有什么可卖弄的！"

"四小姐说得是。"简轻语将经幡从地上捡起来，意味深长地看了她桌上已抄的几个字后，捂着嘴轻笑一声，然后淡定地重新坐下。

虽然一句话都没说，可侮辱性却极强。

周音儿气得脸都红了，愤愤坐下后将手里的笔摔了出去。她周围的小姐妹们大气都不敢出，小心翼翼地陪在她身侧，有机灵的瞄了眼继续抄写的简轻语，抬高了声音哄周音儿："音儿姐姐，你听说过忘恩负义的故事没有？"

"什么忘恩负义的故事？"周音儿蹙眉。

"说是一个乡下丫头，一出生便被父亲抛弃，被又丑又蠢的母亲养大，父亲反而有了新欢，又娶了一房逍遥自在，结果母亲一死，丫头不报仇不说，还上赶着巴结父亲后娶夫人的女儿，你说这不是忘恩负义是什么？"

小姑娘声音尖厉刻薄，充斥着整个亭台，简轻语却仿佛没听到，半个眼神都不分给她们。

周音儿厌烦地看她一眼，也故意抬高了声音："所以说是乡下人，没教养没良心。"

简轻语眼底闪过一丝嘲讽，拿起笔蘸了些墨，刚要落笔身侧的人便站起来了，她顿了一下抬头，就看到简慢声朝姑娘们走去，不等她蹙眉唤住，一声清脆的巴掌声便响了起来。

被打的是讲故事的姑娘，捂着脸不可置信地看着简慢声，其余人也都十分震惊，一时间没回过神来。

最后还是周音儿先反应过来，猛地站起来厉声质问："简慢声！你想做什么！"

"替四小姐教训爱嚼舌根的长舌妇。"简慢声平静回答。

周音儿气炸了："我的人你也敢教训?！"

"为何不敢？"简慢声看向她，"再有四个月，我与你兄长就要成亲了，我这个做嫂嫂的，最有资格教训这些出言不逊的，免得妹妹被人带坏。"

被打的人已经哭了，哭声越发激怒周音儿，使得她一时口不择言："你！你你算个什么东西，也配做我的……"

"四小姐慎言，婚事是经过三媒六聘圣上钦点的，四小姐若不想连累国公府，最好是安分些。"简轻语慢条斯理地开口，眼底的最后一点笑意也散了。

172

周音儿怒气冲冲地看向她，正欲说什么，对上她透着冷意的眼神后竟心头一颤，一时间愣住了，回过神后越发恼怒："你凭什么教训我?!"

"轻语当然没资格教训四小姐了，只是想给四小姐提个醒，您将祈福经幡随意丢弃，已是对圣上不敬，如今再说什么诛心之语，怕是会影响父兄前程。"简轻语起身走到人堆里，将简慢声拉到一旁，防止她再动手。

简慢声抿了抿唇，木着脸看向别处。

周音儿闻言眼底闪过一丝轻蔑："你说我丢弃经幡，我便丢弃经幡了？这儿可有人给你做证？你胡说污蔑，该小心的人是你!"

"没错，音儿姐姐可没有乱丢经幡!"

"你污蔑人!"

周音儿的簇拥者们顿时七嘴八舌地反驳。

简轻语啧了一声，待她们都闭嘴后才缓缓开口："我虽初来京都，可也听说过锦衣卫是圣上耳目无所不知，即便是官员大妻闲话都能上达天听，你们猜你们这些话，会不会被某处隐藏的锦衣卫给递上去？"

周音儿是京都人士，显然比她更熟悉锦衣卫，听到她这么说后先是一愣，接着脸色唰地白了，其他小姑娘也吓得不敢说话，一时间都老实如鹌鹑。

简轻语扫了这群最大不过十五六岁的黄毛丫头一眼，失去了吓唬她们的兴趣，转身拿了自己和简慢声的经幡便走。简慢声这才看向被自己扇了巴掌的小姑娘，古井不波地问："知道为什么打你吗?"

小姑娘哪儿敢说话，怯懦地躲在周音儿背后，全然没了方才的嚣张。

"因为你不知天高地厚，以为背靠国公府四小姐，便以为自己也是四小姐一般的身份，若是没了这层关系，你也不过是个毫无本事的草包。"简慢声说完，无视周音儿涨红的脸，抬脚朝简轻语追去。

二人一同往厅里走，走到一半时简轻语没忍住笑了："都说二小姐沉稳端庄，没想到也这么会指桑骂槐。"方才那些话哪是说小姑娘，分明意指周音儿。

"过奖。"简慢声面无表情地回了句。

午后蝉鸣阵阵，吵得人心里烦闷，快走到院门口时，简慢声突然开口："我方才出手并非为了帮你。"

"懂，你是见不得她们嘲讽我时，顺便捎带上你父母，"简轻语非常识相，

173

只是顺便提醒一句，"不过到底是在人家的地盘，如此行事还是太过意气用事。"

简慢声眼底闪过一丝讥讽："你倒是不意气用事，听着她们骂自己生母也能无动于衷。"

简轻语猛地停下脚步，简慢声意识到自己说得过了，抿了抿唇后别开脸："抱歉。"

"二小姐不必道歉，毕竟你说得对，"简轻语似笑非笑地看向她，"我简轻语不比二小姐，生母还好好活着，将来走了也能堂堂正正入祖坟。若是不忍一时之气生出事端，惹得父亲失望，我先前的努力便都白费了。"

说罢，她垂下眼眸，直接转身进了厅中。

等经幡全部写完时，天色已经暗了下来，简轻语随宁昌侯等人在国公府用过膳才回府，刚到屋里歇下，就听到简慢声来了的消息。

简轻语蹙起眉头："说我已经睡了，叫她走吧！"

"是！"英儿应声出去，不一会儿又回来了，手上还端着一托盘首饰，一脸为难地看向简轻语，"奴婢说不要的，二小姐偏要留下，还要奴婢替她向大小姐道歉。"

简轻语看了眼首饰："拿去跟其他人分了吧。"

英儿愣了一下，正要劝阻，见她面露疲色，犹豫一下点了点头，半晌小声道："奴婢看得出来，大小姐并不讨厌二小姐，二小姐对大小姐也是一样，其实若能和睦相处……"

"若能和睦相处，那就要她对不起她母亲、我对不起我母亲了，"简轻语打断，看着英儿愣怔的表情轻笑一声，"我与她本就有不同立场，能相安无事已是最好，就不要求什么和睦了。"

这一点，简慢声也是清楚的。

英儿闻言怯怯点头，没敢再继续劝了。

这一日之后，简轻语又清闲下来，每日里都安分地在别院待着，宁昌侯偶尔提起婚配的事儿，她都不动声色地婉拒了，倒是时常不经意间同他打听陆远的事儿。

自从周国公府不欢而散，陆远便不来找她了，从宁昌侯的口中得知圣上的病已经好转、陆远也回府后，当晚她便去了一趟陆府，然而却吃了闭门羹。

意识到陆远这次的气性比以前大，简轻语被拒绝一次后便没勇气再去了，于是就这么不冷不淡地拖了下去，从一开始的紧张、忐忑，渐渐竟也放松下来，偶尔想起时，甚至觉得陆远是在体面地与她断开。

眼看要到七月中旬，天气非但没转凉，反而有越来越热的趋势，侯府的冰也开始捉襟见肘，各房都减少了用度。

简轻语时常热得夜间醒来，跑到浴桶里泡一泡凉水再回来接着睡，一晚上能反复好几次，以至于大夏天的得了风寒。好在这种日子没过多久，宫里便传出圣上要去行宫避暑的消息，随行的名单上就有宁昌侯府。

出发那日，陆远身着飞鱼服、腰佩绣春刀，骑着枣红大马在车队旁缓步巡视，待走到宁昌侯府的马车前时，没有看到那道熟悉的身影，他蹙了蹙眉，修长的手指勒停了马匹。

宁昌侯和秦怡等人恰好进了马车，并未注意到他的到来，只有简慢声慢行一步看到了他，迟疑一瞬后停下脚步："她病还没好，两日后才会出发。"

陆远眼神一冷："何时病的？"

简慢声慑于他的威压，默默往后退了一步："就前些日子，得了风寒，现下已经快好了。"

说着话，马车里传出催促声，她对陆远福了福身，便转身进了马车。

陆远皱起眉头，掉转马头正要离开，便看到二皇子褚祯从圣上的马车中下来了，四下张望对上他的视线，露出温润一笑。

陆远只得翻身下马，牵着马朝他走去："殿下也要随行？"

"本王明日还要换药，过两日再去行宫。"褚祯温和道。

陆远不急不缓道："殿下既然身子不适，留在京都养病也好。"

"大哥在朝监国，无法去行宫，本王若再不跟去，父皇一人怕是会觉得无聊。"褚祯笑笑。

陆远闻言没有再劝，只是看到他不算好的脸色后蹙眉："太医不是说殿下中的只是普通丹毒，为何这么久了也不见好转。"

褚祯苦涩一笑："都怪本王大意，中了刺客的计。"

陆远顿了顿，若有所思地看向他："怎么说？"

"那日刺客离开之后，有一姑娘突然出现，不仅为我报官，还说自己是大夫，我听她声音纯良便一时大意……"褚祯提起前事又是一声叹息，"被她治过之后，本王的毒直接重了几倍，险些命都不保，现在想想，她与刺客分明是一伙儿的。"

陆远眉头越来越紧，隐约间总觉得不大对劲儿。

第十七章　碎银与玉佩

与二皇子交谈过后，陆远便翻身上马，打算走之前去一趟宁昌侯府，结果还未走远，圣上便吩咐提前启程，他只得蹙着眉回来，率领队伍朝着城外出发。

简轻语醒来已是晌午，睁开眼睛便打了个喷嚏，昏昏沉沉地坐起来问："什么时辰了？"

"都快午时了，大小姐快起来吧，奴婢着厨房熬了些粥，您吃过之后赶紧服药。"英儿说着，急匆匆地将她搀扶起来。

简轻语晃了晃脑袋，发现更晕了之后顿时不敢动了："都四五日了，怎么还不见好。"

"风寒就是这样，得熬上一阵子才行，"英儿看着她消瘦的脸颊叹了声气，"大小姐真是受苦了。"

"倒也还好，"简轻语起身简单洗漱一番，坐到桌前慢吞吞地吃粥，吃到一半时才想起问，"父亲他们已经出发了吗？"

"回大小姐的话，已经出城了，若是路上不歇，今晚便到行宫了。"英儿往她碗里添了些小菜。

简轻语点了点头，勉强将一碗粥吃完，英儿忙端来一碗还冒着热气的汤药。

闻到浓郁的药味，简轻语一阵恶心，直接将抗拒表现在了脸上："这药没用不说，还特别苦，我不想吃。"

"药总得按时吃才会有用呀，大小姐您就喝了吧。"英儿苦口婆心。

简轻语蹙眉："早就说了，若是我来配药，三日便能药到病除，哪至于等到今日。"

"……您都病糊涂了，药材都未必能分清，哪儿能亲自配药？"英儿干笑。

简轻语轻哼一声："我是病了，可也不至于糊涂，你少糊弄我。"

英儿无言片刻，只好讨好地将碗递到她嘴边，简轻语无奈，只能皱着眉头一口气喝下去。英儿见她还算配合，顿时松一口气，手脚麻利地收拾了桌子出去了，见到其他下人后的第一件事儿，便是要他们藏好府中的药材，半点都不能给大小姐。

简轻语不知道英儿背着她做了什么，喝完药便有气无力地躺回床上接着睡，等再次睡醒已是傍晚，还是如晌午时一样吃饭、喝药，然后睡觉。

就这么一连睡了两天，第三天清晨时，总算感觉到了久违的神清气爽。

病好之后，她没有在家耽搁太久，就被宁昌侯派来催促的人接上了马车。

行宫离京都不算远，但也要走上几个时辰，出发前英儿特意准备了几种小点心，还拿了被褥枕头一应物品，风寒初愈的简轻语一上马车便躺下了，倒也不觉得难受。

"我还是更想在家躺着。"简轻语叹了声气。

英儿一边为她打扇一边安慰："府里的冰块用完了，您留下也是受罪，还不如去行宫乘凉，也不必晚上热得醒来了。"

简轻语轻哼一声，看起来没多大兴趣。

英儿想了想，又哄："听说行宫有天然汤泉，泡起来十分舒服，还有小溪绕山，水浅鱼多，又阴凉又好玩儿，行宫附近还有许多好吃的馆子，每日酉时行宫门开，各府小姐、少爷都能自由出行，您可有得玩儿呢！"

一听她这么说，简轻语总算心动了："真的?"

"真的，到时候您可要带奴婢多见见世面。"英儿笑眯眯地说。

简轻语笑了："嗯，放心，会带你出去玩儿的。"

主仆二人有说有笑，时间飞快流逝，很快就到了行宫附近。

行宫建在山里，马车从靠近群山开始，周遭便略微凉快些。简轻语自幼在漠北长大，见过的山都是光秃秃的，还是第一次看到绿意盎然的山峰，顿时掀开车帘趴在窗子上，感兴趣地往外看，正看得开心时，马车突然停了下来，她险些因为惯性摔倒，最后还是英儿及时扶住了她。

"怎么回事儿? 停车也不提前说一声，摔着了大小姐拿你是问！"英儿不高兴地斥责车夫。

车夫十分冤枉："大小姐，并非小的故意停下，是、是前头有马车拦路，小的若不赶紧停车，怕是要撞上了啊！"

进山的路较为狭窄，前头的马车又停在路中央，直接拦断了去路。

简轻语顿了顿，掀开车帘看过去，果然看到一辆清雅又不失华丽的马车停在前方，两个小厮正围着马车转悠，脸上遮掩不住着急的神色。

这条路通向的唯一地点便是行宫，前面的人即便不是皇亲国戚，也应该是朝廷重臣，不好直接让他们挪开马车。简轻语思忖一瞬，蹙起眉头对车夫道："去看看怎么回事儿，若能帮忙就帮一把。"

"是！"车夫应了一声，急匆匆朝前走去。

简轻语目送他到对方马车前，便放下车帘耐心等着。英儿取出点心盒子，拿了一块红豆糕给她："您先垫垫肚子。"

简轻语应了一声，接过来不紧不慢地吃着，结果一块糕点还未吃完，车夫便跑了回来："大小姐，前头那辆马车已经彻底坏了，要想修好恐怕还得一会儿，所以请咱们先行。"

简轻语想了一下："既然他们肯让，那咱们便先走一步吧。"

"那就得请大小姐步行一段了，他们的马车太大，就算挪到路边，留出的空隙也少，咱们的马车通过时要从路边的坡上挤过去，有侧翻的风险，您先过去等小的，这样比较安全。"车夫尽责道。

从现在的位置到前方空旷处也就几十步，简轻语闻言答应，戴上面纱之后便下车了。

"奴婢扶着您。"英儿小心地扶住她的胳膊，陪着她一同往前走。

山路虽窄，但路面还算干净，简轻语平缓地往前走，经过前方坏掉的马车时，余光扫到路边一道熟悉的身影，她下意识地朝那边看了一眼，看到对方的脸后眼底闪过一丝意外。

马车坏在半路，褚祯正无所事事地等着，当和熟悉的眉眼对视后，他愣怔一下，意识到眼前人并非幻觉后，他下意识要叫人抓她，然而话还没说出口，就听到她身边的丫鬟惊呼："大小姐，这不是上次那个人吗?！"

"……你声音太大了。"简轻语无语地看了她一眼。自己本来都要假装不认识了，结果她这么一嗓子，自己想装不认识都不行了。

她叹了声气，垂着眼眸走到褚祯面前，客气地寒暄一句："真巧，没想到与公子还有再见面的时候。"

褚祯设想过再相见的情形，可怎么也想不到她会如此淡定，淡定得仿佛不曾谋害过他……他眉头微蹙，开口声音依旧温润："是啊，真巧，姑娘也是要去行宫？"

"是。"简轻语点头。

褚祯心头微动："不知姑娘是哪家小姐，本王……我在京都似乎从未见过你。"

简轻语闻言扬眉："两次见面我都戴着面纱，你又如何确定以前没有见过？"

褚祯若有所思地点了点头："姑娘说得是……所以我们以前见过？"

"没有。"简轻语回答。

褚祯："……"

兴许是他的表情太好玩儿，简轻语没忍住笑了起来，眉眼弯弯的一瞬间变得生动。褚祯眼眸微动，半晌也跟着笑笑："不知姑娘芳名是？"

"简轻语。"简轻语大方报上姓名。

今年的随行名单中只有宁昌侯府一家姓简，而侯府几个月前刚迎回久居漠北的大小姐。褚祯瞬间猜到了她的身份，眼底顿时闪过一丝惊讶……她竟然是宁昌侯的女儿，而不是什么刺客，所以先前的一切都是巧合，是他想多了？

褚祯敛起心思，温和道："我叫褚祯。"

"褚祯，好名字。"简轻语随口一夸，心想她果然猜得不错，这人随国姓，定然是什么皇亲国戚。

一旁的英儿觉得褚祯这个名字煞是耳熟，可又想不起来在哪儿听过，所以只是迟疑地看了他一眼，倒也没有多想。

互通姓名之后，侯府的马车也越过了路障，来到了相对开阔的地方，简轻语看了眼车夫，又重新打量褚祯，观察半天后开口："你的脸色不大好，是不是身上还有余毒？"

面对她坦荡的眼神，褚祯顿了顿："……嗯。"

"按理说丹毒还算好治，怎会到现在还未全清，"简轻语蹙起眉头，"定是你的大夫学艺不精。"

褚祯想起太医院那些泰斗，平心而论："他们的医术应该算是最精湛的。"

"若真是最精湛，为何小小一个丹毒都无法根除？"简轻语颇有同行相轻的意味，说完从荷包里掏出一个小瓷瓶，"这个是我自制的解毒丸，你一日三次，吃上三天保准药到病除。"

英儿没想到她来行宫都会带着这些东西，更没想到她还要赠予他人，顿时一个头两个大："大、大小姐，想来褚公子现下还在服其他大夫开的药，您若再赠药给他，他吃重了怎么办？"

"那就把其他大夫的药扔了，吃我这个便好。"简轻语当即回应。

英儿崩溃："可这些药是您辛苦制成的，这么轻易赠人，是不是不太好？"

"医者仁心，药做出来就是为了治病，留着也没什么用，不如将它赠予褚公子。"简轻语说着，便递到了褚祯面前。

英儿不死心地抓住她的手腕："不是小气，只是奴婢觉得褚公子已经脱离危险，日后慢慢养着便好，这些药可以赠予更需要它的人，比如……快病死的？"

"到时候再做也是一样，英儿，你不要这么小气。"简轻语对英儿的再三阻挠颇为失望。

褚祯安静地看着主仆相争，半晌轻轻打破了胶着的气氛，将药瓶接了过去："多谢简姑娘。"既然一切都是误会，那便说明简轻语大夫的身份是真的，见她说得如此笃定，想来真是医科圣手。

"不必客气，你记得按时服药。"简轻语叮嘱。

褚祯颔首："我会的。"

英儿："……"见过找死的，没见过三番两次找死的。

药已经送出去，马车也等候多时了，简轻语同褚祯道了声别，便回到了马车上。

英儿一步三回头地跟着，眼看着简轻语进了马车后再也忍不住了，飞快跑到褚祯面前哀求："褚公子，能将药瓶还给奴婢吗？"

"为何？"褚祯蹙眉，不懂她为何三番五次阻止简轻语赠他药丸。

英儿欲哭无泪："我家小姐的医术实在算不得好，偏偏又不自知，治病只有越治越严重，从未见她治好过谁，奴婢也是为了您着想啊！"主要是怕他吃死了，大小姐担责任。

褚祯蹙眉，觉得这丫鬟说话颠三倒四。

英儿见他不信，心一横：“您不会觉得自己的伤这么久不好，是因为后来那些大夫不行吧？”

褚祯：“……”

英儿一语惊醒梦中人，褚祯一阵无言，怎么也没想到这是真相，静了许久后才回神：“她不自知，你为何不告知她真相？”

“不忍心。”英儿实话实说。每次看到大小姐为了磨药手都破了的样子，谁忍心打破她的幻想？

褚祯对她的回答无言以对，想起自己因为加重的毒彻夜难眠的经历，眼底闪过一丝不认同：“你就不怕她治死人？”

“在您之前，奴婢没见她为谁医治过。”英儿一脸认真。

……合着是他自己倒霉？褚祯无语到了极致，竟只觉得好笑，英儿看着他的笑脸一阵惊悚，心想这是气疯了？

褚祯唇角噙着笑，将药瓶收好：“你若将药拿回去，她必定会失望，不如就留在我这里，”话没说完，他看到英儿欲言又止，于是缓声保证，“放心，我不会吃的！”

“……那您可要说话算话，”英儿不放心地看着他，说完又补充一句，“若您吃了，出什么事儿我们可是不负责任的。”

褚祯好脾气地点了点头，接着想到什么后，将腰间的玉佩取了下来：“这个你交给简姑娘，就说是诊费。”

英儿看着价值不菲的玉佩，一时间不敢接。

“拿着吧，我今日没带银两，改日有机会再见，自会用银两换回玉佩。”褚祯见她犹豫，便温声相劝。

英儿迟疑一瞬，还是先跑回马车前，踮起脚扒着窗子，将褚祯赠玉的事儿告知简轻语。

虽然不是第一次收诊费，可简轻语还是难掩开心，仿佛又被人认可了一般，只是玉佩嘛……她思索一瞬，抬头看向不远处的褚祯：“玉佩还是免了，既然同在行宫避暑，那很快便会再见，届时褚公子给我一块碎银子便可。”

说罢，便将英儿叫上马车，一行人朝着行宫继续赶路。

英儿偷偷撩起一点后窗的帘子往外看，看着褚祯的身影越来越小，最后化作一个点后，才扭头看向简轻语，一脸不解地问："大小姐为何要收他一块碎银？"

"本来他不提诊费就算了，既然提了，按照规矩肯定是要收的，毕竟是我辛苦治病救人换来的。"劳动得到回报，简轻语略带得意。

英儿不太懂，但见她十分高兴，便也没说什么了。

因为在路上耽搁许久，等到行宫时已是傍晚时分。霞光落在平滑的地上，映出一片暖光，马车自霞光中驶来，嗒嗒的马蹄声和车轮碾轧石板路的声音混在一起，形成悠扬和谐的曲调。

当值的锦衣卫身姿挺拔高大，立于宫门之外，他的身后则是一排手执兵刃的禁军。

马车越来越慢，最后停了下来，然后有人逐渐靠近马车，挺拔的身影映在轻薄的车帘上。简轻语知道进宫之前要被搜查，所以马车停下时也没觉得有什么，直到察觉那人停在只与她隔着一道帘子的地方，她的表情才逐渐变得微妙。

明明是一道模糊的身影，轮廓都奇奇怪怪的，可她偏偏就觉得对方是陆远。

而她刚冒出这个念头，便听到了熟悉的声音："下车，例行检查！"

简轻语："……"果然是他。

许久没有见过，对他的了解却是半点不减，比如这短短六个字，简轻语便敏锐地听出他不高兴，然后后知后觉地意识到……啊，他从上次竹屋之后，一直生气到现在啊。

这可就有些棘手了，这么久没见，若他已经不喜不怒，便说明要么原谅她了，要么对她没兴趣了，不论哪一种答案都还算不错，可偏偏他还在生气。

说明什么，说明他不仅没失去兴趣，并且还没原谅她！一想到他气了这么久，不知道心里憋了多少种折磨她的法子，她顿时一阵头疼。

身边的英儿已经先行下马车，简轻语磨磨蹭蹭地跟在后面，在握住车帘准备下去的瞬间福至心灵——

又非特殊时期，例行检查这种小差事，怎么也不该落到锦衣卫指挥使头上吧？

简轻语眨了眨眼睛，默默放下了手中的帘子。

"下车！"陆远不悦。

简轻语隔着一张轻薄帘子，小声地开口："小女子大病初愈，没有力气下马车，还请大人过来检查。"

说罢，她便感觉对方气压一低，顿时缩了缩脖子要下马车，可一想到错过这次，还不知何时能将人哄好，又咬牙停了下来。

简轻语默默盯着车帘，当看到修长的手指从帘子缝隙穿过，然后往一侧拨开时，她的心跳怦怦地快了起来。

帘子在二人中间被推开，视线对上，简轻语抿了抿发干的唇，待陆远俯身过来时突然上前，借着帘子的遮掩在他唇上飞快地印下一吻。

外头是上百禁军，那么多双眼睛盯着，简轻语即便知道有帘子挡着，但心跳快得还是仿佛要跳出来一般。

陆远眼神暗了下去，再开口声音略显沙哑："长本事了。"

"大人，我好想你，"简轻语握住他扣在绣春刀上的手，大着胆子相邀，"今晚你能来找我吗？"

来做什么，就不必说了。

陆远定定地看着她，许久之后突然开口："瘦了。"

简轻语愣了愣，回过神后笑笑："生病了，"说罢停顿片刻，又强行补了一句，"想大人想的。"

听着她虚伪的情话，陆远眼底闪过一丝嘲讽，抽出手便要退后，简轻语急忙问："大人今晚去找我吗？"

"不去。"陆远干脆地回答。

简轻语："……"得，没哄好。

眼睁睁看着帘子重新挡在他们中间，简轻语欲哭无泪地叹了声气，丧着一张脸进宫去了。

马蹄声再次响起，然后渐渐远去，陆远垂下眼眸，仿佛一切都没发生过。

巡逻的季阳走到宫门前，看到陆远后抱拳行礼，然后继续往前走，只是刚走两步又折了回来，坏笑着出现在他面前："大人，有什么好事儿啊这么高兴？"

陆远淡漠地扫了他一眼："哪只眼睛看到我高兴了？"

"两只眼睛都看到了，卑职跟了您这么久，同样的面无表情，卑职能分析出八百种情绪，"季阳得意地看着他冷淡的眉眼，"比如现在的面无表情，就是

高兴。"

"哦，"陆远垂下眼眸，"既然眼神这么好，夜间的巡逻也归你了。"

季阳："……"

看着他瞬间丧气的眉眼，陆远勾起唇角，眼底总算闪过一丝清晰的愉悦，季阳眼睛一亮，正要觍着脸求饶，布满霞光的路上便再次响起了马车碾过的声音，季阳认出是哪一家的马车后不敢再闹，带着巡逻的人便离开了。

陆远抬起眼眸，看着马车到面前停下，抱拳对马车中人行了一礼："殿下。"

褚祯听到他的声音颇为意外，掀开车帘后问："陆大人今日怎么在宫门当值?"

"不过凑巧路过。"陆远回答。

褚祯微微颔首，想到什么后便要下马车，陆远上前伸手搀扶，褚祯道了声谢，借着他的力道踏到地上，单手捂着伤处蹙了蹙眉。

"牵扯到伤口了?"陆远问。

褚祯笑笑："没事儿，走吧。"

陆远微微颔首，随他一同往行宫里走，走到人少处后才不紧不慢地问："殿下可是要同微臣说什么?"

"的确有话要说，"褚祯唇角微扬，眼底满是细碎的笑意，"陆大人可还记得先前本王说过，有刺客扮作姑娘二次加害本王。"

"微臣记得。"

"本王就是想告诉陆大人，一切只是巧合，是本王小人之心，误会了那姑娘。"褚祯想起总是戴着面纱的脸，眼底的笑意更深。

陆远扫了他一眼："殿下如何能确定?"

"本王既然这么说了，便是已经有了证据，"褚祯看向陆远，脸上的笑意略微收敛了些，"本王不肯告诉陆大人，只是不想锦衣卫吓到她，还请陆大人体谅。"

"殿下言重。"陆远抱拳。

褚祯笑笑，同陆远一起不紧不慢地往前走，快走到主殿时，他突然问："陆大人那儿可有碎银子?"

陆远停顿一瞬："殿下要碎银子做甚?"

"是有一些事儿，"褚祯说得含糊，"陆大人可有？"

陆远抬起眼皮扫了他一眼，半晌垂下眼眸："稍等。"

说罢，直接叫住经过的锦衣卫，说了几句话后便拿到一些碎银。

"够吗？"陆远问。

褚祯感激一笑，接过碎银后将腰间玉佩取下，直接递了过去："够的够的，多谢了。陆大人不嫌弃，就拿这个抵偿吧。"

说罢，见陆远眉头微蹙，急忙又补了一句，"本王没有别的意思，只是不想总惦记着这点账，将来还要费心找碎银还给你，这玉佩不算贵重，却能补气养身，陆大人可以自留，亦能赠人。"

听到他说补气养身，陆远蓦地想起某个动不动就病一场的小姑娘，索性就收下了。

第十八章　欺负

是夜。

简轻语泡了热水浴，洗去一整日的舟车劳顿，只着一件薄薄的里衣躺进了又软又厚的床上。

当后背陷进被褥的一刹那，她舒服得长叹一声气，翻个身抱住了旁边的枕头，修长纤细的腿跨在被子上，整个人慵懒又自在。

正在挨个熄灭灯烛的英儿听到身后的动静后回头，看到她的模样后顿时羞红了脸："大、大小姐，您怎么光着腿……"

"这样舒服。"简轻语闭着眼睛懒懒地回答。也就是陆远亲自说了今晚不来，她才敢这样穿，否则少不得要被训不庄重。

英儿不敢直视她只勉强遮到腿根的水红色里衣，低着头吭哧道："不如奴婢给您拿条亵裤吧，省得夜里着凉。"

"不必，这样便好。"她这里衣是特意定做的，比寻常里衣要长一些，能遮到腿上，不必再多穿别的。

英儿闻言只好妥协，将所有灯烛熄灭后退了出去。

寝房的门开了又关，房中只剩下简轻语一人，她颠簸了一整日，现下终于得以休息，很快便沉沉睡去。

行宫建在山上，夜间一片清凉，寝房中的灯烛也全都熄了，最后一点燥意也被驱逐。简轻语睡着睡着便觉得凉了，偏偏先前入睡的时候将被子蹬到了地上，小手摸了半天都没找到可以御寒的东西。

她眉头紧蹙，小小的脸上写满委屈，可偏偏又醒不来，直到一股热源靠近，她下意识地抱住，眉眼才逐渐舒展，安稳地继续深眠。

然而这种安稳没有持续太久，她便突然开始做梦，梦到自己变成一叶小舟，

187

在风雨中晃个不停。当一个大浪打过来，小舟发出不堪重负的吱呀声，她也闷哼一声。

海浪越来越高，每冲击一次，小舟便损坏一分，直到被拆解成一块块的木板，被大海吞噬殆尽，简轻语才猛地惊醒，同时喉间溢出一声轻哼。

"醒了?"上方传来陆远低哑的声音。

还在随波逐流的简轻语怔怔抬头，半晌才回过神来："……你不是说不来的吗?"

说完话音还没落下，便被欺负了，她下意识地抓紧床单，识相地不再乱说话。

一场荒唐之后，两个人就着凉透的水，简单将身上清理一番。简轻语被一件外衣裹着，懒洋洋地坐在椅子上，看着陆远干脆利落地换床单，待他将床铺好后，便笑着跑过去躺下。

"起来。"陆远木着脸。

"不起，"简轻语挺怕他不高兴的，可这会儿男人吃饱喝足，是哄人最好的时机，她只能大着胆子揽住他的脖子，将他拉到床上抱紧，"大人今日明明说不来，可还是来了，是不是因为想喃喃了?"

"我为何要想你?"陆远冷淡地问。

……口是心非。简轻语腹诽一句，面上依然软软的："大人不想喃喃，喃喃却想大人了，大人就不要生我的气了。"

陆远扫了她一眼："想清楚我为何生气了?"

"想清楚了，"简轻语一脸认真，"大人不喜欢喃喃自轻自贱，喃喃以后再也不会了。"

尽管她是从青楼出来的，可如今是陆远的女人，哪怕是见不得光的，也不能轻易提及当初，否则便是嘲讽陆远的品位与眼光。

男人嘛，大多都是既想要风流孟浪，又想要体面矜持，她这些日子已经想明白了。

听到她的认真保证，陆远眸色微缓，俯身去吻她的唇。简轻语表情一僵，下意识地用手撑住他的胸膛，阻止他再靠过来。

"做什么?"陆远不悦。

简轻语干笑："大人，不如歇息吧。"

陆远看着她身上水红的里衣，以及被里衣衬得越发白皙的肌肤，眼神顿时暗了下来："若是想歇息，就不该穿成这样。"

说罢，便扣着她的手腕，强行绕到了自己腰后，然后捏住她的下颌吻了上去。

简轻语："……"

窗外月色朦胧，月华倾泻了一地。

简轻语一直到天快亮时才睡，沉睡前感觉他又在给自己上药。想到他来行宫时便带了那药，她不由得轻哼一声，在梦里将他骂了个痛快。

醒来时已是晌午，简轻语起身发了许久的呆，最后视线落在了床角已经变得像咸菜一般的里衣上，她当即恶从胆边起，拿起来便要去扔掉，结果刚走两步，里头就掉出一块东西，干脆利落地掉在了地上。

当看清掉出来的是一块玉佩时，简轻语愣了愣，蹙着眉头从地上捡起来。她从未戴过玉佩，那这东西只能是陆远的了，看样子应该是不小心落下的。

玉佩圆圆的一块，上面还刻了蟒纹，握在手里温温的，一看便价值不菲。简轻语以前也没见陆远戴过这种东西，怕这是什么重要物件才会随身携带，他发现丢了之后会着急，便小心地装进荷包里，打算见到陆远后还给他。

然而接下来一整日，她都没见着陆远，反而是遇到了巡逻的季阳。

"怎么哪儿都有你，是不是阴魂不散了？"季阳一看到她就皱眉，摆摆手叫其他人先行。

简轻语无言一瞬，相当真诚地说："我也不想遇见你。"

"什么意思，你当我是扫把星啊还处处躲着？"季阳又开始找碴儿。

简轻语嘴角抽了抽，干脆扭头就走，却被他用绣春刀挡住了去路："被我说中了？你果然看我不顺眼。"

"……陆大人呢？"简轻语无奈地停下脚步。

季阳顿时警惕："你找他做什么？又想告我的状了？"

简轻语："……"

本来想让他转告陆远玉佩在她这里，但看这货的样子，她决定还是算了，什么时候遇见陆远什么时候还吧。

这般想着，她便又要走，季阳立刻去拦："问你话呢，是不是又想告状?!"

简轻语无视他横在自己面前的刀，只管往前走，季阳又不敢真对她如何，只能像只猴子一般在她身侧上蹿下跳，时不时威胁几句。

简轻语嫌他烦，当即跑了起来，季阳冷笑一声便去追，还未等追上，就看到她猛地停了下来，他顿时得意："怎么，怕了……"

话没说完，就看到前方亭子里坐着十余个人，全都齐刷刷地朝这边看，坐在中间的便是当今大皇子的生母周贵妃，以及大皇子的表妹周音儿。

季阳瞬间闭嘴站稳，从一只猴子变回英俊潇洒的锦衣卫大人，稳重自持地抱拳行礼："参见贵妃娘娘。"

简轻语听到他对亭中人的称呼，顿时心头一跳，立刻低着头福了福身："参见贵妃娘娘。"

周贵妃直接无视简轻语，笑盈盈地看向季阳："季大人怎么有空到这里来了?"

季阳看了眼简轻语，恭谨地开口："回贵妃娘娘的话，这位姑娘迷路了，微臣便抽空为她带个路，不知贵妃娘娘在此，多有冒犯，还请娘娘恕罪。"

"哦?"周贵妃这才看向简轻语，嘴里却是在问季阳，"不过此处再往前，便是本宫与圣上的住处了，不知季大人是要带她去哪儿?"

季阳卡了一瞬，被简轻语暗示之后才回神："……就是此处。"

简轻语默默松一口气。

"姑娘，此处便是公主亭，既然路已带到，微臣就告辞了。"季阳颇为心虚，无视简轻语幽怨的眼神，强行结束对话，转身走的时候背影高大威风，步伐虎虎生威，像极了主动带路的好人。

简轻语在心里骂了他一万句，可也知道两人同行会招怀疑，现下分开告辞才是最好的处理方法，所以只能等季阳走远后，才垂着眼眸对周贵妃又行了一礼："小女不知贵妃娘娘在此，惊扰了娘娘，还请娘娘恕罪，小女这就离开。"

"慢着，"一直没说话的周音儿轻嗤一声，扭头对周贵妃道，"姑母，这位便是宁昌侯府刚回京的大小姐简轻语，侄女先前同您提起过的。"

她与周音儿就见过一次，还彼此有了恩怨，她提自己时能有什么好话。简轻语闻言心道不妙，后背出了一层汗。

果然，周贵妃听完若有所思地看向简轻语，半晌不急不缓地开口："走上前来。"

简轻语只好默默走到亭前。

周贵妃打量她许久，艳红的唇勾起一点弧度："果然生得极好，难怪连季阳都要为你带路。"

简轻语察觉到她话里的轻视，但也只能抿了抿唇解释："是季大人心好。"

"奇怪了，我与那季阳也算旧相识，怎么不知他还是个好心的?"一个满身琳琅的小姑娘捂着嘴笑。

立刻有一人接腔："谁叫你生得不如简大小姐貌美，自然看不到季大人好心之处了。"

这些女子大多与周贵妃沾亲带故，相处明显不算拘谨，听到这句话后顿时笑作一团。

简轻语垂着眼眸，藏在宽袖中的手默默攥紧，面上却不显半分。

周音儿斜睨她一眼，挽着周贵妃的胳膊撒娇："姑母，侄女也想生得如简大小姐一样美貌，这样便能看到旁人的好心了。"

"你是本宫放在心尖上疼大的，自幼便是金尊玉贵什么都有了，何须靠容貌得那一点儿好处，"周贵妃握住她的手温和道，"与其想这些，不如将心思放在正途上，免得给爹娘丢脸。"

"侄女又不是某些人，才不会给爹娘丢脸。"周音儿笑着看向简轻语。

简轻语听着她们指桑骂槐，心想原来即便是宫里的贵妃，长舌起来与漠北卖烧饼的妇人也没什么区别。

周贵妃也看过去，想起什么后含笑问："说起来，你是随母亲在漠北长大?"

"是。"简轻语应声。

周贵妃微微颔首："难怪，毕竟是荒蛮之地……"

简轻语左耳进右耳出，等到合适的时机后立刻道："小女还有事，可否先行告退?"

"急什么，不想同本宫聊天?"周贵妃扫了她一眼。

简轻语垂眸："小女不敢。"

"那便再说说话，京都都是些守规矩的姑娘，说起话来没什么乐趣，难得遇

191

见个不一样的，本宫也是好奇得紧呢。"周贵妃说完，其他人又是一阵哄笑。

周音儿正要再说什么，突然传来一声温润的男声："此处这般热闹，可是本王错过什么了？"

听到声音，所有人都是一停顿，简轻语扭头看过去，看到熟人后愣了愣，还未反应过来，便听到亭中人对他行礼："参见二殿下。"

听到众人对他的称呼，简轻语猛然睁大眼睛。

褚祯笑盈盈地对周贵妃行了一礼："娘娘。"

"二殿下怎么来了？"周贵妃含笑问。

褚祯温和地回答："儿臣方才去见了父皇，刚从主殿出来。"

"哦？圣上已经醒了？"周贵妃抬头。

褚祯笑笑："方才就醒了，还说要见娘娘。"

周贵妃闻言含笑站了起来，周音儿急忙扶住她，"本宫回去瞧瞧。"

说着话，周贵妃便离开了，方才还聚在亭中的人也跟着散去，很快便只剩下褚祯和简轻语二人。褚祯脸上的笑意淡了些，眉眼中满是关切："简姑娘，你还好吗？"

简轻语顿了顿，朝他行礼："参见二殿下。"

"你我之间就不必拘礼了，"褚祯虚扶一把，待她站稳后笑道，"毕竟你是本王的救命恩人，没想到这么快就见面了，还真是巧。"

他刚从主殿出来，听到动静后往这边扫了一眼，结果就看到了熟悉的背影。虽然只见过两次，可他依然一眼就认出了，走近后果然听到了她的声音。

幸好他及时出现，使她免遭更多侮辱。想起方才周贵妃的言语侮辱，褚祯抿了抿唇，想安慰又不知该从何安慰。

简轻语只是略显紧张，倒没有别的情绪："确实是巧，没想到您竟然是……多谢殿下出手相救。"

"你救我我救你，都是应该的……你也别怪周贵妃，她以前不喜欢简慢声，这次估计是恨屋及乌了，"褚祯安慰两句，见她不像伤心，顿时松了一口气，说罢突然想起什么，从荷包里掏出一枚碎银，郑重地奉上，"简姑娘，诊金。"

简轻语没想到他还记着这事儿，顿时一阵尴尬："殿下说笑了……"先前不知道他身份的时候还好，现下已经知道了，她如何敢要。

"拿着吧，这可是本王花了大价钱换来的，亦是姑娘应得的。"褚祯说着，将银子递得更前了一些。

简轻语不知道一块碎银为何还要花大价钱换来，闻言只是迟疑："可殿下方才也救了小女，算是扯平了……吧。"

"你当真要与我计较这般清楚?"褚祯板起脸。

简轻语立刻接过碎银："多谢殿下!"

褚祯没想到她会变得这么快，顿时绷不住笑了一声。简轻语越发尴尬，讪讪一笑将碎银装进荷包，荷包里顿时发出清脆的一声响。

"看来简姑娘的荷包很丰厚啊。"褚祯失笑。

简轻语被笑得脸颊泛红，有些不好意思地解释："里面是块玉佩，没别的东西。"

或许是因为她太局促，也可能是因为少了一层面纱挡在二人中间，褚祯竟也跟着生出些紧张，莫名其妙地解释一句："本王只是打趣，并非笑话你。"

"……小女明白。"简轻语乖顺地点了点头，然后便不说话了。

褚祯遇见熟人甚为高兴，本还想与她多聊两句，但见她神情拘谨，便知道自己的身份给了她太大压力，沉默一瞬后缓缓开口："本王还有事儿，只能请姑娘自便了。"

"小女恭送殿下。"简轻语低眉。

褚祯不自在地点了点头，临走又忍不住回头："你……"

简轻语疑惑地看向他。

"……你那儿还有药吗?"他冒出这么一句。

简轻语愣了愣，接着迟疑地点了点头："还有。"

"那能再给本王一些吗?"褚祯觉得自己简直在犯傻，可见她认真听自己说话，还是忍不住道，"本王难得遇见这样的好药，只想多存一些，姑娘不会怪本王太贪心吧?"

"当然不会，"简轻语忙摆摆手，听到他认可自己的医术，顿时没有那么局促了，"只是我带来的全都给殿下了，殿下若是不着急，就再等一段时日，我会尽快制好的。"

"如此，就劳烦姑娘了。"

褚祯说完，温和地笑笑："希望姑娘到时候也要收本王的诊金。"

"……是。"简轻语微微颔首。

她答应完，周遭便静了下来，褚祯再没有话可说，只能笑笑转身离开。

简轻语目送他的背影消失，脸上的笑意渐渐淡了下来。四周彻底安静，她独自一人静静地站在公主亭前，仿佛隔绝于行宫之外，与此处一切都没了关系。她垂着眼眸，看石板路上的蚂蚁爬动，指尖掐着手心沉默不语。

蚂蚁背着比自己身子还大的糕点碎屑，拼命地从一块石板往另一块石板爬，试图用最快的速度回到蚂蚁洞里。简轻语看了许久，最后蹲到地上，轻轻捏起它直接送到了终点。

行宫的环境较为潮湿，石板与石板的缝隙中都长满青苔，到处都能看见努力爬行的蚂蚁，简轻语耐心地一只一只搬运，蹲得脚都快麻了。

陆远赶过来时，便看到她蹲在地上蜷成小小一团，眉头顿时蹙了起来。

跟着陆远跑来的季阳探头看了一眼，一脸怀疑地开口："我等了她半天都没见人，还以为出什么事儿了，结果是在这里玩泥巴？"

他声音很大，简轻语轻易便听到了，抬头看到他和陆远后顿了顿，一本正经地解释："我没有玩泥巴，我是在帮蚂蚁搬家。"

季阳无语："是你疯了还是我疯了？你玩泥巴之前不能先跟我说一声吗？我还以为你被周贵妃为难了，特意绕过这里去找大人，你知不知道大人是从……"

"季阳。"陆远冷淡开口，"先下去。"

"……是。"季阳恶狠狠地瞪简轻语一眼，板着脸转身离开了。

简轻语抿了抿唇，小心地看向陆远："耽误你的事儿了吗？"

陆远盯着她看了半晌，最后缓步走到她面前："起来！"

"……我脚麻了。"简轻语小声道，蹲在原地动不了。

陆远朝她伸出手，简轻语顿了顿，下意识抬手去扶，可手伸到半空的时候，她才看到自己指尖沾满了泥，指甲缝里更是有一层浅浅的绿，像是青苔染上的。

简轻语尴尬一笑，便要将手缩回来藏进袖子，结果刚退一寸，便被陆远的大手整个包裹住，直接将她打横抱了起来，大步走进公主亭后坐下，将她安置在自己的腿上。

光天化日的，简轻语怕被人看到，他一坐下她便要起来，却被陆远强行按了回来，下一瞬，一件宽大的外袍兜头将她罩住，整个人直接被裹进了黑暗中。

简轻语眼底闪过一丝茫然，还未开口说话，就听到陆远问："为何玩蚂蚁？"

他的声音本是冷清的，但被衣料过滤之后，便突然少了一分冷意。

听到他的问题，简轻语静了许久才开口："……就是觉得它们挺可怜的。"

陆远闻言沉默片刻，再开口声音就沉了下来："为何可怜？"

简轻语不说话了。

为何可怜呢？大约是因为为了活着已经那般努力了，却依然脆弱得要命，谁都能断了它的性命。

方才的她，就像这蚂蚁一般，周贵妃只要愿意，便能一脚踩死她，而她身为一个人，一个活生生的人，连句硬气的话都说不出。

生气吗？也没有，认清了身份上的差距，有些事也不难以接受。不生气吗？又怎会不生气，她们一群人踩着她的伤口取乐，字字句句侮辱她没有教养，即便她有足够的忍耐力，也不可能不生气。

可生气又能怎样，她能拿周音儿如何，又能拿周贵妃如何？气过之后还不是要为鱼肉任人宰割？面对她们身份上的碾压，半点都反抗不得。

处在衣袍构建的黑暗中，情绪忍不住要失控，简轻语咬紧了嘴唇，默默提醒自己这里不是漠北，不是她可以放肆的地方，她必须要听话懂事，才能活下去，才能完成母亲遗愿。

陆远察觉到怀中的人越来越紧绷，眼底闪过一丝冷意，说出的话却意外的温柔："说说，受什么欺负了？"

简轻语攥紧了拳头，依然沉默。

陆远等了许久都没等来答案，蹙了蹙眉头妥协："既然不想说，那哭给我听。"

"为何要哭？"简轻语小声嘟囔。

陆远冷淡道："因为你不肯回答我的问题，我不高兴，你若哭不出来，我可以帮你。"

"……哪有你这么霸道的？"简轻语不满。

陆远不悦："再不哭，我可要亲自动手了。"说着话，便要将手探进裹着她的衣袍里。

"我哭，我哭。"简轻语怕他大白天的犯浑，急忙答应下来。

陆远这才放过她，抱紧了安静地等着。

简轻语咬着唇，本想着假哭一阵敷衍过去，可当第一声呜咽发出时，眼泪突然就掉了下来，一瞬间所有委屈如倾泻的洪水，一股脑儿地朝外涌去，就连收到诊金的喜悦都无法阻拦。

"你们都欺负我……"简轻语抽噎。

陆远轻抚她发颤的后背，指尖隔着衣袍慢慢地在她背脊上滑过，似乎想摸清她每一处凸起的骨节。他抚摸得认真，却也只是抚摸，没有半点儿别的意味，简轻语因为这单纯的安抚，哭得越发收不住。

守在公主亭入口的季阳，隐约听到抽抽搭搭的哭声，想起这阵子调查得来的简轻语身世，突然觉得她其实也挺不容易的。

第十九章 欺负回去

简轻语不知哭了多久，最后累得倚在陆远怀中睡去，只偶尔打个小小的哭嗝，陆远依然有一下没一下地拍着她的后背，直到掌下的人彻底静了下来，他的手才停在她的后背上，垂着眼眸也不知在想些什么。

季阳守着入口等了许久，都没见他们出来，眼看着天色渐晚，不少官眷都开始出来游玩，他怕被人看到，只能折回公主亭去寻人，结果刚一走进去，便看到陆远抱着被衣袍笼罩的简轻语，吓得他赶紧低头。

"大、大人，卑职什么都没看见！"

季阳着急地自证清白，因为声音太大，还吵得被包裹的某人轻哼一声，陆远蹙了蹙眉，将人抱得更紧了些，直到怀里的人再次安静，他才冷淡地看向季阳："何事？"

"……天色将晚，不少人都出来了，卑职若一直把守着不让人过来，必定会引起怀疑，而且圣上还在等您，您不如先将简姑娘送回去吧。"季阳死盯着地上的青苔，半点儿都不敢抬头。

说完，没有得到陆远的回应，他心里顿时犯起嘀咕——

莫非是被他打扰了好事，所以不高兴了？季阳想起方才匆匆看到的一幕，心里越发没底的同时，又忍不住抱怨简轻语，他家大人最有分寸，若真与她发生什么，也肯定不是大人主动的。

这丫头怎么回事儿，不是正伤心得厉害吗？怎么还有空勾引他家大人，害得那么冷静自持的大人，同她在光天化日之下……非礼勿想非礼勿想。

季阳赶紧晃了晃脑袋，将那些龌龊的想法都晃出去，这才小心翼翼地开口："大人，大人您怎么不说话，可是卑职有什么不妥？"

公主亭还是悄无声息。

"大人？"季阳小心翼翼，半晌忍不住抬起头，然后就看到方才陆远坐的椅子上，此刻已经空无一人。

他："……"

行宫里小路四通八达，只是平日鲜有人知晓，陆远身为锦衣卫指挥使，对每一条路都无比熟悉，因此轻易避开了所有人，抱着简轻语往她所在的别院走。

简轻语睡得迷迷糊糊，隐约间感觉到自己似乎在移动，便忍不住轻哼一声："去哪儿？"

陆远听到她的声音停下脚步："睡吧，送你回房。"

"……嗯。"

陆远收紧抱她的胳膊，待她重新变得安稳，这才抬脚朝别院走去。

他到别院时，英儿正焦急地踱步，看到他后吓了一跳，直到他抱着自家大小姐风一样从身边经过，她才慌里慌张地福身行礼："参、参见九爷……"

糟糕，不小心将别名叫出来了！她心里咯噔一下，正要跪地求饶，就听到房门直接在背后关上了。

简轻语被动静闹醒，轻哼一声后迷迷糊糊地睁开眼睛，却只能睁开一条缝。陆远将她放到床上，一抬头就对上一双肿得水汪汪的眼眸，他顿了一下，唇角突然浮起一点弧度。

"……你在嘲笑我？"哭干眼泪后的简轻语相当敏感。

陆远垂眸为她盖被子："没有。"

"你就是在嘲笑我，我都看见了，"简轻语往被子里缩了缩，"我现在是不是特别丑？"

听到她不自信的问题，陆远停顿一瞬，总算肯正视她的眼睛了，只是没看多久又别开了视线："不丑。"

"你骗人！"简轻语咬唇，一张脸快要全部埋起来了。

陆远默默将被子拉下来些，又重复一遍："不丑。"

是真的不丑，只是肿得厉害，又粉嫩嫩的，看着像两个水蜜桃儿，配合她委屈的神情，意外地有些好笑。

见他这次的回答多了一分认真，简轻语动摇了，正当觉得是自己多想了时，就听到他不急不缓地开口："待会儿叫下人煮个鸡蛋敷一敷，你现下这个样子，

198

怕是不能出门见人。"

简轻语："……"刚说了她不丑，又说她不能见人，这男人嘴里还有一句实话吗？

看着她敢怒不敢言的表情，陆远眼眸好似冬雪初融，潺潺不息。

简轻语与这样的他对视片刻，突然有些不自在，于是又重新缩进了被子，将自己卷成一个蚕蛹。陆远这次没有再阻止，只是安静地陪在蚕蛹身旁，静了片刻后才开口："什么都别想，只管睡一觉。"

……

简轻语沉默许久，蚕蛹突然动了动，半晌从里头伸出一只小手，手里还攥着一块玉佩："大人，您的东西。"

陆远扫了一眼："给你的，拿着吧！"

简轻语："？"

"从旁人那儿拿来的，贴身戴，但别叫人看见，以免引起不必要的麻烦，待回京之后，我再给你寻一块更好的。"陆远淡淡道。

……要贴身戴着，还不能被人看到，她这收的哪是礼物，分明是祖宗。简轻语无言片刻，小声问："那我装荷包里可以吗？"

"可以。"

简轻语应了一声，又将玉佩重新装进荷包中，和她今日得来的碎银子收在了一起。

寝房外，英儿迟迟不见陆远出来，心里担惊受怕的，眼看着天要黑了，干脆跑去关院门，想着直接闭门谢客，结果刚跑到门口，就险些撞上迎面而来的简慢声。

"二小姐！"英儿忙福身。

简慢声不悦："这般慌乱做什么？"

"没、没有慌乱……"陆远还在大小姐寝房，若是被二小姐看见，那一切就都瞒不住了，英儿心如擂鼓，却只能强装淡定，"只是大小姐身子不大舒服，现下已经睡了，奴婢怕有人打扰，便想着将院门关了。"

简慢声蹙眉："这个时辰便睡了？"

"……是。"英儿不敢抬头看她。

简慢声抿了抿唇："待她醒了，你同她说一声，明日午时圣上宴请群臣及官眷，叫她早些起来准备，千万不要迟了。"

"是，奴婢知道了。"英儿忙点头答应。

她死死挡在门前，半点儿让开的意思都没有，简慢声若有所思地看她一眼，转身似要离开。英儿默默松一口气，然而一颗心还未彻底放下，简慢声便突然折返，直接朝着院中去了。

英儿一慌，急忙上前去拦："二小姐，二小姐您这是做什么！大小姐已经睡了……"

"好端端的怎会睡这么早，我看分明是你这丫头心怀不轨做了什么！"简慢声冷下脸，步伐越来越快。

眼看着她快到寝房门口了，英儿心一狠，咬着牙直接拦在了她面前："奴婢不能让您进去！"

"放肆！"

简慢声刚要发火，门突然在二人面前打开了，她立刻抬头看了过去，当看到是谁后愣了愣，忙低下头行礼："陆大人。"

"她休息了，别吵！"陆远冷淡地看她一眼。

简慢声被看得心头一紧，下意识地往后退了一步，一直到陆远离开才微微松一口气，抬头看向吓得快昏厥的英儿："他今日来此的事可还有别人看到？"

"……啊？"英儿正绞尽脑汁想该如何解释，听到简慢声如此冷静的声音后，顿时愣住了。

"除了你，还有人知晓他们的事儿吗？"简慢声不喜她的呆滞，蹙着眉头教训，"一点小事儿就慌成这样，连我都瞒不住，还能指望你瞒住其他人？！"

英儿都傻眼了。

简慢声还想再说什么，余光扫了眼紧闭的房门后，话到嘴边还是咽了下去："总之你好好反省，照顾好你家小姐。"

说罢，她便转身离去了。英儿呆滞地目送她离开，好半天才反应过来——

二小姐她……好像知道大小姐和陆九爷的事？

英儿意识到这一点后，赶紧跑回了寝房想要告诉简轻语，结果一到屋里，就看到她家小姐睡得正香，一双眼睛肿得像水蜜桃儿一般，一看就是刚哭过。

……陆远这个狗东西欺负她家大小姐了?!

不知自己在英儿心中已经从九爷变成狗东西的陆远,离了偏院后便回了主殿,季阳正在殿门口值守,看到他后急忙迎上来:"大人你可算回来了,方才圣上还在找您。"

"圣上呢?"陆远抬眸问。

季阳无声地指了指殿中,压低了声音道:"在跟周贵妃还有二皇子一同用膳。"

陆远微微颔首,便没有再说话了。

殿内时而传出周贵妃关心的话语,从圣上到褚祯都照顾得十分周到,季阳百无聊赖地站在陆远旁边,半晌嘟囔一句:"刚欺负完人家小姑娘,就来扮演贤妻良母,倒也不觉得累。"

陆远沉默地看向他。

季阳摸摸鼻子,不自在地解释:"卑职就是随口闲话,没有为简轻语打抱不平的意思。"

"隔墙有耳,慎言!"陆远冷淡警告。

季阳小心地点了点头,不敢再继续说话了,只是过了不多会儿,他又忍不住问:"大人,你不帮简轻语出气啊?卑职还没见她这么委屈过……"

话没说完,陆远一道眼刀又扫了过来,他急忙摆摆手:"不说了不说了。"说罢便赶紧跑了。

他一走,周遭便清净了下来,越发凸显了周贵妃的笑声。陆远垂着眼眸继续值守,直到周贵妃和褚祯一一退下,才有宫人出来寻他:"陆大人,圣上有请。"

陆远微微颔首,这才往殿内走去。

主殿,宫人已将桌子清理干净,殿内却还弥漫着饭菜的香气,刚用过晚膳的圣上倚在软榻上假寐,臃肿衰老的身体陷进毯子,全是皱纹的脸上写满疲惫,听到陆远进来的动静也没睁眼,只是连连咳嗽起来。

陆远上前将他扶着坐稳,抬手取来宫女手中的清茶,递到他手中后又叫人端来痰盂。圣上猛咳几声,吐出一口污秽,漱口之后重新靠在软枕上,表情都舒缓了许多:"事情都办完了?"

"办完了。"陆远回答。

方才季阳来寻他时，他正在与圣上下棋，听说消息后便找借口离开了，现在圣上问的"事情"，便是他当时随口找的托词。

圣上闻言微微颔首，也不问他去做了什么事儿，只是叹了声气："朕这身子，越发不中用了。"

"圣上正值壮年，今日只是累了，歇息一晚便好。"陆远缓缓开口。

"正值壮年，"圣上失笑，"也就你小子，才能说出这种亏心话。"

陆远唇角浮起一点弧度，流露出一分被抓包后的无奈。

圣上看到他的表情，脸上的笑意更深："你呀，就该像姓季的那小子一样活泼些才对，明明不过二十四五的年纪，偏偏比朕这个老头子还严肃，难怪满朝上下都怕你。"

"微臣是圣上手中的刀，只求足够锋利，能护得圣上平安便好。"陆远垂下眼眸认真回答。

圣上不认同地啧了一声，眼底却俱是满意，抿了口清茶后道："你一向懂事，朕是知晓的，所以许多事才能放心地交给你。"

"是，微臣定不辱使命。"

殿内香炉白烟袅袅，三五个宫人正在清扫，每一个动作都如被放慢了一般，无声又精准地打扫每一个角落。

偌大的宫殿里静得落针可闻，圣上叫人送来棋盘，两人对坐进行方才未完结的棋局。

圣上执黑子，落在了棋盘最中央："二皇子遇刺一案，你查得如何了？"

陆远斟酌片刻，拈起白子落下："回圣上的话，还没有什么头绪。"

"都这么久了，一点儿头绪都没有？"圣上皱起眉头，"培之，这不像你的能力。"

"此案事关重大，所有刺客又全都服毒自尽，微臣只能谨慎调查。"陆远抬眸看向他，手中捏着一个棋子久久不下，似有什么话想说。

圣上当即身子前倾："你想说什么？"

陆远蹙眉不语，只是将白棋落下。

"但说无妨。"圣上笑笑，又下一子堵截。

202

陆远盯着棋盘许久都没说话，指尖的白子久久没有落下。

在殿内越发安静时，他才缓缓开口："听随行的太医说，贵妃娘娘不大适应行宫的潮湿，来了之后便一直在喝药。"

圣上顿了顿，想到什么后眼底闪过一丝阴沉，但很快恢复如常："她也是上了年纪。"

陆远微微颔首，没有再多说什么，待他落子之后很快又下了一步。

两个人你来我往，下了小半个时辰，最后以圣上赢了半子结束，陆远起身抱拳："圣上棋高一着，微臣输得心服口服。"

圣上笑了起来，精气神好了许多："还是与你下棋有意思，哪像那群老腐朽，次次都绞尽脑汁让着朕，明明朕的棋艺更佳，却偏偏每回都赢得窝囊。"

"圣上若喜欢，随时唤微臣来便可。"陆远垂眸。

圣上笑着摇了摇头："你可是朕的大忙人，朕哪舍得累着你，行了，时候也不早了，你且回去吧！"

"是。"陆远应了一声，低着头退了几步转身离去。

圣上看着他的背影慢慢消失，脸上的笑也逐渐淡了下来，许久之后才沉声开口："来人，周贵妃身子不适，现在就叫人送她回京都歇息！"

"是！"

周贵妃被连夜送出行宫，当马车碾轧路面的声音在山中回响，消息顿时传遍了整个行宫，宫里灯火通明，却没有半个人影，宛若一座空荡荡的鬼城。

在所有人都心惊胆战不知真相时，唯有哭肿的"桃子"睡得香甜，手里攥着一个小小的荷包，里面是她白日刚得来的礼物。

简轻语一觉睡到了天光大亮，睁开眼睛后便得知了周贵妃被送走的消息，她一脸茫然："为何走了？"

"应该是惹圣上生气了，听说圣上下了旨之后，气得砸坏了两张桌子。"英儿煞有介事地说。

简轻语蹙眉："怎么会突然惹圣上生气？"

"那谁知道，天威难测呀，大小姐今日赴宴可千万要谨慎些！"英儿紧张地叮嘱。

简轻语愣了愣："赴什么宴？"

"圣上设宴款待群臣和官眷呀，二小姐昨日亲自来说的，"英儿说完想起什么，又变得紧张起来，"对了，二小姐昨日撞上了陆远，可丝毫不见惊慌，像是早就知晓了您和陆远的事儿。"

"……简慢声还遇见了陆远？"简轻语都蒙了，"等一下，你怎么不叫他九爷了？"

"他都把您欺负成这样了，奴婢才不叫他九爷！"英儿突然激动。

简轻语迟钝："他什么时候欺负我了？"

"您就别为他说话了，等先夫人的衣冠冢立好，奴婢就随您去漠北，再也不回来了！"英儿哽咽。

简轻语："……你先别说话，我就睡了一觉，怎么发生这么多事儿？"

英儿叹了声气，将她从床上拉了起来，一边为她更衣，一边将方才说过的话都捋了一遍，待到衣衫换好头发梳好时，简轻语总算闹明白了。

"看来我真是错过了许多呀。"简轻语叹了声气，替陆远解释了两句，然而英儿坚定地认为她是因为陆远才哭的，简轻语也只好随她去了。

简轻语昨日一直在睡，眼睛没有敷东西，早上起来依然肿肿的，用水粉遮了之后好一些，但仔细看还是能看出哭过。她没别的办法掩盖，只好就这样出门去了。

宁昌侯等人早已在主院等着，看到她来了之后总算可以出发了，秦怡一边走一边嘟囔："平日睡懒觉也就罢了，今日这么大的事儿，也要睡到这个时候，真是胡闹！"

"好了，少说两句，又没迟到。"宁昌侯不悦。

秦怡撇了撇嘴，还想再说什么，简震急忙挽住她的胳膊撒娇："娘，快些走，别迟到了。"

"知道啦，催什么！"秦怡表情总算好了一些。

简轻语慢吞吞地跟在他们后面，走着走着简慢声也开始落后，最后走到了她的旁边。简轻语斜了她一眼，慢条斯理地问："有事儿？"

"陆远欺负你了？"简慢声突然问。

简轻语："？"

"眼睛肿成这样，"简慢声不悦地蹙起眉头，"他也太过分了。"

"……他没欺负我。"简轻语无奈。

简慢声和英儿一样，都是一副"不听不听，王八念经"的表情："你若实在不喜欢他，就该告诉父亲，父亲虽不如陆远位高权重，但保住你的法子还是会有的。"

"他真没欺负我。"简轻语叹气。

简慢声："不行，我这就告诉父亲。"

简轻语见她来真的，急忙拉住她的袖子，两人的动静引来前面三人的注意，她急忙松开简慢声。

"你们干什么呢?"秦怡皱眉，"轻语，你欺负慢声了?"

"我没有。"简轻语假笑。

秦怡又看向简慢声，看到她摇头后才放心，旁边的宁昌侯叮嘱一句："姐妹两个不准吵架!"

"没有吵架。"简轻语攥紧了简慢声的袖子，不敢松开半分，察觉简慢声还要上前后，压低声音飞快地说了一句，"是周音儿欺负我。"

简慢声猛地愣住。

前方三人继续往前走了，简轻语这才松一口气，抬头对上简慢声的视线，叹了声气道："昨日遇见了周贵妃和周音儿，是陆远送我回来的。"

简慢声咬紧下唇，许久之后别开脸："对不起!"

"又不是你招惹我，你道什么歉? 你还没进周国公府的门呢，可就代表她们赔罪了?"简轻语扬眉，"还是说她们找我麻烦，是你指使的?"

"……我算什么，也能指使她们?"简慢声本还觉得歉疚，被她一搅和顿时只剩下荒唐。

简轻语耸耸肩："那不就得了。"

"但她们是因为讨厌我，才会针对你，"简慢声蹙眉，"周贵妃一直有属意的侄媳人选，一直都看不惯我，周音儿又是在宫里长大的，自是与她同心。"

"……都看不惯成这样了，你进了他们家的门，还能有好日子过吗?"简轻语无语。

简慢声顿了一下，抬步往前走："人本就不可能一直过好日子。"

简轻语啧了一声，也快步跟了过去。

一家人到主殿时，恰好遇到周国公府的一家子，周贵妃被连夜送走一事，应该对他们造成了不小的影响，今日前来的每一个周家人都面露憔悴，衣衫配饰也比平日要低调许多，周音儿更是乖巧地跟在国公夫妇身后，没有一点张扬的样子，显然是被提点过。

简轻语的视线从这家人身上扫过，当看到国公夫妇身后的男子时顿了一下，推断他便是简慢声的未来夫婿周励文。

难怪简慢声会看不上，此人虽然生得还算白净，可与那锦衣卫的李桓相比，还是太过文弱了。

简轻语垂下眼眸，同简慢声一起对他们见了礼。

周励文看向简轻语，眼底闪过一丝惊艳："这位便是简大小姐？晚生见过大小姐。"

"周公子客气。"简轻语还了一礼。

周励文只夸一句，便极有分寸地看向了简慢声，还特意多与她说了几句话，简慢声一一应答，十分乖巧恭敬。

长辈们有心让未婚夫妇多说说话，便将晚辈们留下，自行先进殿内了。他们一走，周音儿便懒得假装了，轻哼一声挽住周励文的胳膊："哥哥，我们也进去吧。"

"我还在同二位姑娘说话，你先进去便好。"周励文温柔劝道，显然极其疼爱妹妹。

周音儿蹙眉："可我想同哥哥一起。"她怎可能让哥哥和这两个狐狸精单独相处。

周励文闻言为难，看看简慢声又看看周音儿，一时拿不定主意。简轻语默默在心里对周励文下了一个"优柔寡断"的评价。

她觉得简慢声也未必想跟这兄妹俩说话，于是用眼神示意简慢声离开，谁知简慢声只是看了她一眼，并没有要走的意思。

没想到她愿意继续纠缠，简轻语颇为意外，索性也站定了等着，看着这兄妹俩跟耍猴一样闹腾。

日上三竿，虽然离午宴时间还早，可官员及家眷已经陆陆续续来了，主殿内外宫人们进进出出忙碌不已，不少人从他们身边经过。

周励文被众人盯着看，一时间窘迫得厉害，跟着也没了好脸色："音儿，别闹了！"

周音儿没想到他会凶自己，顿时眼眶一红，将父母昨夜的劝诫全都抛在脑后，哽咽着朝外跑去。周励文懊悔地叹了声气，正要追出去，简慢声突然开口："周公子，她还在生你的气，想来不想见到你，不如我替你去劝劝吧。"

"如此也好，那就谢过二小姐了。"周励文执礼道谢。

简慢声也不看他，直接朝周音儿追去，简轻语觉得不大妙，也赶紧跟了过去。现下满行宫的人都去了主殿，其他地方都没什么人，显得空旷又安静。

她们二人在一处角落找到了周音儿，周音儿一看是她们，顿时愤怒又委屈："你们跟着我做什么！我哥呢?！"

"你哥让我叫你回去。"简慢声淡淡道。

周音儿冷笑："你算什么东西，还没进周家的门呢，就想当嫂子管着我了?别假好心了！"

简慢声缓步上前："我又不是你娘，为何要管你?不过我来找你，确实不是因为好心，而是为了别的事儿。"

简轻语眨了眨眼睛，隐约觉得不妙，于是好言劝周音儿："你最好冷静一点，别乱说话。"

周音儿瞪眼："你也敢教训我?忘了昨日……"

砰！

她话没说完，便被简慢声一脚踹倒，好死不死后面一小片泥泞，直接砸进了泥水里，简轻语手疾眼快拉了简慢声一把，二人的衣裙上才没溅上脏污。

周音儿不可置信地看着身上恶臭的泥水，半晌睁大眼睛看向简慢声。

回过味儿的简轻语也不敢相信，简慢声竟然也会踹人了。

周音儿大概是这辈子第一次被欺负，一时间都呆住了："你敢打我，你知不知道我是……"

"这是你欠简轻语的。"简慢声淡淡道。

周音儿总算回过神来，气得脸都快紫了，却还是忘了从泥坑里爬出来："你竟然打我！信不信我让你吃不了兜着走！"

"谁打你了，是你自己不小心掉下去的，关我们什么事?"简轻语震惊之后，立刻从善如流。

周音儿哆嗦："一、一派胡言，圣上不会相信你们的……"

"我看你才是一派胡言，谁人不知我们简家姑娘温柔乖巧善良懂事，而你刁蛮任性不讲理，你就算告到圣上面前，他也只会认定你在撒谎，"简轻语双手抱臂，颇有在漠北同人吵架时的气概，"我劝你还是老实些，别再胡闹了，要知道周贵妃不在，可没人帮你，而且这事天知地知你知我……"

话没说完，她若有所感，一回头就对上陆远玩味的视线，而他的身后是季阳、李桓等一整支锦衣卫的队伍，证人之多如过江之鲫。

简轻语瞬间哑了，季阳扯了扯李桓的袖子，小声嘀咕："她理解的温柔乖巧善良懂事，跟我理解的是一回事儿吗？"

他怎么没见过哪个温柔乖巧的姑娘，能一脚将人踹进泥坑，也没见过哪个善良懂事的姑娘，理直气壮地要受害者闭嘴。

李桓幽幽看了他一眼，半晌说一句："简大小姐说得对。"

季阳："？"

第二十章　姘头

这边季阳还未表达对李桓的无语，那边周音儿看到他们，便如同看到救命稻草一般，挣扎着从泥泞里爬出来，哽咽着朝陆远等人跑去。

她一身臭泥，周身散发着生人勿近的味道，嚣张横行惯了的锦衣卫们愣是在她急急冲过来时集体后退一步。好在周音儿虽然气昏了头，可对锦衣卫的恐惧深入骨髓，所以只堪堪跑到离陆远五步远的地方便硬生生停下了，流着眼泪控诉——

"陆大人，简家姐妹欺人太甚，竟然想要谋害我，待会儿小女要将此事上告圣上，还望诸位大人能为小女做个人证，我周国公府定有重谢！"

简轻语闻言清了清嗓子，心想这女人也不算傻，知道请锦衣卫帮忙的时候把自己亲爹搬出来，这样不管在道义上还是利益上，都能抢占先机……可惜了，她遇见的是陆远他们。

简轻语扬起唇角，偷偷朝陆远眨了眨眼睛，陆远警告地看她一眼，她顿时缩了缩脑袋，老实了。

季阳看到这一幕，顿时咬着牙掐住了胳膊，李桓咝了一声，皱眉看向他："季哥，你怎么了？"

"心情不好。"季阳手上用劲儿更深。

李桓："……你心情不好，能掐自己的胳膊吗？"季阳莫名其妙地掐了他一下，他险些叫出声。

季阳白了他一眼："那多疼啊！"

李桓："……"

两个人斗嘴的工夫，周音儿的哭声已经停了，只怯怯地看着陆远，等着他为自己讨回公道，然而——

209

"陆某只是凑巧路过，并未看到什么，恐怕不能为周四小姐做证。"

周音儿猛然睁大眼睛："不、不可能……"

"怎么，你觉得陆大人在撒谎?"季阳顿时不悦。

周音儿虽然在家横惯了，可也绝不敢招惹锦衣卫，闻言急忙摇头："小女不敢，小女不敢，只是……即便没看到，方才简轻语说的那些话，各位大人也该听到了，不也可以证明是她推了小女吗?"

简轻语说话的时候，他们可都在呢，只要耳朵没聋就会听得清清楚楚，一样可以为她做证。

然而陆远直接否认："没听到。"

周音儿看着他睁眼说瞎话，甚至在说完没听到之后，还回头看向其他锦衣卫，淡定地问一句："你们听到了吗?"

李桓："没有!"

简慢声低下头，抬手遮掩唇角笑意，李桓瞄了她一眼，黝黑的脸上泛起一点诡异的红，但因为肤色太深，并未有人发现他的异常。

他们都这么说了，其他锦衣卫自然也跟着否认，季阳倒是不安分地想承认，但对上陆远的视线后瞬间站直了，半点儿都不敢再皮。

听到他们所有人都坚决否认，周音儿再傻也能看出门道了，本就委屈愤怒的她瞬间激动："你们分明就是偏帮她们两姐妹! 你们这些、这些无耻之徒! 我现在就去找圣上，他定会还我一个公道……"

"周四小姐，"陆远缓缓开口，打断了她下面的话，"圣上近日未必想见周国公府的人，若是为了国公府考虑，我劝你最好还是小事化了，免得引起圣上厌烦，再连累了国公府。"

周音儿猛然睁大眼睛，对上陆远的视线时后背起了一层冷汗，她这才后知后觉地想起姑母被连夜送回京都的事儿，想起父母前夜对她的耳提面命，再看现在，她竟然跑来开罪圣上最信任的锦衣卫……想到这里，她在炎夏生生打了一个冷战。

简轻语见她终于安分了，便咳了一声打破沉默："马上就要开席了，周四小姐不如早些回去换身衣裳，若是以这副样子出现在圣上面前，圣上怕是会不高兴的。"

周音儿闻言恨恨地看了她一眼，咬着唇扭头跑了，脏兮兮的脚在地上踩出一长排鞋印。季阳猛呼一口气，一副劫后余生的表情："总算是走了，臭烘烘的，难闻死了！"

其他锦衣卫立刻深表同意，完全没有怜香惜玉的想法。

简轻语没忍住，唇角翘起一点弧度，和简慢声对视一眼后一同走到众人面前，微微福了福身："多谢各位大人。"

"各位大人。"陆远没什么情绪地重复一遍重点。

简轻语的脸突然泛热，清了清嗓子尽可能镇定："主要是谢谢陆大人。"

季阳斜眼睨她，将"唾弃狐狸精"五个字刻在脸上。

简轻语直接无视他，道谢之后看向简慢声，本来想暗示她赶紧离开，结果她还在与李桓对视，专注得仿佛魂都被吸走了。

简轻语悄悄拉了拉她的袖子，简慢声猛然回神，匆匆低下头后便不说话了。简轻语无奈，只好代她开口："陆大人，时候不早了，家父应该等急了，我们就先告辞了。"

"嗯。"陆远淡淡道。

简轻语得了准许，立刻拉着简慢声就走，两个人莫名其妙地越走越快，最后干脆小跑起来。季阳看着她们落荒而逃的背影，好半天才无语地看向陆远："我们也没做什么吧，她们怎么跑得跟兔子一样快？"

陆远扫了李桓一眼，李桓顿时抿紧薄唇站直，不敢与他对视。陆远面上古井无波，直接转身离开了。

他一走，李桓等人也跟了过去，很快就只有季阳一个人落在后面，愣了半天的神后才不解道："怎么都走了啊？"

……

简轻语和简慢声飞快地跑，直到快进主殿时才猛地停下，深呼一口气调整气息，这才慢吞吞地往前走，等走到主殿门口时，两人已经不见异常。

周励文还在门外等着，看到她们后急忙上前，四下巡视没看到周音儿，便立刻问简慢声："音儿呢？"

"她回去换身衣裳。"简慢声平静回答。

周励文蹙起眉头："圣上马上就要来了，她这个时候回去换衣裳作甚，你为

211

何不拦着她?"

听到他将这事怪到简慢声身上，简轻语扬了扬眉。

周励文似乎也意识到不妥，说完后又急忙道歉，简慢声倒是好脾气："周公子也是着急，慢声知道的。"

"多谢二小姐理解!"周励文对她的大度很是感激，越发觉得这门亲事定得对。

简慢声唇角扬了扬，随口找了个理由便和简轻语一同进殿内了。

两人走了一段，简轻语突然问："他那样对你，你就不生气?"

"有什么可生气的?"简慢声不解地看向她。

简轻语顿了顿，突然就懂了，简慢声不喜欢周励文，所以不管周励文做什么，都不会挑动她的情绪，她的喜怒哀乐都与周励文无关，因为在她眼中，他始终是个无关紧要的人。

简慢声见她明白了，便越过她走到秦怡身旁坐下了，简轻语摸了摸鼻子，到宁昌侯一侧的位置上坐定。

她们坐下不久，圣上便在褚祯和陆远的陪同下来了，大殿之内瞬间静了，不论王公大臣还是官眷，平日多么高高在上的人，都在此刻对着大殿之上圣上下跪臣服。

简轻语跟着众人一起跪下，起身时没忍住好奇心，偷偷瞄了一眼殿上之人，当看到一个胡子花白、苍白浮肿的老者时，眼底顿时闪过一丝失望。

任她如何想也想不到，堂堂九五之尊，竟然是这样一副毫无威严的模样，再加上左侧的褚祯身姿挺拔温润如玉，右侧的陆远剑眉星目不怒自威，将他衬得更是……虚弱?

简轻语一失神的工夫，其余人都已经坐下，只留她一人还傻愣愣地站着，看起来十分突兀。高台之上的陆远和褚祯第一时间便注意到了，陆远当即蹙起眉头警告她，褚祯则突然轻咳一声。

简轻语猛地回神，赶紧坐了回去，一颗心扑通扑通跳得厉害。

好在圣上听到咳声后，便直接扭头去问褚祯了，并未注意到她的失态。简轻语默默舒了一口气，视线还没从高台上收回，就忍不住偷偷笑了一下。陆远的表情这才缓和，眯了眯长眸示意她小心点，褚祯一低头就看到了她上翘的唇角，眼底也跟着闪过一丝笑意。

简轻语本来只是因为庆幸逃过一劫而笑，发现褚祯和陆远同时看她后，心里莫名一虚，再看他们二人并未注意到彼此，这才放下心来。

皇家的宴席规矩相当烦冗，且动筷、品菜都有各类注意事项，还动不动要在圣上说话的时候放下筷子，吃一口东西要费上许久的时间。

简轻语从昨日午后到现在都没有吃东西，这会儿眼睁睁看着桌上各种好吃的却不能动筷，馋得口水都咽了几拨。

褚祯看着她眼巴巴的样子，没忍住笑了一声。

圣上扭头看向他："皇儿今日心情似乎很好。"

"回父皇的话，确实是……不错。"褚祯笑道。

陆远对天家父子之间的对话不感兴趣，但还是礼节性地看向褚祯，待他们说完话，才继续盯着自家小姑娘。

三天没吃饭了吗？竟馋成这样。

宴席还在继续，但圣上的精力很快便耗空了，于是要先一步离开主殿，褚祯和陆远都要跟着走，圣上却摆摆手："行了，你们也没吃多少东西，留下用膳吧，不必跟着朕。"

褚祯和陆远闻言，便都留了下来。

简轻语跟着众人一同下跪恭送，待圣上走后顿时松一口气，刚要拿起筷子，宁昌侯便小声提醒："轻语，别乱动。"

"……圣上不是已经走了吗？"还不能吃饭？

"宫里有宫里的规矩，不可乱来。"宁昌侯蹙眉。

简轻语："……"合着圣上走了，她也不能吃。

她叹了声气，苦着脸收回拿筷子的手，正眼馋桌上吃食时，突然感觉到一道视线，她下意识地抬起头，顿时和陆远对视了，陆远扫了眼偏门的方向，又重新看向桌面，这才转身离开。

简轻语愣了半天，回过味儿后拉了拉宁昌侯的衣角，压低声音问："父亲，宫里的规矩允许我去如厕吗？"

"……快去。"

简轻语眼睛一亮，点了点头后便朝偏门走去，褚祯看到她离开眼眸微动，犹豫一下正要过去，却被前来敬酒的大臣打断了。

简轻语顺着偏门走出去后，便沿着唯一的一条小路往前走，走了一段路后就看到一间偏殿，她有些迟疑地上前，快走到门口时又停下来。

正当她犹豫时，就听到殿里人淡淡道："还不进来？"

简轻语一听到陆远的声音，抬脚便往殿内走去，一进门便闻到了饭菜的香味，再看他面前的桌子上，竟摆了满满一桌吃食，菜品同主殿的那些一模一样。

简轻语欢呼一声，小跑着到陆远身旁坐下，一手拿着筷子一手端着小碗，一边吃一边奉承陆远："我就知道大人突然叫我出来，肯定是要给我好吃的，多谢大人！"

"不将你叫出来，我怕你馋死在主殿里，丢了我陆远的人。"陆远单手抚在她的后背，有一下没一下地轻轻拍着。

简轻语不好意思地笑笑："我从昨日午膳之后便没吃东西了，实在饿得厉害，让大人见笑了。"

不知从她这句话想到了什么，陆远拍她的手蓦地一停，半晌语焉不详地开口："周贵妃已经回宫，今日起不会再叫你饿着。"

简轻语点了点头，半晌脑中灵光一闪，夹菜的手猛地一停，想到什么后猛然睁大眼睛，不敢置信地看着他："周贵妃是你弄走的？"

"吃块肘花。"陆远没有正面回答她的问题，而是亲自给她夹了些吃食。

简轻语放下筷子，双手抓住他伸过来的手腕，他筷子中弹滑筋道的肘花顿时落入她的碗中。

"……周贵妃被送走，是你做的吗？"她问。

陆远总算肯看她了："很重要？"

简轻语看着他清冷的眼眸，讪讪地松开了手："好像……也不重要。"

只是有些意外，没想到他会为自己出气……也不是，陆远对自己人一向是好的，她是他的女人，他以前也时常为她撑腰，可怎么说呢，她没想到他会为了她，去对付堂堂贵妃、大皇子的生母、将来极有可能做太后的女人。

就……心情突然有些复杂。

陆远扫了眼他僵在半空的筷子，干脆重新夹起那块肘花，直接递到了她唇边，简轻语下意识地张嘴咬住，当香味在口中蔓延，她的脑子总算重新运作。

"大人，你做了什么呀，为何能让圣上连夜送她离开？"简轻语好奇。

陆远平静回答："什么都没做。"

简轻语一脸"我不信"。

陆远斜了她一眼："还吃吗？"

"要吃的要吃的，"简轻语忙往嘴里扒了一口米饭，然后继续追问，"所以你做了什么呀？"

陆远十分淡定："真的什么都没做，只是在圣上提及二皇子遇刺一案时，说了句周贵妃不习惯行宫气候，该回京都养着。"

"您可真是……厉害！"

这种话早不说晚不说，偏偏在圣上问及二皇子遇刺案的时候说，周贵妃又是最大嫌疑人大皇子的生母，以圣上多疑的性子，显然会立刻将两件事联想到一处去。而这一切都只是暗示，陆远从未明确表示大皇子是凶手，即便将来真相并非如此，圣上也挑不出错来。

简轻语越想越觉得他厉害，忍不住端起杯子敬他："大人，我以茶代酒敬你一杯。"

陆远随手拿起杯子，在她杯上轻轻一碰："我为你报仇，你一杯茶水便将我打发了？"

"……大人不也是举手之劳嘛。"简轻语嘟囔。

陆远似笑非笑："举手之劳这种话，似乎要我这个好心帮忙的亲口说才算。"

简轻语无言一瞬："好心这种话，似乎要别人来评才对。"

"有人自夸温柔乖巧善良懂事，我只说自己好心，应该不过分吧？"陆远勾起唇角。

简轻语："……"没想到自己在周音儿面前说的话，他到现在还记得。

殿内静了片刻，简轻语清了清嗓子，放下筷子扑到他怀里，陆远顺手接住，直接将她安置在腿上。简轻语揽着他的脖子撒娇："喃喃人都是大人的，大人还想要什么？"

"不是我要什么，是你给什么？"陆远把玩她腰上衣带，薄唇在她耳边厮磨，"好好想想，该如何报答？"

简轻语忍着耳边的痒缩了缩脖子，想了许久后小声道："我听说行宫有天然

215

的暖池。"

陆远的眼神猛地一暗。

简轻语指腹轻轻摩挲他的衣领，指尖时不时触碰到衣领侧方的肌肤："大人何时有空，带喃喃去一趟如何？"

"……知道你在说什么吗？"陆远声音微哑。

简轻语心跳极快，但还是坚定地点了点头，正要说话，便听到他在自己耳边沉沉笑起，愉悦且磁性的声音烫红了她的侧脸，烫得她呼吸都开始热了。

殿内气氛逐渐浓稠，陆远的唇在她耳边轻轻触碰，一路往下顺去，简轻语咬着唇昂起头，将脆弱的脖颈暴露在他面前。看着白得发光的肌肤，陆远眼底闪过克制，却还是张嘴咬了上去，简轻语闷哼一声，正要提醒他轻点，就听到门外传来一阵脚步声。

她猛地一僵，下意识推开陆远，飞快地钻进了桌子下，借着桌布的掩饰趴在陆远腿上，谨慎地听着外头的动静。

因为被打扰了好事儿，陆远眼底闪过一丝不悦，抬头便看向门口的方向，看到褚祯出现时蹙了蹙眉头，却还是一瞬间掩住了所有思绪，起身朝他抱拳："殿下。"

简轻语本来在他腿上趴着，他乍一站起来，她险些摔倒，堪堪抱住他的腿坐稳后，就听到他对来人的称呼，眼底顿时闪过一丝惊讶……好巧，竟然是二皇子。

"陆大人，你在这里……用膳？"褚祯看到陆远先是意外，当看到桌上的饭菜后表情便有些古怪了。

陆远淡定回道："主殿用膳规矩太多，微臣实在不喜，便叫宫人在此设了一桌，让殿下见笑了。"

"无妨无妨，本王也是觉得烦琐无趣，这才出来走走。"褚祯说着，视线在殿内巡视一周，似乎在找什么人，看了一圈没找到后又看向陆远，结果不经意间发现桌上有两副碗筷。

陆远顿了一下："方才叫了兄弟一同用膳。"

桌子下的"兄弟"默默掐了一下他的腿，陆远眼眸眯了眯，没有流露出异常。

褚祯恍然："原来是这样。"

"殿下是来找人？"陆远突然问。

褚祯顿了顿，好脾气地笑笑："真是什么事都瞒不过陆大人，本王确实是来找人的，方才在外面找了一圈没见到人，便想着来这里找找。"

"什么人能叫殿下如此上心？"陆远若有所思。

褚祯不好意思地笑笑："不是上心，就是……叫人备了吃食，想叫她去尝尝。"

陆远微微颔首："原来如此，殿下找的人应该不在此处，不如去别处找找吧。"

简轻语默默点头，桌布将桌子挡得严严实实，她在下头实在闷得厉害，只希望褚祯赶紧走，好出来透透气。

在二人一个无声、一个有声的送客后，褚祯叹了声气："罢了，想来是寻不见她了，陆大人，本王留下与你一同用膳如何？"

陆远："……"

简轻语："……"

她在桌下默默扯了扯陆远的衣袍，陆远面不改色："微臣没备殿下的碗筷。"

"没事儿，叫人送来一副便是。"褚祯说完，便将外头候着的宫人叫进来，吩咐之后便坐下了，简轻语急忙往陆远那边缩了缩，这才没被他碰到。

宫人很快送来碗筷，褚祯刚要用膳，看到陆远还站着，立刻温和地招呼："陆大人不必拘谨，快坐下用膳吧。"

陆远："……饭菜怕是不够。"

"那就多上一遍，今日御厨多备了好几桌饭菜，不怕不够吃。"褚祯说着，便开始用膳。

他将话说到了这份儿上，陆远只得坐下拿起筷子。

两个人各自用膳，谁也没有开口说话，殿内一时间静了下来。桌布直接垂到地上，形成完全密闭的空间，简轻语在桌下又闷又热又没吃饱，还偏偏怕被褚祯发现动也不敢动，缩在陆远腿边难受得厉害，只好再次拉了拉陆远的衣袍，无声催促他赶人。

然而陆远没有给她回应。

简轻语只好再推他，陆远眼底闪过一丝笑意，再看认真进食的褚祯，眼底闪过一丝无奈，正思考要如何告诉她没办法赶人时，腿上突然一疼，他瞬间绷

217

紧了身子。

"陆大人怎么了?"褚祯察觉到他的变化,疑惑地看向他。

陆远:"……我没事。"

"那便快用膳吧,"褚祯见他没怎么动筷,便好心为他介绍,"这道莴笋还算新鲜,陆大人应该喜欢。"

"……嗯。"陆远默默应了一声,左手伸到下面,隔着桌布戳了一下简轻语。

简轻语热得都要昏过去了,见咬了他一口后他不仅不赶人,还有工夫警告她,当即恶从胆边起,抱着他的腿又是一口。

这次咬得更狠,陆远刚夹起一块莲藕便僵住了,结果莲藕直接掉回盘子里。

褚祯直接惊呆了:"陆大人……你是不舒服了吗?"

陆远跟他一样,都是在宫中学的礼仪,这种夹菜又掉回去的失误,放在寻常人身上或许还算正常,可放在他们身上根本就是不该发生的事儿。

陆远听到褚祯关心的问话,索性放下筷子,两只手都垂了下去,隔着桌布捏住了简轻语的脸,一边手上发狠,一边面上古井无波:"确实不大舒服。"

"那去让太医为你诊治吧。"褚祯蹙眉道。

陆远应了一声,然后看向他,褚祯被他看得一愣:"你要本王同你一起?"

"可以吗?"陆远认真问。

褚祯干笑一声:"本王还没吃饱,不如叫其他宫人跟你一起吧。"

简轻语:"……"这位二皇子怎么这么饿。

听到陆远沉默后,简轻语顿时急了,心一横直接扒开他身上的锦袍,抓着他只着亵裤的腿扑了上去,刚咬住一块软肉还没用力,就听到陆远冷静开口:"别咬了。"

简轻语:"……"

褚祯听到陆远没头没脑的一句话,眼底顿时闪过一丝茫然。

陆远面无表情地看向他:"殿下,微臣怕是不能留您用膳了。"

"为、为何?"褚祯不解。

陆远:"因为微臣的姘头在桌下躲着。"

褚祯:"……"

简轻语:"……"

第二十一章　你的银子

当陆远说出他的姘头在桌子下躲着时，褚祯的脸瞬间尴尬爆红，吭哧半天后憋出一句："……在桌子下面？"

"殿下想看？"陆远反问。

简轻语闻言吓得都快疯了，立刻掐紧了他的腿。

褚祯慌张摆手，甚至因为吃惊往后退了一步："不不不了……本王对陆大人的私事不感兴趣。"

"那就只能请殿下先离开了，她害羞，不敢见人。"陆远说着，对他做出一个请的姿势。

褚祯干笑一声，忙扭头就走，只是走到门口时又突然停下，一脸为难地回过头来："陆大人，你的姘……"

他实在说不出那两个字。褚祯清了清嗓子："桌子下面那位，不是宫里人吧？"

"殿下放心，微臣没那么糊涂。"陆远不紧不慢道。

褚祯闻言松一口气："那就好那就好，陆大人有分寸就好。"

说罢，他一言难尽地看了安静的桌子一眼，觉得陆远似乎也没那么有分寸。褚祯又叹了声气，这才尴尬地转身离开。

他走了之后，陆远重新坐下，敲了敲桌面淡淡道："还不出来？"

话音未落，简轻语便挣扎着从里面扑了出来，半边身子都倚在了他身上。

看着她汗湿的鬓角，陆远蹙着眉头掏出锦帕，在她脸上擦了擦："这么热？"

"我是被吓的好吗？！"饶是怕陆远，简轻语也忍不住瞪了他一眼，一边坐回椅子上，一边控诉，"说什么姘头不姘头的，还要他来看，知道我有多害怕吗？"

陆远轻嘲："你当他堂堂二皇子，真会来掀一个下臣的桌布？我不过是为了

219

赶他走才如此说，你怕什么？"

简轻语哼哼两声，喝了两杯凉茶才冷静下来，语气也缓和不少："我是怕影响大人声誉，您可还未娶妻呢，怎能给人留下乱来的印象，仔细传出去没人为您说亲了。"

"既然怕影响我声誉，就该早日负责才对。"陆远淡淡道。

简轻语心里一咯噔，抬头便看到他正在盛汤，似乎只是随口一说。她当即松一口气，玩笑般道："嗯嗯也想对大人负责，八抬大轿将大人娶回家，可惜圣上不喜锦衣卫与侯爵世家有什么牵扯，为了大人的前途，嗯嗯也只能忍痛放弃了。"

"你若真想娶，就诚心点求求我，或许我会为你想到法子。"陆远斜睨她一眼。

简轻语听不出他是在开玩笑还是说真的，脸上的笑容一时间僵住了。

陆远轻嗤一声，似笑非笑地看向她："求啊！"

她咽了下口水，干巴巴地抱住他，撒着娇道："今晚泡汤泉，大人喜欢嗯嗯穿成什么样，嗯嗯穿给大人看好不好？"

温香软玉在怀，即便是虚情假意，也足够讨人欢愉了。陆远不再与她计较，单手扣住她单薄的后背缓缓开口："那便不穿吧。"

简轻语："……"禽兽。

为免陆禽兽做出什么禽兽不如的事儿，简轻语不敢再胡闹，老老实实地吃饱后，便找借口跑回主殿了。

主殿之内宴席尚在进行，她坐下时菜还没上完，宁昌侯看到她轻斥一声："怎么这么久才回来。"

"女儿迷路了。"简轻语小声回答。

宁昌侯闻言这才没有再问，只是叫她别再乱走，简轻语乖乖答应了，耐心坐着听大臣们闲聊，时不时往偏门看一眼。

陆远始终没有出现，似乎是不打算过来了，简轻语莫名地松一口气，正要收回视线时，褚祯突然出现在偏门的方向。

简轻语和他同时愣了一下，褚祯先回过神，对她露出温柔的笑，简轻语蓦地想起自己躲在桌子下的情景，脸羞红了。

褚祯看着她羞涩地低下头，柔美的五官顿时变得模糊，他喉结动了动，也莫名局促起来，只是没有局促太久，他便被皇叔叫去饮酒了。

当意识到褚祯没有再看自己时，简轻语猛然松一口气，擦了擦手心的汗假装无事发生。

一顿午膳用了一个多时辰才结束，当终于可以离开时，简轻语长舒一口气，站起来时腿脚都麻了。

宁昌侯夫妇同其他人说笑着往外走，简慢声和简震也被各自的小伙伴拉走，简轻语因为腿还麻着不敢走太快，不知不觉便落在了人后。

当她的腿恢复时，周围已经没什么人了，她急忙往外走，还未等跨出殿门，身后便传来熟悉的声音："简姑娘，请慢！"

简轻语愣了一下，一道身影便从身后急急地走到她面前，她顿了一下，抬头便和褚祯对视了。

看见他欲言又止，简轻语的心瞬间悬了起来，面上却不敢显露半分："殿、殿下，有事儿吗？"

"啊……也没什么事儿，"褚祯稳了稳心神，"只是想问你可还满意今日的吃食？"

一听他说的不是偏殿那事儿，简轻语顿时松了一口气："很满意，宫里的膳食都是御厨精心制作的，小女很喜欢。"

"那为何吃得这般少，可是遇到了什么影响胃口的事儿？"他方才就注意到了，她回到殿内之后，便好像对面前的吃食没了兴致，想来想去也只能是被别的事影响了。

简轻语一听他的问题，顿时又有些心虚，清了清嗓子回道："没有什么事，只是太过拘谨，不敢吃得太放肆。"

褚祯闻言松一口气，轻笑道："不过是寻常宴席，有什么可拘谨的，不过你是第一次参加这种宴会，会紧张也正常，这么说来你方才没吃饱吧？"

简轻语只能顺着他的话点头："是呀，没吃饱，嗝……"

褚祯："？"

"……饿嗝。"简轻语镇定解释。

褚祯恍然，眼底的笑越发清晰："原来如此。"

简轻语干笑。

"你等一下，"褚祯说完朝一个宫人点头示意，宫人立刻小跑过来将手中食盒呈上，褚祯接过来后递到简轻语面前，"这是本王叫人准备的点心，你带回去吃吧。"

"不、不用了……"简轻语忙拒绝。

褚祯坚持："拿着吧，不是没吃饱嘛，这些东西是今日宴会多出的，即便你不要，待傍晚时也会由御厨分配好送到各院，一样要到你手中的。"

简轻语定定地看着他手中食盒，半晌抬头看向他温和的脸庞，一时间也忍不住笑了起来："多谢殿下。"

褚祯见她肯收，心情也好了起来："你是本王的救命恩人，不必客气。"

听到他提及救命之恩，简轻语的虚荣心顿时满足了，面上的笑越发真心："是，那无事的话小女就先告辞了。"

"嗯，本王也该走了。"褚祯说完，含笑目送她离开，这才扭头往另一条小路走去。

他心情颇好，唇角一直没有放下来，直到走过两段路撞上了陆远，被勾起了偏殿不怎么美好的回忆，他脸上的笑容才逐渐消失，尴尬慢慢浮了上来。

"殿下。"陆远行礼。

褚祯咳了一声："陆大人。"

"殿下似乎心情不错。"陆远如往常一样，仿佛没有偏殿那事儿。

褚祯也镇定下来，笑笑回答："是不错，本王还有事儿，陆大人忙吧。"

"殿下请。"

"陆大人客气。"

这两人假惺惺的时候，简轻语已经抱着食盒回了偏院，一进去就遇上正要出门的简慢声，两个人乍一见面，同时都顿了一下。

"你手里拿的什么？"简慢声问。

简轻语低头看了眼，又一本正经地抬头："食盒，糕点。"

"陆远给的吧，"简慢声扫了她一眼，"他倒是对你不错。"

简轻语："……"这人怎么总喜欢把各种事安在陆远头上。

她正想是承认还是否认时，简慢声看了眼院外，表情突然变得局促紧张起

222

来，简轻语下意识地扭头，便看到李桓"不经意间"经过了偏院大门。

她恍然："你是去找他啊?"

"不是，"简慢声立刻否认，说完意识到自己说得太快，别开脸又补充一句，"他只是凑巧经过。"

简轻语："……行吧，你们自便，但最好还是小心点，被抓包可就不好了。"京都礼教严格到变态，若被人看到他们单独见面，哪怕什么都没做，简慢声的名声恐怕都要彻底毁了。

简慢声抿了抿唇，没有应声便走了。

简轻语抱着食盒回了寝房，将英儿叫来品尝糕点，两个人分吃了大半盒吃食，这才开始翻箱倒柜找泡汤泉的衣裳。

虽然陆远那人所说即所想，可她也不能真的什么都不穿，他不要脸她还要呢……大不了选些他会喜欢的就是。

简轻语翻出两套轻薄纱衣，脸颊莫名地泛红。

英儿看到她手中的衣衫，顿时皱起眉头："那些丫头怎么回事儿，都说了大小姐不喜欢这样的衣裳，怎么还将这些塞到箱子里来了。"

说着话，她便要抢走，简轻语急忙拽住："等一下，我觉得挺好。"

英儿愣住："您先前不是说太轻浮吗?"

"……平日穿是有些轻浮，可泡汤泉却是可以的。"简轻语努力镇定。

英儿好奇地打量她泛红的脸，仿佛发现了什么秘密："奴婢知道了，您是要穿给陆远看对不对?!"

"我没有!"简轻语矢口否认，说完又自顾自解释，"我只是不想欠他的，要还人情而已……"

"还什么人情?"英儿不解。

简轻语抿了抿唇，将周贵妃等人言语侮辱她的事说了出来。今日晌午之前，她还觉得这件事难以启齿，每次提起都有被羞辱的感觉，可当看到简慢声将周音儿踹到泥坑，听到周贵妃离开是因为陆远出手，这点屈辱感便瞬间消散了。

听着简轻语说完昨日之事，英儿的眼角顿时红了："那群人真是太过分了!"

"我就知道你要伤心，所以才没敢告诉你。"简轻语轻叹一声。

英儿胡乱擦一把脸："奴婢不伤心了，要伤心也该那些坏人伤心。"

简轻语笑了:"嗯,你知道就好。"

英儿点了点头,将衣裳拿过去叠好,一扭头就看到简轻语唇角的笑意,她顿了一下也跟着笑了起来:"九爷帮大小姐出气,大小姐是不是很高兴?"

"……你这改口可够快的啊!"简轻语扬眉。

英儿不好意思地笑笑:"奴婢哪儿有。"

"也没有多高兴,只是有些意外,"简轻语耸耸肩,"没想到他会为了我去开罪周贵妃。"

他在这件事里是全身而退,可世上没有不透风的墙,他帮她,依然是承担了风险的。

英儿闻言认真地点了点头:"说实话,奴婢也没想到,如此看来,其实陆大人还是很在意您的。"

"怕是比我想的要在意,"简轻语想起他今日随口说的要她负责,不由得叹了声气,"本以为到秋后,差不多便能回漠北,如今看来,恐怕还要耽搁上一段时日。"

话里尽是惋惜,可面上却没多少遗憾,英儿见状捂嘴一笑,将叠好的衣衫送到她手中。

一切准备妥当之后,简轻语便去休息了,一直到傍晚时分才迷迷糊糊要醒,闭着眼睛唤英儿:"给我倒杯水……"

说罢,她便又开始犯困,直到简慢声的声音在头顶响起——

"起来,水来了。"

简轻语猛地睁开眼睛,看到简慢声的脸后半天都没回过神:"你、你什么时候来的?"

"刚来,陆远叫我给你送个东西。"简慢声说完,等她坐起来后两只手同时递过来,一只手端着茶,一只手捏着张字条。

简轻语眨了眨眼睛,最后先拿了字条,打开一看是张简易的地图,终点是一处汤泉,上头还写了时辰。纸上还散着墨味,显然是刚画出来不久。

想到陆远如此费心就是为了那点事儿,还敢让简慢声送来,简轻语顿时有些无地自容,咳了一声将字条塞到枕头下,接过茶杯灌了大半杯凉茶。

"……你怎么遇到他的?"她故作无事地问。

简慢声闻言绷起脸："我在同李桓说话，他便来了。"

"哦……那还真是不巧。"简轻语一脸遗憾。

简慢声斜了她一眼："也没什么不巧，我与李桓多日未见，本就没什么话可说。"

简轻语："……"怎么觉得是在阴阳怪气。

简慢声突然问："他跟你说了什么？"

"……嗯？没什么啊。"简轻语一本正经。

简慢声盯着她看了半晌，嘲道："特意写在纸上的无非是私会的地点、时间。"

"你知道还问！"简轻语见她拆穿自己，索性也不遮掩了。

简慢声不认同地看着她："你若安心与他断了，就得尽早让他厌烦你才行。"

"不用你说，我会的。"简轻语不太想同她说这些。

简慢声见她不肯听，沉默一瞬后转身离开，快走到门口时才开口："若还未动心，最好及时止损。"

简轻语眼眸微动，半晌轻叹一声，心情不大好地仰躺在床上。

夜色渐渐深了，在距离陆远定的时间还有小半个时辰时，外头突然下起了瓢泼大雨，雨水砸在地面形成一朵朵水花，很快汇成深深的积水。

简轻语蹙眉站在屋檐下，苦恼地看着如瀑布一般的大雨，一时有些进退两难。

英儿出来时，便看到她跃跃欲试地想冲进大雨中，急忙将她拉了回来："大小姐，您做什么？"

"我去见陆远。"简轻语回答。

英儿睁大眼睛："下这么大的雨，陆大人怎么可能还去汤泉，您还是别去了。"

"可是……"

"陆大人肯定不会去的，您不如留在房中等待，若他想见您，自然就过来了，"英儿又劝，"或者您等雨小一些再过去也行。"

简轻语一想也有道理，思索一番后搬了把椅子坐在门口等人。英儿见状松了一口气，留她一人在屋檐下等着，自己转身去干活儿了。

简轻语一直等，可雨越下越大，半点儿也没有停歇的意思，而陆远一直没来。她心里越想越慌，终于还是忍不住了，找了把油纸伞冲了出去。

山里的雨又凉又硬，还总是伴随着妖风，简轻语冲出去的瞬间伞便被吹坏了，脸上和身上都被淋湿了，冻得打了好几个哆嗦。

她忙掏出怀中的字条，果不其然，字迹晕成一片，已经看不出原来的样子了。这个时候即便过去，怕是也找不到地方，不如回住处等着，简轻语犹豫地回头看了一眼，但最后还是咬咬牙继续冒着大雨向前冲去。

大雨一直下，她凭借记忆按着字条上的指引跑到了汤泉分布的地方，用手挡在眼睛上方才勉强能看得清路，走了一段之后发现彻底迷路了，不仅没找到陆远字条上所画的地方，还找不到回去的路了。

各个汤泉已经开始往外溢，水哗哗地淌到简轻语脚边，她几次险些滑倒，最后气得一屁股坐下了，冒着大雨喊："陆远！陆远！"

大雨和水流交织的声音将她的呼唤压得死死的，简轻语发着抖蜷成一团，对自己冲动跑出来的事后悔万分，忍不住对着汤泉大骂一声："陆远你个害人精！"

话音未落，身后贴上来一股凉意，将她整个人都包裹住了，带着笑意的声音在耳边响起："专程跑来骂我的？"

简轻语愣了愣，一回头便对上陆远打趣的眼睛，她一时有些发蒙："……你怎么在这里？"

"听到你叫我了。"陆远缓缓开口。

简轻语眨了眨眼，试图眨掉雨水："不是……我的意思是，你怎么在汤泉？这么大的雨，你跑这里做什么？"

"我来的时候还未下雨，"陆远将人从地上"端"起来，直接像抱孩子一般抱在怀中，一边往回走，一边不急不缓地说，"看到下雨后本想直接去找你，又怕你会来这边，便只能等着了。"

"若我没来呢？"简轻语抱紧他的脖子。

陆远扫了她一眼："不来才正常，你发什么疯，竟然真跑来了。"

"……不想我来，就该提前告诉我，而不是跑这里一直等着。"简轻语无语。

陆远扬眉："若是我去找你的时候，你跑来了怎么办，像方才一样坐在地上

226

等着被淹死?"

"我才不会被淹死,"简轻语嘟囔一句,半晌突然小声地问,"若我一直没来,你便一直等着吗?"

"我有那么傻?"陆远反问。

简轻语噎了一下,半天顶嘴:"反正不聪明。"否则也不会真留下等着,他抱自己的手冷得像冰一样,也不知在这里淋了多久。

陆远闻言勾了勾唇角,倒也没有再反驳她。

他抱着她缓步往回走,在大雨中犹如闲庭信步,简轻语冷得厉害,便只能缩进他的怀中。

待走出汤泉之后,陆远突然停了下来,不急不缓地问:"去我屋里,还是回你那里?"

"回我那儿吧!"简轻语说着便要下来,却被陆远又勒得紧了些,她只得无奈地抬头,"陆远,放我下去!"

"叫我什么?"陆远眯起眼睛。

简轻语立刻脸上堆笑:"陆大人,陆培之,相……"最后一个称呼叫到一半,她猛地闭上了嘴。

陆远眼神一暗,许久之后缓缓开口:"你倒是许久没这样叫了。"

简轻语面露尴尬,索性将脸埋进他的脖颈。

以前刚从青楼跟着他离开时,她时刻害怕自己被丢下,只能费尽心思地讨他欢心,相公、夫君之类的更是叫个不停,自从回了京都,两人的身份都曝光了,她便没有这样叫过了。

陆远的手指在她的背脊上有一下没一下地敲着,仿佛敲在了她的心上,许久之后,他突然开口:"简喃喃。"

"……嗯。"

"你对我当真只有利用,从未有过半点真心?"

这个问题从她于京都城外逃走之后,他便一直想问,可因为觉得追问也只是自取其辱,所以才从未开口,但今日看着她冒着大雨跑来,坐在地上带着哭腔唤他,他便突然又想问了。

简轻语听到他沉沉的声音,心头突然一疼,蓦地想起初见时,他虽一身江湖打扮，却掩不住金贵的做派，在一众风流客中显得那样与众不同。

大约是被雨淋昏了头，简轻语抱着他脖颈的手紧了紧，好半天小声道："那日有五六个都是要来京都的，个个看起来都比你好骗，可我还是想跟着你。"

陆远唇角勾起，垂下的眼眸中有流光划过："答非所问。"

简轻语撇了撇嘴，干脆不说话了。

陆远抱着她大步往前走，偌大的行宫被暴雨困住。简轻语缩在他怀中，虽然也被淋个透心凉，却偏偏生出一种莫名的安稳来。

因为大雨，连巡逻的禁军都歇了，陆远一路无阻地抱着简轻语回了偏院，等他们回来时雨也下得小了。

英儿看到自家小姐是被抱回来的时候都要吓疯了，急忙冲上去就要问情况，还未开口就听到陆远淡淡道："送些热水来，再煮两碗姜汤。"

他怀里的简轻语对英儿眨了眨眼睛，英儿猛地松一口气，急急忙忙答应一声便跑了。

简轻语被陆远抱到了软榻上，暂时用毯子裹住了。简轻语冷得哆哆嗦嗦，却还不忘念叨："这样会弄湿毯子。"

"你倒是会过日子，一条毯子而已，也能看到眼里，"陆远轻嗤，"明日我叫人送来十条。"

占便宜的简轻语打了个喷嚏，顿时不心疼地裹紧了毯子。

英儿在简轻语跑出去的时候便开始准备姜汤和热水，在陆远吩咐之后很快就送了进来，简轻语灌了一大碗热腾腾的姜汤，四肢百骸仿佛被一股热流打通，总算没有先前那般僵硬了。

待房门从外头关上，房间里只剩下简轻语和陆远二人，陆远脱掉湿漉漉的衣衫，顺便将简轻语剥个干净，抱着便进了浴桶。

浴桶里的水不堪重负，哗啦啦地溢了出来，简轻语轻舒一口气，乖顺地枕在陆远肩膀上。两人此刻都不着片缕，却谁也生不出旖旎的心思，只是安静地偎依着，驱逐身上的寒气。

半晌，简轻语轻叹一声气："我今日穿了极好看的内衫，可惜大人没看到。"

"方才看到了。"水漉漉地裹在她身上，轻透地勾勒出她的腰身。

简轻语眼底闪过一丝狡黠，抱紧了他继续泡水。

228

不知过了多久，陆远缓缓开口："出去吧!"

"大人先出去吧，换床更厚的被子，今晚肯定是要冷的，"简轻语懒洋洋的不想动，"我想再泡一会儿。"

"你使唤我是不是太顺手了些?"陆远扬眉。

简轻语轻笑："大人就去嘛，今晚您不也要住下?"

陆远不置可否，但还是从浴桶中迈了出去。他一走，水位顿时降了不少，简轻语往里头缩了缩，闭着眼睛继续休息。

上次留宿时，陆远留了衣裳在柜子里，这会儿轻车熟路地去拿来穿上，又找来一床厚些的被子，当真打算铺床。他将床上原有的被子抱到脚踏上，打算顺便换个床单，结果刚将枕头拿起来，下面藏着的荷包便暴露在眼前。

看着熟悉的荷包，他眼底闪过一丝笑意，伸手便握在手中。当手心被突兀地硌到时，陆远玩味地展开手指，想知道荷包里除了那块玉佩，还装了别的什么东西。

他向来想到就做，一冒出这个想法便将荷包打开往掌心倒。先掉出来的是熟悉的玉佩，接着银光一闪，一块碎银子落在了玉佩上，发出了清脆的一声响。

陆远扬起的唇角突然僵住，许久之后慢慢消失，原本带着笑意的眼睛也渐渐漆黑——

"陆大人可还记得先前本王说过，有刺客扮作姑娘二次加害于本王。"

"本王不肯告诉陆大人，只是不想锦衣卫吓到她，还请陆大人体谅!"

"陆大人那儿可有碎银子?"

手中的银子仿佛一条无形的线，将一些不甚重要的记忆串联起来，形成一个完整的因果。陆远默默攥紧了手，玉佩和碎银将手心硌得生疼，他抬起眼眸，忽然注意到桌上打开的糕点盒。

皇家仪制规矩繁复，什么身份用什么器皿都是定好的，如今行宫配用眼前这种黑色雕花糕点盒的，只有当今圣上和二皇子两人。

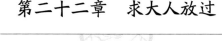

第二十二章　求大人放过

雨不知何时停了，寝房里寂静无声。

陆远安静地看着桌上的食盒，眉宇间阴郁弥漫，眼底晦色蔓延。不知过了多久，他轻启薄唇，音色冷淡生硬："桌上的糕点，是谁给你的？"

简轻语刚从水里站起来，正伸手去够锦布擦身，闻言手指僵了一瞬，这才故作无事地反问："怎么了？"

"好奇。"陆远的声音听不出喜怒。

她莫名有些紧张，千百种思绪一闪而过，最后想到褚祯赠她糕点时说的话，又稍微冷静下来："没谁啊，应该是中午宴席没用完分赠各家的。"

说着话，她从浴桶中跨出来，带起的水哗啦啦地响，很快又趋于安静。简轻语嘴唇发干，僵站片刻没等到回应后，才小心地擦干头发，又用锦布裹住身子，深吸一口气挂上笑，一边往外走一边道："大人问糕点可是因为饿了？不如我叫英儿煮些粥和……"

话没说完，她突然停在原地，一双眼眸也猛然睁大。

夜色已深，寝房里只点了几盏灯烛，四周昏黄一片，可依然能让她清楚地看到陆远眉眼中的阴鸷，以及他手中的玉佩和碎银。

简轻语脑中电光石火，瞬间明白了他为何会问糕点，脸上被热水熏出的红晕逐渐褪尽，留下一片蔓延的苍白。

"大人……"她干巴巴地笑了一下，"我可以解释。"

陆远平静地抬头，眼眸如万年冰封的雪山，可简轻语却生生看出里头即将爆发的烈焰。

"你想解释什么，解释二皇子拿玉佩换来的碎银，为何在你这里？看来你们当真有缘，他换走的碎银给了你，抵给我的玉佩也兜兜转转落到了你手里，"陆远唇角浮起一点弧度，眼底漆黑没有半点笑意，"也难怪你会将玉佩和碎银装进同一个荷包。"

简轻语没想到玉佩和碎银还有这样的渊源，吓得急忙解释："我没有我真的没有……我不知道那玉佩原先是二皇子的，装在一起也只是因为顺手，绝没有别的意思……"

"简轻语，我倒是小瞧了你，竟敢背着我攀附二皇子，"陆远冷笑着打断她，表情猛然狠戾，宛若一只被激怒的野兽，眼底闪着嗜血的光，"你是不是觉得，只要他看上你，你便能摆脱我了？"

"陆远你冷静一点，我可以解释的。"简轻语着急地上前一步，又因为他的表情怯怯停下。

陆远敏锐地捕捉到她眼底一闪而过的恐惧，愤怒之余更觉荒唐，怒火将最后一丝理智也燃烧殆尽。他猛地起身，大步朝她迈去，在她往后躲的瞬间拽住她的手腕，一把扯到了床上。

简轻语猛然砸在床上，尽管背后一片柔软，她还是被摔得痛哼一声，还未彻底回过神来，身上的布锦便传来了撕裂声。

她惊恐地想往后退，却被陆远抓住脚腕拖到身下，拧住双手吻了上去。不，这根本不算吻，只是纯粹的惩罚，毫无怜惜地进攻，腥甜的气息叫简轻语再也克制不住，忍着疼哽咽出声："陆远你冷静一点，你别这样陆远……"

"当初是你百般勾引，跪着求我带你走，现在才要我别这样，是不是晚了些？"陆远红着眼，粗暴的吻一路蔓延下去。

简轻语呜咽一声，哆哆嗦嗦地去推他，却只招来陆远将她桎梏得更紧，她终于崩溃，一巴掌打在了他脸上。

巴掌声在过分安静的夜里显得格外突兀，陆远身子一僵，简轻语趁机将他推开，恐惧地缩到了床角，脸上挂着泪水戒备地看着他。

陆远死死盯着她，胸膛因为愤怒剧烈地起伏，许久之后才笑了一声，坐起身后擦了一下唇角，那里有简轻语方才咬出的伤口，轻轻一拭便能揩出一抹血迹。

他压下愤怒，似笑非笑地看向她，白皙的脸上逐渐浮出一个巴掌印，与他矜贵孤傲的气质格格不入："你当真以为他能救得了你？"

231

简轻语从未见过他如此震怒，顿时抖得更加厉害。

陆远死死盯着她，一步一步逼近，说出的话如刀子一般："且不说他如今不过是个皇子，我想杀他轻而易举，即便他护得了你又如何，你不甘心做我的女人，便甘心做他的女人了？若他知晓你与我的事儿，还会心甘情愿被你利用吗？"

简轻语本只是害怕，闻言眼底闪过一丝愣怔："你把我当成什么人了……"

陆远看到她这副样子，忍不住心软的同时又恨透了，看着她的眼睛一字一句地问："无数次欺我骗我辱我，将我当成傻子哄骗，你希望我将你当作什么人？"

简轻语看着他眼底的恨意，心脏上仿佛压了一块巨石，四肢百骸都跟着疼。

陆远不喜她此刻的眼神，攥着她的手将她拉过来："我说得不对？"

"……我与二皇子相识只是意外，从未想过利用他离开你。"简轻语游魂一样与他对视。

陆远眯起长眸。

"……之所以没有告诉你，一是因为在行宫重逢之前，我从不知晓他的身份，二是因为你与大皇子在周国公府说的那些话，"简轻语低声细语，仿佛在说别人的事儿，"我怕你疑心我会将你与大皇子的事泄露给他，怕你对我有杀心，怕知道得太多会无法自保。"

"我与二皇子在行宫只见过两次，赠我糕点是因为我救过他，碎银是诊金，我们清清白白，我从未做过对不起你的事儿，你若不信，大可以去查。"

简轻语说完停顿一瞬："你是锦衣卫，这点小事应该能查得到。"

陆远眼神阴郁，眼底并没有信任可言："既然知道我是锦衣卫，为何一开始不说，非要等到被我发现，才说实话。"

"我若说了，大人会信吗？"简轻语眼底闪过一丝嘲讽，平静的假象摇摇欲坠，"我与大人，从来都不是可以相互坦白的关系。"

说罢，她对着陆远跪了下去，对着他郑重一叩。

陆远眼眸猛地暗下来，右手下意识想要搀扶她，却在动了一下后又强行收了回来。

简轻语磕完头，神色淡淡地看向他："我知道大人恨我当初骗您，可赎身的银票、救命的恩情，我自认已经还了，同样的欺骗和欺辱也都加倍受了，如今再纠缠下去，只会对大人不好，求大人放过我，也放过自己。"

兜兜转转，如昨日重现，到底还是走到了这一步。

陆远定定地看着她，眼底闪过一丝嘲弄，也不知是对谁："你还得清吗？"她将他们之间的关系，定义为银票恩情、欺辱欺骗，可是他给的又何止这些。

简轻语闻言默默掐紧了手心，许久之后平静开口："那大人还想要什么，我如今一无所有，只剩下这一条命，不如也还给大人好了。"

陆远微微一怔，表情猛然阴沉："你威胁我？你拿你自己的命威胁我？"

"轻语不敢，轻语只是想跟大人……断个干净。"简轻语觉得自己肯定疯魔了，否则怎么敢直接对他提要求。

陆远攥住她的手腕，死死盯着她因疼痛蹙起的眉眼："你若敢死，我就让宁昌侯府所有人都陪葬！"

简轻语以前最怕他这样威胁，可今日一听竟只觉得好笑，扬了扬唇角后垂下眼眸："那时我已经死了，也顾不上这些了，他们若性命不保，只能说是他们命不好。"

陆远阴鸷地看着她，攥着她的手越发用力，不知过了多久，他突然松开了她，面无表情地从床上离开："简轻语，你真当我非你不可？"

简轻语不语。

陆远气得呼吸灼热，胸膛都有些许颤意，面上却没有显露半分："本官是锦衣卫指挥使，一人之下万人之上，从未有人敢如此践踏本官……我再问你一次，当真要断？"

想转身就走，可还是折损自尊，忍不住再问一次。

"多谢大人。"简轻语只一句话。

"好，好，简轻语你记着，本官不会再来找你，你也最好不要再求到本官头上！"陆远笑了，眼眸漆黑一片，盯着她看了许久之后甩袖离开，砰地将门关出一声巨响。

当寝房再次恢复安静，简轻语无力地倒在床上，将自己蜷成小小一团，许久之后呼出一口浊气。

这一次应该是真的结束了。

刚下过一场大雨，夜间的行宫果然降温了，简轻语缩在厚实的被褥中，睁着眼睛不知不觉到天亮，最后抵不过困意沉沉睡去。

再醒来已是晌午，寝房门窗紧闭，只有她一个人。简轻语发了许久的呆，才披一件衣裳出门。

雨后的空气清新怡人，开门的瞬间争先恐后地涌入，简轻语先是觉得一冷，接着便心旷神怡。正在院中纳鞋底的英儿看到她，立刻笑着跑来，只是看清她唇角的伤口时才一愣："大小姐的嘴怎么了？"

"嗯？"简轻语不明所以地抬手摸了一下，唇角顿时传来一阵疼痛，勾起了她关于昨夜不太好的回忆。

她抿了抿唇，还未想好如何解释，就听到英儿叹息一声："您是不小心磕到了吧？也太不小心了些，九爷也是，知道您粗心，也不仔细照顾……"

"日后不要唤他九爷了，"简轻语打断，抬眸与她对视后，露出一个笑容，"英儿，我自由了。"

英儿愣了半天，才明白她说的自由是什么，虽然觉得有些莫名，却还是忍不住跟着笑："真的吗？奴婢能跟着您回漠北了？"

"嗯，待回侯府之后，将衣冠冢立了，我就带你走。"简轻语眉眼弯弯，对自由的渴望暂时压下了莫名其妙的惆怅。

因为唇角的伤，她接连两日都没有出门，直到被简慢声拉着去泡汤泉。

"……你就不能自己去吗？"简轻语嘴角的伤还没好，只能用面纱遮挡。

简慢声斜了她一眼："你当我想同你一起？若非父亲坚持让我带你出门走走，我又怎会过来！"

一听是宁昌侯吩咐的，简轻语顿时安分了，老老实实地跟在简慢声身旁。她闷在房中许久，乍一出来看看红墙青瓦，心情顿时舒畅，只可惜好心情没有维持太久，便遇上了周家兄妹。

周家兄妹看到她们也是一愣，周音儿顿时表情一阴，板着脸不说话了，倒是周励文含笑上前："二位是去汤泉？"

"周公子也是吗？"简慢声唇角扬起恰到好处的笑。

周励文点头："是呀，不如一起吧！"

汤泉都集中在一处，中间隔着高墙分为两块，男女各用一块，虽然不在一个池子，但也是顺路。简慢声和简轻语不好拒绝，对视一眼后便答应了。

"狐狸精……"周音儿嘟囔一句。

"音儿，不可胡说，"周励文蹙了蹙眉头，扭头对简家两姐妹歉意一笑，"音儿还小，还望二位恕罪。"

"慢声年岁也不大。"简轻语含笑回了一句。

周励文顿时尴尬，无措地看向简慢声，简慢声假装没看到他的求助，同简轻语一起往前走，周励文只得横了周音儿一眼，抬脚跟了上去。

一行四人除了周音儿，都体面地维持表面礼仪，看上去倒也和谐，直到一阵脚步声由远及近，几人才安静下来，同时看了过去，只见陆远率领几个锦衣卫，正从拐角处朝这边走来。

简轻语那夜的勇气早已经散尽，乍一看到他心中一慌，尤其是看到他唇角的伤时，更是不知该如何面对他。而一侧的简慢声也看向了对面，只是在与李桓对视后便垂下了眼眸，李桓绷着一张黑脸，看到她身侧的周励文后气压突然低了下来。

眼看着锦衣卫越来越近，简轻语喉咙发紧，正思索要不要上前行礼时，周励文便先一步笑着出去了："陆大人，真是许久……"

话没说完，陆远便面无表情地从他身侧经过，半点儿余光都没分给他，李桓唇角勾起，轻蔑地扫了他一眼后跟着离开了。

周励文行礼的手僵住，直到锦衣卫走远，他才不悦地蹙起眉头，对着身后的三位姑娘挽尊："陆大人今日似乎不大高兴，看来是宫里有什么事发生。"

简慢声只是笑笑，简轻语则直接无视他，心不在焉地扫了眼锦衣卫消失在尽头的背影，倒是周音儿极为配合兄长："肯定是这样，你看他唇角的伤，定是发生了什么事儿，否则的话会对哥哥你十分殷勤。"

简轻语闻言，心不在焉地看了一眼陆远离开的方向，对自己恢复自由的事总算有了点真实感。

遇到锦衣卫之后，四人便沉默了许多，一直到分开都没怎么说话。周励文一走，周音儿便不屑与她们一起了，轻嗤一声扭头进了汤泉，简轻语也懒得理她，只是自顾自进了一间换衣裳的屋子，还未等关上门，简慢声便钻了进来。

"你要看我换衣裳？"简轻语扬眉。

简慢声坐下："他嘴角的伤是你咬的?"

"……我听不懂你在说什么。"简轻语镇定道。

简慢声扫了她一眼："敢摘下面纱吗?"

简轻语无言一瞬，突然自暴自弃："行吧，我承认，是我咬的又如何?"

简慢声蹙眉："不如何，我只是想告诉你，别这么高调，若是被人看出端倪……"

"我与他已经彻底断了。"简轻语打断她。

简慢声愣了一下："断了?"

"嗯，"简轻语点了点头，又补充，"你放心，这次断得彻底，不会再牵连侯府。"

简慢声沉默地与她对视许久，最后眼底闪过一丝释然："断了也好，锦衣卫本就不是你能招惹的。"

"别总说我啊，"简轻语扬眉，"也想想你自己吧，不管是周国公府还是锦衣卫，都不是你能得罪得起的，仔细玩出火来。"

"不会，我那日与他已经说清楚了，日后不会再有半点纠葛。"简慢声十分平静，"待这次回京都之后，我便要准备嫁人的一应事宜了，不好再耽搁他。"

简轻语听到她提嫁人，心里也不知是何滋味，只是半晌问了一句较为实际的："你跟那李桓没发生什么吧?"

"什么?"简慢声不解地看向她。

简轻语不知该如何解释，半晌干笑一声："没事儿。"

简慢声回过味儿来，顿时羞恼："我是名门闺秀! 怎可能做出那种事儿!"

"说得好像谁不是名门闺秀一样。"简轻语说完，在她发火之前飞快地换了间屋子更衣，简慢声又气又羞，偏偏拿她无可奈何，只能随她去了。

待她们换好衣裳进入汤泉时，周音儿已经独自在里头玩了许久，看到她们后顿时皱起眉头，霸道地指使："你们两个，去隔壁那个池子，别来扰了本小姐的清净!"

简轻语顿了顿，四下看了看只有她们三人的汤池，还戴着面纱的眼睛笑眯眯："我劝你最好规矩点。"

"怎么? 还想打我?"周音儿冷笑，"我哥可就在附近，你们敢吗?"

"敢啊，在他跑来之前，我们两个足够淹死你了。"简轻语挽起袖子。

眼看着她真要过来，周音儿顿时怂了，缩到角落里恨恨地瞪着她们。然而她没有老实太久，她的小姐妹便也来了，有了帮手的周音儿顿时嚣张起来，各种阴阳怪气地说话。

简轻语蹙了蹙眉，一扭头对上简慢声不耐烦的视线，两人索性起身准备离开。

周音儿顿时叫小姐妹们拦住二人："站住！"

"你还想怎样？"简轻语不悦回头。

周音儿冷笑一声："上次踹我的事儿，你们想就这么算了？"

"我们何时踹你了？"简慢声冷静反问。

"死到临头你还嘴硬?!"周音儿气得脸都红了，说完不怀好意地笑了起来，"也是，没有人证、物证，确实无法定你们的罪。"

简轻语生起一股不好的预感，板着脸将简慢声拦在身后："所以呢？"

"所以，你们不是想淹死我吗？不如试试啊！"周音儿说完，立刻咬着牙扑上来，她的小姐妹们也是嚣张惯了的人，见状也跟着来了。

简轻语拉着简慢声就跑，但还是被拦了下来，只能咬着牙跟她们推搡，最后一群人都落进水里，她的脸上不知被谁挠了一道，面纱掉落的同时突然火辣辣地疼起来。

"你敢抓她?!"简慢声看到简轻语的脸后，眼眸猛地睁大，咬着牙抓住了周音儿的头发，往水里按了下去。

简轻语再一次被她的泼辣吓到，回过神后也赶紧对付其他人，汤泉里顿时惨叫连连，外头伺候的宫人听到动静，进来一看是这场面，顿时吓得赶紧叫人，场面再次乱成一团。

一刻钟后，小姑娘们穿着乱糟糟的衣裳，顶着鸡窝一般的头发，被带到了汤泉之外。周励文匆匆赶来，看到周音儿脸上的抓伤后顿时心疼不已，扯过周音儿厉声问："谁做的?!"

"我。"简慢声面无表情地上前。

周励文愣了愣，有些不敢相信眼前头发凌乱的姑娘是他的清冷未婚妻，好半天才憋出一句："你、你为何要这么做？"

"因为她先抓伤了我姐姐。"简慢声看向他。

第一次被唤姐姐的简轻语愣了愣，回过神后站到她身边："没错，是她先动了手，慢声才会还击。"

周励文看到简轻语脸上比周音儿严重的血道子和她唇角重新裂开像是新伤一样的口子，一时间说不出话来，最后还是气不顺地开口："可你们比她年长……"

"周公子若非要说年纪，那你可比我跟慢声大，怎么也在这里帮亲不帮理起来了？"简轻语蹙眉打断。

周励文再次噎了一下，只得求助地看向简慢声，见她一言不发，顿时有些失望："慢声，你好歹也是音儿未来的嫂嫂……"

简慢声眼底闪过一丝嘲讽，拉着简轻语便要离开，然而却被打架的小姑娘之一拦住了："不能走！你们今日若不道歉，我是不会让你们走的！"

"没错，你们必须道歉！"其他小姑娘也拥了过来。

简轻语的视线在众人脸上一一扫过："是谁先动的手，你们心里最清楚，要道歉也该你们道歉！"

"你有什么证据可以证明是我们先动手？"周音儿立刻以其人之道，还治其人之身，说完眼底闪过一丝畅快。

周励文立刻打圆场："你们就道个歉吧，小事化了不好吗？慢声你最懂事，快劝劝你姐姐！"

简轻语听他又去逼迫简慢声，眼底闪过一丝烦躁，干脆拉着简慢声要走，周音儿等人手疾眼快地拦住她们，场面顿时一触即发，眼看着又要闹起来。

宫人们赶紧去拦，混乱之中听到一声怒喝："都住手！"

众人同时一愣，看到赶来的锦衣卫后瞬间安静了。

简轻语也没想会再次碰到陆远，还是这种场景之下，她下意识地往后退了一步，陆远的视线从众人身上一一扫过，待看到她脸上的伤时停顿一瞬，却也很快地转开，仿佛她与其他人在他眼中没有半点不同。

简轻语抿了抿唇，不经意间扯到了唇角的伤口，顿时疼得皱起眉头。陆远握着刀柄的手一紧，眼底一片晦色。

怒喝的李桓看到简慢声狼狈的样子，尽管还在生她的气，但依然愤怒了：

238

"行宫之中天子脚下，谁敢聚众闹事！"

他这么一吼，其他小姑娘都吓呆了，周励文赶紧上前道："都是小姑娘之间闹矛盾，不是什么大事，我们这就散了。"

李桓本就厌恶他，听到他的话更是黑了脸："闹矛盾？闹矛盾能闹出一身伤？你一个大男人，如何连群女人都劝不住？！"

周励文也是自幼被捧惯了的，现下被当着众人的面下了脸面，顿时也是尴尬得厉害，偏偏又不敢对锦衣卫发火，只能干笑着看向陆远："陆大人，您看此事……"

"李桓。"陆远开口。

李桓立刻应声。

"宫中闹事，该何刑罚？"陆远问。

李桓本以为他是要为简家姐妹出气，没想到突然说了这么一句，他愣了愣后赶紧回答："轻则杖刑五十，重则处死。"

听到他的话，有胆小点的立刻软着膝盖坐下，周音儿也开始慌了，周围顿时一片哭声。

周励文表情僵硬："陆大人，她、她们都是一群弱女子，哪儿受得了这种皮肉之苦。"

"周公子想代为受刑？"陆远反问。

周励文愣了愣，最后一咬牙："实在不行，音儿的刑我代受了。"

"哥哥……"周音儿哽咽。

李桓闻言，讽刺地看向简慢声，发现对方没看自己后直接板起脸。

陆远唇角勾起一点弧度："国有国法，向来没有代人受过的说法，周公子的好意，令妹怕是只能心领了。"

说着话，其他锦衣卫便围了上来，当真将所有姑娘都抓了起来，李桓见状心一横，先一步将简家两姐妹抓住，以免其他人唐突了她们。简轻语原本还只是心不在焉地站着，一看这架势立刻恐慌，下意识地看向陆远。

陆远面无表情，只是淡淡开口："拖出去，打！"

简轻语心下猛地一沉，意识到陆远真做得出此事后，越发恐慌起来。以锦衣卫的狠戾，别说是五十棍，就是十棍都足以要了她的性命，她还无法怨恨陆远，因为陆远也非蓄意报复，以他平日的手段，这五十棍再正常不过。

是她要断得干净，他自然不会再徇私。

简轻语蓦地想起昔日被血染红的短街，攥着简慢声袖子的手越发收紧，正当她越发恐慌时，一道清越的声音传来："不过是一点小事儿，何须如此阵仗。"

她听出是谁，眼睛瞬间一亮，陆远没有错过她眼底的期盼，握着刀柄的手猛地用力，指尖顿时白了一片，手背上突出明显的青筋。

褚祯含笑走了过来，看到简轻语脸上的伤后顿时蹙眉，抿着唇看向陆远："陆大人。"

"殿下，"陆远垂下眼眸，掩盖其间翻滚的阴郁，"若是求情，还是算了，国有国法，微臣不能徇私。"

"陆大人公正无私，本王的确佩服，只是这些姑娘说到底犯的也只是小错，若就这么受刑，怕是不大妥当，不如到父皇面前说上一二，请他老人家定夺如何？"褚祯无奈道。

真闹到圣上面前，怕是只会引起他发笑，杖刑自然也会不了了之。褚祯和陆远都清楚这个结果，所以在说完这句话后，褚祯停顿一瞬，又给了台阶："不过这点小事也不好打扰圣上，陆大人，不如这件事就这么算了吧！"

陆远沉默许久，最后面无表情地说了句："下不为例！"

他一开口，其余人连忙谢过，不出片刻便都跑了，陆远转身便走，李桓深深看了简慢声一眼，也跟着走了。他们一转身，简轻语就松一口气，低着头摸出面纱便要戴上。

"不可以，"褚祯忙拦住她，"你脸上还有伤，捂着会留疤。"

"多谢殿下救命之恩。"简轻语感激地福身。

褚祯忙虚扶她一把，蹙着眉关心："吓坏了吧，随我去见太医，给你治一治脸上的伤……"

陆远面无表情地往前走，明明走出一段距离了，却依然能听到他们若有似无的对话，李桓惊疑不定地跟着他，一时间闹不明白这是什么情况。

陆远步伐越来越快，拐过一个拐角后握拳狠狠砸在了墙上，李桓失声："大人！"

陆远收回手，阴鸷地盯着墙上的血印看了片刻，这才面无表情地离开。

第二十三章　得偿所愿

汤泉之外，褚祯蹙着眉头，掏出锦帕递给简轻语："你稍微清理一下伤口，本王带你去看太医。"

说完，他停顿一瞬，叹了声气："她们姑娘家家的，怎么下手这么狠，你唇角都裂了。"

简轻语尴尬一笑，扯到唇角的伤又皱起眉头，一旁的简慢声听到他熟稔的语气，眼底闪过一丝惊讶，却也很快掩去。

"走吧，"褚祯蹙眉道，"钱太医现下应该在，他对外伤更为擅长。"

"不必这么麻烦，我回去自己上些药便好。"简轻语忙拒绝。

褚祯闻言表情有些许微妙："女子容貌最为重要，还是让太医看看吧，切莫自己胡乱……这是太医职责所在，你若不肯让他们医治，他们便是失职了。"

"……这么严格吗?"简轻语对宫里的规矩并不熟悉，闻言迟疑地看向简慢声。

简慢声喉咙动了动，半晌看着她脸上殷红的伤口，抿了抿唇道："既然是殿下一片好意，你还是去一趟吧。"

简轻语点了点头："好吧，那就去吧。"

"我陪着你。"简慢声忙道。

简轻语应了一声，姐妹二人便跟着褚祯去了行宫中临时的太医院，她们到时，周音儿跟周励文也在，一个与国公府相熟的太医正在为周音儿诊脉。

看到简家两姐妹同二皇子一同进来，周励文兄妹眼底闪过一丝诧异，还未等回过神，太医们便呼呼啦啦都拥了过去，就连给周音儿诊脉的人也跑过去行礼，直接把周家兄妹晾下了。

周家是周贵妃和大皇子的母家，与二皇子一派私下里向来都是泾渭分明剑

241

拔弩张，但面上却是关系亲密。周音儿和周励文对视一眼，便齐齐上前行了个礼。

简轻语和简慢声跟在褚祯身后，这群人对着褚祯下跪，搞得好像是对她们下跪一样，尤其是周家兄妹也在这群人里时。早知道他们也在，说什么也不会来了，二人对视一眼，有了一样的想法。

褚祯温和地点了点头："都平身吧，钱太医可在？"

"臣在。"一个胡子花白的老臣忙道。

褚祯往旁边一让，简轻语暴露在众人面前，他这才缓缓道："劳烦钱太医为简大小姐医治。"

"是。"钱太医忙应一声，微微直起身看向简轻语，做了一个请的手势。简轻语既来之则安之，落落大方地跟着他去看伤了。

褚祯见她坐定，这才扭头对简慢声道："本王还有事儿，便不多留了。"再留未免会引有心人多想。

简慢声听到他要走，顿时松一口气："恭送殿下。"

众人也跟着恭送，褚祯又看了简轻语一眼，这才抬脚朝外走去，一直到他走出好远，众人才直起身各自忙碌。

周音儿狠狠地瞪了简慢声一眼，便叫太医继续为她诊脉，简慢声直接无视她，垂着眼眸要去找简轻语，却被周励文拦下了。

"能聊聊吗？"他问。

简慢声顿了一下，微微颔首。

太医院外，未婚夫妻面对面站着，一个表情凝重，一个神色淡淡，气氛算不上多好。

"你们是怎么回事儿，二皇子为何会亲自送你们过来看诊？"周励文皱着眉头。

简慢声平静地看着他："大约是看简轻语伤得重，心下怜悯，才会送我们过来吧。"

"他哪儿有那么好心，我看哪，分明是见色起意，"周励文越发严肃，眼底闪过一丝厌恶，"你这个姐姐也不是善类，否则为何能这么快引起二皇子的注意，你日后与她往来时，可要长个心眼。"

他原本还觉得简轻语美貌懂事，可她一而再再而三地与自家妹妹闹别扭，还撺掇简慢声与他顶嘴，再多的好感也败没了，此刻对她只剩下讨厌。

听到他的话，简慢声眼神微冷："周公子慎言，那是我姐姐。"

周励文顿了顿，没眼色地叹了声气："又不是亲姐姐，你们关系如何我还能不知道嘛，总之你要万分小心她，切莫要她搭上二皇子，否则日后像什么样子。"

他们周家注定与大皇子绑在一条船上，若简慢声嫁给自己之后，她的姐姐再与二皇子有什么纠葛，到时候周家怕是会失去大皇子的信任，从争储的权力中心被挤出去。

简慢声自然也知道他在担心什么，心里顿时十分厌烦，但难得没有反驳他的话，只是低低地应了一声。周励文见她再次乖顺，顿时笑了起来，伸手便要去握她的手，简慢声吓得急忙往后退了一步，周励文顿时僵住了。

简慢声意识到自己的动作太夸张，顿了顿后低着头解释："还未成婚，周公子切莫如此。"

周励文盯着她看了半响，顿时笑了起来："慢声，我最喜欢的便是你规矩守礼，只有这样，才配做我周家的儿媳。"

简慢声垂着眼眸没有应声。

周励文心情颇好地回了太医院，简慢声独自站了片刻，一回头对上简轻语促狭的双眼，她顿了一下，看着简轻语脸上包着的白布淡淡问："听到多少？"

"不论是提醒你小心我，还是夸你规矩守礼，"简轻语走到她面前，"都听到了。"

简慢声闻言"哦"了一声，往外走时表情淡定，丝毫没有被抓包的窘迫。简轻语追上去："你不解释？"

"有什么可解释的，难不成你真看上二皇子了？"简慢声反问。

简轻语耸耸肩："那倒没有，我与他只是泛泛之交。"

"那日后最好离他远一点儿，"简慢声扫了她一眼，看着她湿润勾人的眼眸提醒，"周励文有一句话说得是对的，二皇子并非那么好心的人，至少不会好心到送一个女子来就医。"

简轻语微微一怔，失笑："不会吧……"

简慢声停下脚步，认真地看着她。

简轻语笑不出来了："不管他有没有那种心思，但我日后会疏远他的。"她与二皇子虽然互相救过命，可实质上也不算相熟，只是相处算得上自在，可若这点自在会对她造成麻烦，哪怕只有一丁点儿的可能，她也不会再要了。

简慢声见她都听进去了，这才没有再说。

姐妹俩回偏院后，便各自回房歇息了，英儿看到简轻语脸上的白布，吓得差点昏过去，确定太医诊治之后才放下心来，扶着她到床上歇下了。

汤泉一事很快在行宫里传得沸沸扬扬，不一会儿，连后厨的帮工都知晓那群贵族小姐打架的事了。

圣上听到底下人传来的消息，一时间笑得咳嗽不已，陆远及时奉上一杯水，一侧的褚祯也及时扶住了他。

圣上喝完，含笑看着陆远："你当真要打她们五十杖？"

"她们犯了宫规，应当受罚。"陆远不急不缓地回答。

"可不就是要真打，儿臣好说歹说，这才劝下他。"褚祯无奈接话。

圣上脸上的笑意更深："培之啊培之，你都二十五有余了吧，怎么还半点儿不开窍，丝毫都不心疼小姑娘，若非祯儿及时赶到，那群丫头怕是要被你打死了吧，你这样，哪个敢将自己女儿嫁给你，难怪这么大了还没成婚。"

陆远垂着眼眸不语。

褚祯叹了声气，替他说话："陆大人也是秉公执法，父皇还是不要取笑他了。"

"行，朕不取笑他，朕取笑你，"圣上扬眉看向褚祯，眼底满是慈爱，"听说今日打架的那群丫头里，有一个是你亲自带去给太医诊治的？"

陆远眼神一暗，冷淡地看向褚祯。

褚祯不好意思地笑笑，也没有隐瞒："父皇说的是宁昌侯之女简轻语吧，的确是儿臣带着去看的太医。"

"哦？可是他那个刚从漠北回来的大女儿？"圣上眯起眼睛似在回忆，"朕先前在宴席上见过，生得花容月貌气质不俗，难怪祯儿喜欢。"

"……父皇别开玩笑了，对姑娘家声誉不好，儿臣与她只是一见如故，所以总想照顾她而已。"褚祯说完看了陆远一眼，示意他不要说出简轻语救他之事。

如今尚不知晓大皇子是不是刺杀他的主使人，简家与大皇子外家又息息相关，他怕此事说出来，会引起圣上多想，进而对简轻语不利。

看着他为简轻语考虑良多，陆远如被侵犯领地的野兽，本能地感到不悦，但面上没有显露半分，只是微微颔首回应了他的眼神。

褚祯这才松一口气。

圣上还在大笑，笑够了扭头与陆远道："你看看你看看，朕还没说什么，他便已经护上了，当真是儿大不由爷！"

"殿下对圣上向来坦诚，既然他说没什么，想来就是没什么。"陆远淡淡开口。

圣上笑眯眯的："你可真是千年的铁树，他都表现得这般明显了，你竟也看不出来。"

"父皇！"褚祯无奈。

圣上又笑："好好好，不说了！"

陆远握着刀柄的手背上青筋突出，片刻后面无表情地应了一声。

褚祯见圣上还想再聊此事，急忙将话题转移了，又陪圣上聊了小半个时辰才离开。

褚祯走后，陆远又为圣上递了杯茶，圣上接过来后笑意淡淡："这宁昌侯别的本事没有，生的女儿倒都有出息，二女儿定了周家那小子，如今大女儿又得了祯儿的青睐，若真让此事成了，日后不论谁继承大统，他怕是都能稳坐钓鱼台。"

陆远手一顿，面上滴水不漏："相信侯爷不敢有这么大的野心。"

"知人知面不知心，这可说不好，"圣上唇角还扬着，只是眼底没什么笑意，"其实这样也不错，若他两个女儿真有那个本事笼络男人，日后不论谁继位，有她们劝导，应该都不至于对另一个下杀手。"

他说完停顿半晌，面上流露出深深的疲惫："朕就这两个儿子，不管怎么样，朕都想他们好好活着。"

"圣上身子骨还硬朗，不必这么早考虑日后的事，"陆远垂着眼眸，遮掩其间情绪，"再说人心难测，若真动了杀兄弑弟之心，又岂是女人可以笼络的，宁昌侯的女儿是好，可惜侯府势力单薄，将来若真要出事儿，恐怕也护不住女婿。"

圣上闻言沉默下来，许久之后轻笑一声，倒没有反驳他这番话。

另一边，不知险些被定亲的简轻语在屋里一直待到晚上，正打算出门用些吃食时，突然听到外头传来秦怡的呵斥声，她顿了顿将英儿叫进来，询问发生了何事。

"您和二小姐今日与人打架的事在宫里传遍了，夫人……"英儿对上简轻语的眼睛，咬咬牙继续道，"夫人听说二小姐为了您与周家公子顶了嘴，这会儿十分不高兴，还要拉着简慢声去致歉。"

秦怡的话要比她复述的更不客气，尤其是针对大小姐的那些，只是她不愿意说出来惹大小姐不高兴，所以尽可能地省略。

"不是我们的错，也要去道歉?"简轻语不用想，也知道秦怡会迁怒她，倒也没有别的感觉，只是听到简慢声要去道歉后蹙起眉头。

英儿叹了声气："与周国公府的亲事是夫人花了大力气求来的，眼看着快成亲了，这时候若是惹恼了周国公府，让他们为此退了亲，二小姐日后可就抬不起头了。"

"所以就要自己女儿委曲求全?"哪怕秦怡有千百种理由，简轻语依然觉得不可思议，"这还未成亲，便将姿态放得这么低，若将来成亲了，不得被周国公府踩在头上?"

"……可即便不放低姿态，将来也是要被踩在头上的，"英儿小声反驳，"高攀不就是这么回事嘛!"

简轻语表情复杂："值得吗?"

"一门亲事能换来侯爷仕途通畅、夫人面上有光，"英儿说完想了一下，"只是苦了二小姐，高门大户的儿媳可不好做，他们家还有个蛮横的小姑子，日后少不得要被磋磨了，不过只要熬出来了，日后也是显贵的大夫人，总的来说还是值得的。"

简轻语抿了抿唇，许久之后才淡淡开口："若是我母亲还在，她定然不会如此。"至少在为她做打算之前，会先问她想不想要。

大约做母亲的与做女儿的性子都是反着来，她母亲温柔贤淑，一辈子没什么脾气，也乐于顺着她，所以她生了一身反骨，不喜欢的便不要，即便一时委曲求全，也早晚要讨回来。而秦怡性子要强，生出的女儿便处处顺着她，只要她能开心，女儿的将来和人生似乎都不那么重要。

她越长大，便越感激母亲的教养方式，也正是因为如此，她也要拼了命从漠北来到京都，完成母亲的心愿，哪怕所有人都说她母亲迂腐、无能、没有骨气，守活寡过一辈子不说，死后还非要进负心人的祖坟。

"若是母亲知道迁入祖坟这般难，定会要我放弃。"简轻语提起她，眼底一片温柔。

英儿心疼地点点头："是呀，先夫人最疼大小姐了，她只希望您能高高兴兴的。"

"我也希望她能得偿所愿。"简轻语扬眉。

外面的斥责声逐渐消失，英儿又跑出去打听一番，得知秦怡到底带着简慢声去登门道歉了。简轻语心里突然生出些许烦闷，做什么的兴致都没了。

这种情绪一直持续到夜里，实在睡不着的她索性悄悄起床，一个人散着步打发时间。到底还在行宫之中，她不敢这个时候出去，只能在属于侯府的偏院里走来走去，当走到第三遍时，背后突然传来一道幽幽的声音："你不睡觉乱跑什么？"

简轻语吓了一跳，一回头便对上简慢声泛红的眼睛，她顿时无语："……你能不能别吓人？"

"你若不出来，我也吓不着你。"简慢声扫了她一眼。

简轻语轻哼一声，歪着头打量她的眼睛："哭了？"

"没有。"简慢声别开脸。

简轻语也没有再问，只是到她身旁的石头上坐下，简慢声不理人，却无声地往旁边挪了挪，给她让出了一个位置。

简轻语坐下后，两个人便不说话了，一个仰着头看月亮，一个低着头看石头。不知过了多久，简轻语感叹一声："月亮真美！"

"再美也是抓不住的，倒不如石头。"简慢声淡淡道。

简轻语笑了一声："我喜欢的，得不到看看也好，不喜欢的，哪怕送到手边我也不要。"

"真塞到手里了，便由不得你了。"简慢声眼底闪过一丝嘲讽。

247

行宫夜间透着凉意，简轻语出来时也只着一件单衣，坐了片刻后便觉着冷了，于是伸伸懒腰站了起来，也不与简慢声告别，只是平静地朝寝房走去。

"我今日问了父亲，他说准备回京都之后便为你母亲迁坟。"简慢声突然开口。

简轻语猛地停下脚步，心跳突然加快："真的?"

"是他亲口所说。"简慢声抬头。

简轻语回头看向她："你为何要问这件事儿?"

"因为我想知道，你打算什么时候回漠北。"简慢声淡淡道。

简轻语眼底闪过一丝意外："你如何知道……"

"你不属于京都，"简慢声与她对视，"我从第一次见你便知道，你早晚都会走。"

简轻语定定地看着她，许久之后倏然笑了："对，我早晚都要走，所以呢? 为何想知道我何时回漠北?"

"因为我的婚期提前到了十月初，我不想你送我出门，也不想你在我家赖太久。"简慢声垂下眼眸。

简轻语闻言安静下来，再次抬头看了看月亮，唇角逐渐起了笑意："放心，只要立冢顺利，我定然会在你成婚之前离开。"

说罢，她便转身走了。

简慢声抬起眼眸，安静地看着她离开，许久之后唇角翘起一点弧度，眼底清冷一片："至少这世上，还是有人可以得偿所愿的。"

夜色渐深，偏院里渐渐静了下来，仿佛从未有人来过。

简轻语回寝房之后，便没有再出门了，偶尔宁昌侯叫她一同用膳，她也找借口推了。秦怡正不待见她，见她如此顿时气顺了不少。

不知不觉在行宫已经待了多日，这段时间里，简轻语都没见过陆远，关于大雨那夜的记忆也渐渐模糊，再回忆起他仿佛如上辈子一般。

陆远没有像上次分开时那样，半夜偷偷摸进她的房间，像是真的与她一刀两断了，她终于渐渐变得自在，也开始怡然自得。她在这样的自在中，不知不觉地迎来了中秋节。

不论是在京都还是在漠北，中秋都是个大日子，往年她都是同母亲一起度过，今年却要参加行宫盛大的宴席，与当今圣上及朝廷重臣一起过节。

经过上次的午宴，简轻语已经有了经验，在参加之前特意吃得饱饱的，这才更衣出门。宁昌侯一家早已经收拾妥当，正与其他官宦世家聚在一起说笑，简轻语过来时，所有人都看向了她。

她今日穿了水红色衣裙，戴的全套头面都是纯金所制，同其他夫人小姐的首饰比起来不算贵重，可她黛眉远山、红唇勾勒，红与金相辉映，端端一朵人间富贵花，不论是俏皮的还是温柔的妆扮，都要被她压下一头。

宁昌侯笑开了花："轻语快来，都等你许久了。"

"是。"简轻语应了一声，走过去时注意到许多人都在看她，顿时心中懊悔。她本不想穿得这么打眼，可参加宫宴不能太随意，而这是她最后一套还算能拿得出手的，便只能换上了。

秦怡看着她低眉顺眼地走到宁昌侯身侧，对她压了简慢声的风头有些不满，但也没有多说什么。她的慢声已经得了最心仪的亲事，她没什么不满意的，若出风头能叫简轻语尽早寻门亲事嫁出去，倒也算好事一桩。

一行人心思各异，简轻语朝众人打过招呼后，便跟简慢声站到了一起，姐妹俩一个貌似牡丹，一个气质如清荷，十分地惹眼。简震的伙伴时不时偷瞄她们一眼，最后忍不住压低了声音问简震："你大姐姐定亲了吗？"

"没有，"简震摇头，说完见伙伴意动，当即骄傲拒绝，"我家姐姐，眼光可高着呢，你就别想了！"

伙伴："……"

简轻语听着他们的对话，咳了一声才没笑出来。

她静等着宁昌侯寒暄完，这才跟着进了主殿，没多久圣上便来了，褚祯和陆远如上次一般一左一右地跟在他身后。

简轻语许久没见陆远，眼底闪过一丝恍惚，对上他淡漠的眼神后立刻清明，垂下眼眸同众人一起行礼。

"今日过节，诸位爱卿不必多礼。"圣上笑呵呵道。

众人应声，这才坐下。

简轻语一坐稳，便感觉上方有人看她，她下意识抬头，结果与圣上对视了。她蒙了一瞬，一时间不知道该如何应对，所以只能对着他笑笑。

圣上没想到她会是这种反应，顿时哈哈大笑，笑声吸引了所有人的注意，简轻语听到宁昌侯嘀咕"圣上今日心情怎么这么好"，顿时心虚地摸摸鼻子，总觉得他是因为自己笑的。

褚祯一直关注着简轻语，自然也看到了她刚才的笑，听到圣上笑了，唇角也悄无声息地扬起，陆远垂着眼眸，仿佛一切与他无关。

一个小插曲很快过去，之后圣上便没有往这边看了，简轻语总算松一口气，专注于眼前的吃食。

或许是因为过节，今日比起上次没了太多规矩，简轻语不禁懊恼自己来时吃得太多，只能一样尝一点。圣上看到她想吃又吃不下的样子，又是一阵发笑。

众人再次看了过去，圣上咳了一声，依然没有说话。

简轻语莫名其妙地缩了缩脖子，头也不敢抬地熬完了整顿饭。

因为是中秋节，今日的宴席特意设在晚上，用完膳正好可以去赏月。众人陪着圣上去了高台之上，除了与圣上亲近的那些人，其余人都老实地做陪衬，场面实在算不上热闹，倒是山下小镇上传来庙会的喧闹声，虽然隐约却十分引人向往。

年轻些的已经开始蠢蠢欲动，圣上此刻像极了和蔼的长辈，见状笑眯眯道："行了，都别留下陪朕了，去山下转转，买些好吃的好玩的，拿回来也叫朕瞧瞧新鲜。"

众人急忙应声，圣上又道："别丫头、小子分两派，不安全也没有趣，今日过节没那么多讲究，丫头小子们一起行事，陆远，你再派几个得力的跟着，定要每一个都平平安安的。"

"是。"陆远应声。

年轻人顿时三三两两往外走，简轻语也要转身离开，却听到圣上突然道："祯儿，你陪着简家大丫头，朕许久没吃驴打滚了，你跟她一起去买一些来。"

此言一出，高台之上瞬间安静，陆远眼神猛然一暗，两只手紧攥成拳。

第二十四章　对他没有情谊

半空炸开一朵烟花，短暂地遮掩了圆月清辉，当烟花落尽，四周一片寂静。

在京都这样礼教森严的地界，能男女同行游玩的，要么是已经定亲好事将近，要么是沾亲带故，鲜少有毫不相干的人同路，圣上如今当着众人的面点名要简轻语与褚祯同行，分明是有意要她做自己的儿媳。

在听完圣上的吩咐后，各家顿时表情各异，尤其是周国公府一众人，更是难掩意外，周音儿更是又恨又气。周国公府是大皇子母家，她将来是要嫁给大皇子做正妻的，若简轻语与二皇子成了，岂不是要与她成妯娌了？

再说了，谁都知道两位皇子注定只有一人能登皇位，若简慢声和简轻语分别嫁给两个阵营，岂不是不论结果如何，简家都有泼天的富贵等着？真是好大的胃口！

她这么想，周国公府其他人也是这么想的，再看向宁昌侯等人时，面上的不愉几乎要遮掩不住。秦怡着急地看向宁昌侯，却碍于圣上在前不敢放肆，只能偷偷掐他一下。

宁昌侯吃痛，忙上前行礼："轻语初来京都，许多规矩还不懂，若是同二殿下一同，怕是会唐突殿下。"

"他一个破小子，有什么可唐突的，朕还怕他照顾不好简丫头呢，"圣上脸上笑意不减，说话的语速却慢了下来，"莫非你也有同朕一样的担忧？"

"……臣、臣不敢。"宁昌侯汗如雨下。

圣上这才含笑点了点头，扭头看向一直沉默的简轻语："你呢？简丫头，可愿意同祯儿一同出游？"

褚祯立刻看向她，眼底闪过一丝期待。

简轻语后背唰地出了一层薄汗，她低着头，强行忽略前方某人阴鸷的视线，许久之后才白着一张脸道："小女自、自是愿意的，只是身子不舒服，怕是不能出门。"

不管最后结果如何，她这句话至少表明了不想攀附二皇子，宁昌侯府也没有两边阵营都站的野心。

果然，她说完之后，宁昌侯松了一口气，周国公夫妇的表情也好看了些，只是褚祯垂下眼眸，似乎有些失望。

圣上笑意不减，闻言眼底闪过一丝对简轻语的欣赏，正欲说什么，一阵风突然吹过，他猛地咳嗽起来，陆远淡漠提醒："圣上，您该喝药了。"

"喝药，对，"圣上这才想起来，慢悠悠地往台下走，"那便去喝药吧。"

言语间倒是没有再强拉红线之意。

简轻语猛地松了一口气，正觉腿软时，一只手及时扶住了她，她一抬头，便对上了简震担忧又别扭的视线。她微微摇头，无声地看向简慢声，两人对视一眼，皆从对方眼中看到了劫后余生。

圣上要褚祯与简轻语同行的事，就像一粒石子丢进了湖中，引起涟漪之后很快又趋于平静。高台之上，长辈们继续聊天，年轻一辈的呼朋唤友出去玩，仿佛一切都没发生过。

褚祯欲言又止地看了简轻语一眼，到底没有当着这么多人的面来寻她，而是低着头先转身离开了。一直到他的背影消失，秦怡才敢嘟囔一句："祸水，差点连累侯府。"

"母亲，"简慢声难得在她说简轻语时蹙眉，"慎言。"

秦怡张了张嘴，最后恨恨地横了简轻语一眼，不高兴地扭头坐下了。宁昌侯干笑一声，抬头对简轻语道："你做得很好，今日确实不关你事，别将她的话放在心上。"

"嗯。"简轻语乖巧地点了点头。

宁昌侯叹了声气，也不知说什么了："带着弟弟妹妹出去玩一圈吧，今日山下有庙会，应当是热闹的。"

"是。"简轻语应了一声，便带着简慢声和简震下楼了。

一离开高台，她顿时长长舒了一口气，简震也直拍心口，一边往外走一边抱怨："大姐，你方才也太胆大了，竟然连圣上都敢拒绝，你就不怕他生气治你

个不敬之罪吗?!"

"怕死了……"简轻语表情苦涩,接着重点歪了,"你唤我什么?"

简震愣了一下,顿时脸一红,不高兴地嚷嚷:"你管我叫你什么,我爱叫什么就叫什么!"说完就先跑了。

简轻语一脸无语:"他急什么?"

"他心思简单得就差写在脸上了,你当真不知道他急什么?"简慢声斜了她一眼。

简轻语嘿嘿一笑,倒也没有反驳。

简慢声见她笑了,这才转开视线,姐妹俩无声地往前走,默默平复还未彻底消散的恐惧。

她们准备下山的时候,陆远刚将圣上扶回寝殿,圣上坐下后看一眼安静的他:"行了,你也出去走走吧,这么大的人了,成天跟着朕这个老头子像什么样子!"

换了以往,陆远定会拒绝,然而这次只是沉默片刻,便低头应下了。

圣上眼底闪过一丝惊讶,很快便恢复了平静。

高台这边,人已经散得差不多了。

不远处的平地上,宫中监事早已经准备了十几辆马车,每辆马车前都配了锦衣卫,一看就是圣上亲自安排的,否则有谁敢让锦衣卫给自己当护卫。

因着周全的准备,来得早的人已经坐上马车,朝着行宫外去了。待简家三姐弟到时,已经只剩下三辆马车,其中两辆马车旁的人是认识的,一边是小黑脸李桓,另一边是季阳。

看到简家三姐弟,季阳心气不顺地横了简轻语一眼,显然已经听说了高台上的事儿。李桓倒是上前一步,然而下一瞬,简慢声便面无表情地往第三辆马车去了。

"二姐,要不我们就坐这一辆吧。"简震小声唤她。现下剩的三辆马车旁的三个锦衣卫,除了李桓,其他两个都是揍过他的,已经在他心里留下了不可磨灭的阴影。

对弟弟一向温柔的简慢声直接横了他一眼,威胁道:"过来!"

李桓的脸更黑了。

简震只能哀求地看向简轻语。

跟季阳比起来，简轻语倒更想坐李桓的马车，但考虑到简慢声的心情，她还是扬起眉："没听到吗？过来。"只要他来得够快，他们就能坐第三辆马车了。

简震："……"弟弟委屈，但不想动。

他磨磨蹭蹭，迟疑之间第三辆马车被别人坐上离开了，只剩下李桓这辆和季阳那辆，简轻语面对季阳似笑非笑的眼神，狠狠地横了简震一眼。

被李桓一直盯着的简慢声十分不耐，正要挽起袖子打弟弟时，身后突然传来一个声音："慢声？"

是周励文。

简慢声顿时面露不悦，李桓也一脸阴沉，简轻语眨了眨眼睛，用慈爱的眼神告诉简震好自为之，简震缩了缩脖子，乖巧地跑到简轻语身后，修长高大的身姿根本藏不住。

"慢声，你们怎么还没走？"周励文含笑问，身后是不情愿的周音儿。

简慢声乖顺低头："这就要走了。"

"既然遇到了，不如我们一起？"周励文盛情邀约。

简慢声无声地蹙了蹙眉头，还未等开口，就听到李桓冷冷道："一辆马车上坐不下这么多人。"

"确实有些挤。"简轻语附和。

"既然知道就快点儿，别耽误我去逛庙会。"季阳嚣张补充，不过这句显然是对简轻语说的，简轻语只当没听到。

周励文顿了一下，面露尴尬："诸位说得有理，那就只能分开了。"虽然想找简慢声问问今日什么情况，可总不好将人家姐弟三人分开。

简慢声应了一声，低着头上了季阳的马车，简震也赶紧跟了上去，简轻语嘴角抽了抽，无奈地跟了上去。

待车帘合上后，周音儿呸了一声，嘟囔："一家子还开始拿乔了，真当自己家能出个皇妃？"

周励文抿了抿唇，倒是没有反驳她的话。季阳横了二人一眼，直接驾着马车离开了。

李桓沉默一瞬，面无表情地上前："二位，请吧！"

周励文看了他一眼，温厚一笑便带着周音儿上马车了。

他们耽误的这会儿工夫，简家的马车已经出了宫门，马车里静悄悄的，简轻语闭着眼睛假寐，简慢声一脸生人勿近的表情，简震看看这个又看看那个，默默缩到了简轻语身旁。

"挪开点，挤!"简轻语毫不客气。

简震："……"仿佛一瞬之间没人疼了。

他自怜自艾了会儿，正要说话缓解气氛，外头突然传来惊呼声，伴随着惊呼声的还有马车声。他愣了一下赶紧掀开车帘，就看到周励文所在的那辆马车像疯了一样朝前冲，哪儿有碎石往哪儿碾，宛如疯狂的野狗拦也拦不住。

而他听到的惊呼声正是周家兄妹发出的，现下已经从惊呼转变成了惨叫。

简震咽了下口水："那匹马是不是疯了?"

"大约不是马疯，而是人疯。"简轻语也为马车里的两兄妹捏了把汗。

季阳幸灾乐祸："活该，让你们不选我的。"虽然他也不想载，可不选他就不行。

简慢声神色微动，却没有说话。

从行宫到山下庙会的距离并不远，马车只走了两刻钟便到了，他们到地方时正热闹，人挤人的走不动道，每个人脸上都挂着笑意。

简震一下马车就看到了正等自己的小伙伴，当即哀求地看向简轻语。简轻语扬眉："这时候你倒是找我了。"

简震看了一眼心不在焉的简慢声，对着简轻语讪讪笑了一声。

"去吧，注意安全，别玩太晚!"简轻语看到他的小伙伴不仅带了锦衣卫，还有自己的侍卫，便放心地放行了。

简震欢呼一声当即跑了，不出片刻便消失在人群里。

庙会上灯火通明，变脸、喷火等杂耍各占一隅，路边摆满了各式各样的摊子，有一包子摊正在掀笼，白色的烟顿时蒸腾而起，飘来了肉馅的香味。

简轻语还是第一次见京都的庙会，一脸新鲜地四处张望，正看得开心时，耳边突然传来一阵呕吐声，她顿了一下回头，就看到周家兄妹扶着马车吐得厉害，旁边的李桓面无表情："对不住，第一次驾车，不大熟悉!"

简轻语："……"这群锦衣卫，真是个个都锱铢必较。

大约是怕他们再来搭讪，简慢声立刻拉着她要走，然而还是晚了，周励文已经吐完了走过来："慢声，我们去走走吧。"

未婚夫邀约，似乎不能拒绝，简慢声垂下眼眸，到底是答应了。简轻语叹息一声，松开了她的手。

李桓定定地看着简慢声，眼神看不出情绪，只是在她和周励文一同走的时候，也抬步跟了过去。简慢声若有所觉，蹙着眉头看向他。

"保护周公子，是卑职职责所在。"李桓木着脸解释。

周励文也接话："是啊慢声，庙会人多手杂，还是让李大人跟着吧。"

他都这样说了，简慢声只得抿了抿唇，冷冷看了李桓一眼："离我们远些！"

李桓的脸瞬间黑透了。

简轻语饶有兴致地看着他三人一同离开，直到被周音儿不善地打断："看什么看？"

"你管我？"简轻语斜睨她，现下没有旁人，她懒得装什么温柔乖顺，"离我远点儿，看见你就烦。"

说罢直接扬长而去，季阳啧啧两声，也跟了过去。周音儿被她气得一噎，瞪着眼看着她离开，这才猛踹一下马车泄愤。然而她低估了马车的硬度，踹上去的瞬间表情就变了。

她的小姐妹们赶来时，便看到她一脸痛苦地蹲在地上，于是对视一眼急忙上前扶住她："音儿你没事吧？是不是简家那个贱货又欺负你了？"

周音儿咬牙："别跟我提她！"

"不提不提，你别生气了。"有人忙劝。

另一个不甘心地问："难道就这么放过她？"

"不然能怎么办，你们没看圣上方才还有意撮合她跟二皇子嘛，若是真成了，她可就是王妃了！"

"她想得美！"周音儿气愤，眼底闪过一丝恨意，"她简轻语，这辈子都休想跟我平起平坐。"

"可我们又能拿她怎么样？"

周音儿待疼痛消散了些，才寒着脸站起来："庙会这么乱，若她失了节，圣上就算属意她又如何？"

小姑娘们平日虽然骄纵，可从未听过这般恶毒的计划，闻言顿时面面相觑不敢接话了。

不知自己又被周音儿惦记上的简轻语，已经跟着季阳吃了好几家小吃摊了，在吃完手中的鸡蛋饼后，她又买了一袋炸元宵，敢怒不敢言地分给季阳一根竹签："你出来时为何不带银子？"

她拿的钱就够她自己花的，现在还要负担季阳开销，才转悠半圈就快花完了。

季阳无所谓地接过竹签，戳了个元宵慢慢吃："这不是有你，我为何要带银子？"

"……若是我不坐你马车呢？"简轻语反问。

季阳乐了："那就更不缺钱花了。"

简轻语顿了一下，明白其中关窍后顿时无语，拿着炸元宵往前走。季阳赶紧跟上，又偷吃她几个元宵后才不急不慢地问："喂，圣上为何要撮合你跟二皇子？"

"我不知道。"简轻语板着脸。

季阳眯起眼睛，直接揪住她的后衣领将人给拉住了："长脾气了是吧？"

听到他的威胁，简轻语顿时想到自己和陆远已经掰了，如今没人能替她撑腰。她脸色变了变，恭敬地将炸元宵双手奉上，待季阳满意接过后才道："我真不知道。"

季阳怀疑地打量她半响："你就没有做过什么引人误会的事儿？"

简轻语愣了愣，想起汤泉打架那事儿："我那时受伤了，二皇子将我送到太医院诊治……算吗？"

"他亲自送你？"季阳见鬼了一般，"难怪圣上想撮合你们，定是因为误会二皇子对你……也不是，二皇子若对你没意思，为何要送你过去，他难道不知道这会引人遐想？"

简轻语顿了一下，若有所思地看向他，许多先前没有想过的事儿，此刻突然回忆起来。

季阳眯起眼睛："简轻语，不管二皇子有没有那意思，你都要干脆地拒绝，若是叫我知道你敢再对不起大人，我就……"

话说到一半戛然而止，简轻语看到他愣怔的眼神，顿了顿后顺着他的视线看过去，猝不及防地与褚祯对视了。

简轻语眼底闪过一丝意外，待他走过来后才尴尬福身，褚祯立刻虚扶一下："在外要隐瞒身份，不必拘礼。"

简轻语讪讪一笑："真巧。"

季阳向褚祯抱了抱拳，接着警告地看了简轻语一眼。

褚祯眉眼温和，视线落在简轻语的唇角上："伤口似乎好全了。"

"……嗯，太医院的药很好用。"经过高台一事，简轻语很难用平常心待他。

褚祯倒是平静如常，笑了笑后请她一同游玩。简轻语拒绝不得，只能点头答应，结果刚一答应，就感觉到背后被一道犀利的视线烧灼。

她："……"

有季阳跟着，她很难集中注意力，加上庙会吵闹，基本褚祯说十句，她勉强应五句，好在褚祯也不介意，只是好脾气地与她聊天。

三人一同走了一段后，侧边的杂耍又开始了，瞬间拥来了大量的人，简轻语被人群带着往杂耍的摊口挤，一时间难以挪步。

正当挤得连呼吸都开始困难时，一只有力的手突然抓住了她的手，带着她从人群中小跑着挤了出去。

简轻语猛地松一口气，看清前方带着她跑的人是褚祯后，赶紧甩开了他的手。

褚祯愣了一下停下，又急忙道歉："对不起，方才事发突然，本王并非……"

"殿下。"简轻语唤了他一声。

褚祯猛地静了下来。

"我能问您件事吗?"她温柔开口。

褚祯脸颊发热："你说。"

"那日送我去太医院，可是您故意的?"她直接问。

褚祯面上闪过一丝愣怔："什么意……"

"您大可以坦诚一些，"简轻语笑了起来，丝毫不见生气，"我初来京都，对许多礼节都不熟悉，慢声年幼，且担心我的伤势，偶尔也会做出不对的判断。可您却不是，您生在皇宫，最懂规矩与进退，如何不知道那日亲自带我去太医

258

院会引起圣上注意？"

褚祯张了张嘴，下意识想否认，可对上她的视线后却说不出口。

"您不必紧张，我没怪您，只是想问个清楚。"简轻语眨了一下眼睛，眉眼弯弯地透着些活泼，像是真的不介意。

也正是因为不介意，褚祯的心才渐渐沉了下去。

她对他没有情谊。

得出这个结论后，褚祯脸上的笑渐渐发苦："本王会是个好丈夫。"这一句，已经等于承认。

"可轻语却做不了好妻子，"简轻语笑笑，"或者说，轻语从未想过做好一个妻子，所以可能要麻烦殿下去同圣上解释了。"

"不管想不想做好一个妻子，你总要嫁人的，既然能嫁给别人，为何不能嫁给本王呢？"褚祯不解，"你可是不喜本王当日那般做？可钱太医德高望重，唯有本王才能请动，且这么做也不会影响你的名声，只是向圣上透个信，能不能成还是要他……"

"殿下，"简轻语略显无奈，"殿下真要我说清楚吗？"

"你总要说服我，我才能去说服圣上。"褚祯上前一步，直接自称"我"了。

"因为您喜欢宁昌侯的嫡女大过喜欢我。"简轻语含笑道。

褚祯心头一颤："我不懂你的意思。"

"我虽不懂朝政，可也知道您是皇子，身后是支持您的朝臣和百姓，我不觉得您会为了只见过几次面的女子，就轻易许出可以巩固权势的正妃之位，除非是有利可图。"

简轻语说完顿了顿，不知要不要说下去，迟疑片刻后还是开了口："比如借此瓦解大皇子对周国公府的信任，或者向圣上表明自己没有争储的野心，又或者……将来真到了要输的地步，还能有个保命的筹码。"

宁昌侯府在朝堂之中无足轻重，可一旦成为维持平衡的那个筹码，便能展现巨大的作用，她不信褚祯没有想过这些。

褚祯怔怔地听着她分析，似乎第一次认识眼前这个姑娘，许久之后才苦涩一笑："说这么多，你就是不相信我真的喜欢你。"

"相信的，"简轻语还是笑，"我生得有几分姿色，又表现得乖巧懂事，殿下喜欢似乎也不意外。"

在彼此不知身份之前，他或许就已经喜欢她了，只是这种喜欢相比朝堂之上那个位置而言，太过微不足道，且在知道她的身份之后早已变质。

褚祯垂下眼眸，许久之后长叹一声："若是换了别的姑娘，哪会想到这些。"

话说到这份儿上，便是承认了她想的一切。

"多谢殿下对我坦诚，也谢谢殿下手下留情。"若是真下了狠心要得到她，手段和方法不要太多，但他却选了最温和的方式，这一点她还是感激的。

褚祯抿了抿唇，还是不死心地问："若你不是宁昌侯的女儿，和简慢声也并非姐妹，那你……会答应我吗？"

当朝二皇子，将来极有可能登上帝位的人，此刻带了点恳求、一脸认真地看着她，若是换了寻常女子，怕是早就点头了。

可惜即便没有陆远，没有青楼那事儿，甚至没有宁昌侯，她也不会答应。

她从不相信男人的情谊，尤其是位高权重的男人，他们的感情太廉价，且总能找到替代品，即便偶尔头脑冲动，之后也会迅速恢复冷静，抛弃糟糠之妻求娶更门当户对的女人。这一点她已经看得太清。

简轻语沉默一瞬，讪笑着摇了摇头。

褚祯长叹一声气，许久之后笑了笑："本王知道了，你放心，圣上不会再提及此事。"

"多谢殿下！"简轻语感激福身。

褚祯苦涩地看着她，这一次没有扶她起来。

庙会还在继续，明明夜已经深了，人却越来越多，大有闹到天亮的意思。季阳早就不知道被挤到哪儿去了，现下只有简轻语和褚祯两个人，说通之后彼此之间总萦绕着淡淡的尴尬，简轻语几次想告辞，可对上他的视线又说不出来。

两个人不知不觉中走到了湖边，离了最热闹的地方后周围顿显空荡，简轻语硬着头皮走了一段，实在受不了要告辞时突然脚下一滑，褚祯急忙扶住了她："没事吧？"

"……没事儿。"简轻语说完，就感觉一道带着侵略性的视线，她顿了一下回头，正对上陆远的视线。

她："……"真巧。

第二十五章　抱紧

没想到会在这里遇到陆远，简轻语下意识地往后退了一步，褚祯也赶紧松开了扶人的手，明明是避嫌，却透着一股欲盖弥彰的意味。

陆远面无表情地看着二人，漆黑的瞳孔不带半点儿情绪，犹如寒冬腊月冰冻的深井，幽幽地散发着寒气。

褚祯尴尬一笑，故作无事地问："陆大人怎么有空出来了？"

"圣上要微臣出来走走。"陆远淡淡回答，抬眸扫了简轻语一眼。

简轻语被他看得后背一冷，急忙对褚祯福了福身："小女还有事儿，就不打扰殿下和陆大人了。"

褚祯知道锦衣卫的恶名，见她这么着急要走，便以为她是被吓到了，于是也不想为难她，笑了笑后刚要开口，就听到陆远不急不慢地问："简姑娘方才还跟殿下相谈甚欢，怎么我一来反倒要走了，可是私心里看不上锦衣卫？"

褚祯愣了愣，忙开口道："没有的事儿，简姑娘只是怕与两个男子同行传出去不好听，才想先行一步。"

简轻语一听褚祯为自己解释，心下便觉得要糟，抬头一看陆远，果然一副风雨欲来的样子，她和陆远已经是一刀两断两不相干，可不代表她就能跟二皇子走得太近，尤其是在她知晓陆远和大皇子会面的情况下。

万一陆远认定她要投诚二皇子，为了保守秘密对她下狠手怎么办？

简轻语越想越紧张，面上却不敢显露半分："小女真的是有事儿，绝无冒犯陆大人的意思。"

"既然不打算冒犯我，就别急着走了，"陆远冷淡地开口，对褚祯略显诧异的眼神视若无睹，"圣上吩咐过，为了安全起见，每位公子、小姐都不能落单，简姑娘现在走，我不论是跟着你，还是留下保护殿下，都是欺君。"

一顶欺君的帽子扣下来，简轻语哪儿还敢走，沉默半晌后讷讷道："……既然如此，那小女还是留下吧。"

褚祯看她不情不愿，笑着打圆场："留下也好，三个人总比两个人热闹，陆大人刚来，不如我们带他四处看看？"

尽管是无心之举，他还是下意识地将三个人分为陆远和"我们"。

陆远垂下眼眸："多谢殿下！"

简轻语看看这个又看看那个，认命地点了点头，于是三人又一同往热闹处走去。起初，褚祯和简轻语走在前头，陆远不急不慢地跟在后面，慢慢地不知何时，就变成了三人并行。

简轻语走在中间，褚祯和陆远各走她身边一侧，这恐怕是只有当今圣上才有的待遇。然而享受一把高待遇的简轻语不仅不感到荣幸，还觉得如芒在背，恨不得下一瞬便从他们的包围中逃离。

褚祯看出她的局促，微微低头压低嗓音道："有本王在，别怕。"

简轻语："……"就是因为有你在才怕啊！

她叹了声气，对褚祯敷衍一笑。庙会吵闹，他在她耳边说的话只有她自己能听到，但落在陆远眼中，便成了褚祯含笑在她耳边说了什么，简轻语默契地朝他一笑。

说了什么？说如何摆脱他吗？陆远眼底升腾起一股翻涌的怒气，握着刀的手默默攥紧。

不知不觉又回到了表演杂耍的地方，越往前走越挤得厉害，简轻语要时刻注意避让，一时间也顾不上紧张了。

正当她快要穿过这一区域时，一拨孩童突然横冲直撞地跑了过来，她顿了一下没来得及闪躲，正僵站在原地不敢动弹时，一只如生铁般强硬的手突然攥住了她的胳膊，直接朝旁边拉了过去。

简轻语猝不及防地被拽了过去，险些撞进陆远的怀中，及时站稳脚步后，那群孩童也跑了过去。被孩童冲到另一边的褚祯抬头看过去，当看到陆远的手握着简轻语的胳膊时，他眼底闪过明显的愣怔，待再要仔细看时，陆远已经松开了。

"……多谢陆大人。"简轻语低着头道谢。

陆远淡漠地看她一眼，抬脚继续往前走，就差将"跟你不熟、职责所在"

写在脸上了。

褚祯松一口气，赶紧走到简轻语身边："此处人多，也顾不得别的了，待会儿若再有人来挤，你记得牵住本王的袖子。"

前方的陆远脚步一慢，气压倏然低了下来。

简轻语讪讪："前方人没那么多了。"

褚祯点了点头，也没有勉强她。

三个人不尴不尬地继续往前走，起初褚祯表现得还算轻松，可惜剩下两人一个拘谨、一个冷淡，渐渐地他也不想多说话了，于是三人同时沉默下来，越发显得与庙会格格不入。

就这样将不算大的庙会逛了两圈后，简轻语终于受不了了，看着不远处的小吃摊突然道："两位饿了吗？"

陆远和褚祯同时看向她，褚祯开口问："你饿了？"

简轻语微微颔首，指着前方摊位道："想吃烧鹅。"

"走吧，本王请你吃！"褚祯含笑道。

陆远面无表情。

简轻语顿了一下，讪笑："殿下能去给我买来吗？走这么久，实在是累了。"

陆远的表情总算松动，若有所思地看了她一眼。

认识这么久，她还是第一次对自己这么不客气，褚祯当即高兴起来："好，你且在此处等着，本王去给你买。"

"多谢殿下！"简轻语含笑道谢。

褚祯笑了一声，像是怕饿到她一般，急匆匆朝前走去。他刚走出不远，一直沉默的陆远便开口了："为何支开他？"

简轻语就知道瞒不过他，因此也没有否认，只是看了眼正在打包烧鹅的褚祯，快速地说："我方才已经跟二皇子解释过了，他也答应会让圣上放弃撮合我们俩，我跟他是绝对不可能的！"

陆远没想到她会跟自己解释这些，当即表情微缓。

"所以陆大人放心，我绝不会将你与大皇子的事告知他，朝堂中事我绝不会也绝不敢掺和！"余光扫到褚祯已经开始付钱了，简轻语的语速更快。

陆远听了她后半句，表情从微缓重新趋于淡漠："你同我解释，只是因为怕我对你动杀心？"

"……解释一下总是好的，免得大人忧心此事。"简轻语干巴巴地回答。

陆远眼底闪过一丝嘲讽："简轻语，你当你是谁，也值得我去忧心？莫说我还未答应与大皇子合作，即便是答应了，你拿到证据了，又能将我如何？"

这种不客气的话他说了何止一次，简轻语本以为自己已经习惯，可这次听到却意外的心情不好，她顿时抿了抿唇，答道："陆大人如此说，小女也就放心了。"

说罢，因为不想看他，便主动往前走了一步，迎接匆匆赶回来的褚祯："多谢殿下！"

"找个人少的地方慢慢吃吧。"褚祯含笑道。

简轻语方才跟季阳一起吃了不少东西，其实这会儿撑得厉害，可面对他期待的目光，也只能点了点头，然后四下看了一圈，故作为难道："可惜这里四处都是人，没有人少的地方，不如回去之后再吃吧。"

"那样就凉了，会腻，"褚祯蹙起眉头，思索一番后恍然，"对了，方才的湖边人就很少，不如去那里吃？"

简轻语："……"

烧鹅是她要的，这会儿面对褚祯期待的目光，她也只好答应下来，跟着褚祯往湖边走。陆远看着她彻底无视自己，大约知道自己方才说错话惹恼了她，心里顿时一阵烦闷，冷着脸跟了上去。

三人再次回到人相对较少的湖边，简轻语在靠近湖水的石头上坐下，在褚祯期待的目光中拿起一个鹅腿，干笑着一口一口地啃。

"好吃吗？"褚祯笑着问。

简轻语顿了顿，当即拿起另一个鹅腿："殿下要尝尝吗？"

"本王不饿，你吃吧！"褚祯推拒。

简轻语无奈："您尝一个吧，挺好吃的。"

褚祯被她劝了两次，对她手中油滋滋的鹅腿也有了一分兴趣，只是还未开口说话，旁边的陆远便凉凉道："这是殿下亲自为简姑娘买来的烧鹅，简姑娘又饿得这般厉害，还是自己都吃了吧。"

褚祯："也是，还是你吃吧。"

简轻语："……"他绝对是故意的。

陆远就是故意的，本来因为自己说错话而心烦，还想着要不要跟她道个歉，可看到他们你来我往地谦让，这股烦躁便瞬间化作怒气，甚至怨恨以前跟他从未红过脸的简轻语，如今对他彻底失去了耐性。

他心情不好，就谁都别想好。

简轻语一抬头，就看到了他仿佛萦绕着黑气的脸，嘴角抽了抽后默默低下头，认真地吃着手中的烧鹅。

因为肚子太饱，她吃得极慢，每一口都十分艰难，陆远冷着脸，思忖只要她求自己，哪怕用一个眼神求，他便放过她。

然而并没有，简轻语依然慢吞吞地吃鹅腿，完全没有要求他的意思。陆远额角青筋突突地跳，终于忍不住上前一步："别吃了！"

简轻语愣了一下，第一反应是看褚祯，陆远注意到后表情更黑。

褚祯也十分意外，不解地看向陆远："为何不让她吃了？"

"……庙会东西不干净，若是吃坏了肚子，微臣无法向圣上交代。"陆远绷着脸。

"都是寻常百姓做的吃食，怎会不干净？"褚祯笑着安抚简轻语，"没事，继续吃吧！"

简轻语忍住打嗝的冲动，清了清嗓子道："其实陆大人说的也有一定道理。"

"你别被吓到，本王方才去买的时候便检查过了，不脏的。"褚祯温和道。

简轻语闻言干巴巴一笑，再看手里只吃了一小半的鹅腿，撑得真有吐出来的冲动。正当场面快要陷入尴尬时，她灵光一闪："殿下，光吃鹅腿有些腻了，能帮我去买些喝的吗？"

褚祯自然是答应的："你想喝什么？"

简轻语想了半天，挑了一种最稀的："梨汤吧，清热败火又清爽，最适合配烧鹅了。"

"好，本王这就去。"褚祯点头。

简轻语见他要走，急忙叫住他："等一下！"

"还有何事？"褚祯停下脚步。

简轻语不敢看陆远，却还是坚强地开口："庙会上人太多，殿下一个人去我不放心，不如叫上陆大人一起吧。"

她得把人都支走了，才能处理这些烧鹅。

褚祯以为她不想同陆远单独相处，想了想后便欣然答应了，只是一旁的陆远却要反对，但他还未开口，简轻语就眼尖地注意到不远处熟悉的身影，急忙站起来招呼："慢声！"

简慢声正冷着脸往前走，听到简轻语的声音后顿了一下，一抬头便看到她跟褚祯、陆远在一起，当即蹙眉走了过去，一直跟在她身后的李桓也忙跟上。

互相见过礼，简轻语拉着简慢声道："这里有李大人照顾，也不算落单，陆大人还是同殿下一起去吧！"

她拿陆远方才说过的话堵陆远，陆远心情很是不好，警告地看了她一眼后便跟着褚祯离开了。他一走，顿时只剩下简轻语三人，简轻语松一口气，将烧鹅推到简慢声面前："吃吗？"

"不饿。"简慢声继续臭着脸。

简轻语耐心劝导："吃吧，吃一个鹅腿也行。"这样她就不用扔掉一些，假装自己吃饱了。

简慢声蹙了蹙眉："我真的不饿。"

简轻语还要再劝，李桓上前一步："大小姐，能将鹅腿赏给卑职吗？"

简轻语眼睛一亮："可以啊！"吃完就让他们走，陆远和褚祯就不会知道是谁吃的了。

李桓不好意思地笑笑，正要伸手去拿，就听到简慢声凉凉地开口："你敢！"

李桓一僵，顿时收回了手。

简轻语："……"

看样子，再劝也是不会吃了。简轻语叹了声气，只能选择支开李桓，然后丢掉一些烧鹅。

这么想着，她笑眯眯地抬起头，用了之前的招数："李大人，能帮忙去买些梨汤吗？"

李桓为难地看了简慢声一眼，见她一直冷着脸，到底还是点了点头，转身去买东西了。简轻语目送他离开，打算挑几块烧鹅丢进水中，简慢声看得直皱眉："你要扔掉？为什么？"

"别问了，反正是有原因的，"简轻语艰难地选了几块，却舍不得就这么浪费了，"你为何要生李桓的气？"

"他方才趁人多踹了周励文，周励文倒在地上险些被行人踩死！"简慢声面色不善。

简轻语："……这也太危险了。"

"谁说不是，幸好没被发现，否则怎么解释？"简慢声想起方才的事儿，就越发恼火。

简轻语："……"她们两个说的危险，好像不是一回事儿。

她叹了声气，随口安慰简慢声两句，姐妹二人便坐在石头上各自发起呆来。

周音儿带着人赶来时，便看到只有她们两人，而且就坐在湖边，一副毫无防备的样子。

"真是天助我也，"周音儿嘟囔一句，扭头对身侧的小乞丐道，"我方才吩咐的，你可都记好了？"

"记好了，"不到十岁的小孩儿认真点头，"大小姐您就放心吧，绝对会装成意外。"

周音儿看他老成的样子，心中顿觉满意，然后勾了勾手指，唤来一个地头蛇："待会儿记得动作快些，若是被别人得了先机，你可就什么都没有了。"

"嘿嘿，您就放心吧，小的先向您道谢了。"脸上长了瘩子的男人猥琐笑道。

周音儿眼底闪过一丝厌恶，心中却是满意的。她年年来行宫避暑，时常会下山游玩，这些三教九流便是因为她出手大方才结交的，原先也替她教训过别人，勉强算得上可靠。

——吩咐之后，周音儿对小乞丐使了眼色，特意叮嘱一句："目标是穿水红裙子的那个，你可别推错了！"

"是！"

小乞丐应声，便朝简轻语二人走了过去，还未到跟前时便晃了晃，险些就要摔倒。简轻语和简慢声立刻起身，只是还未走过去，小乞丐便跑了过来，可怜兮兮地看着简轻语手中的油纸包。

简轻语顿了一下："你要吃吗？"

"可、可以给小的吗？"小乞丐怯生生地问。

简轻语笑笑："自然是可以的。"她正舍不得扔呢，有人愿意吃自然是好的。

这么想着，她便低着头将烧鹅重新包好，正要递出去，小乞丐感激地上前，然而刚走几步便脚下不稳，直接朝简轻语扑跌过去。简慢声急忙去拉简轻语，然而还是晚了，非但没将简轻语拉过来，反而自己也脚下不稳向前倾去。

　　小乞丐一惊，已经收不回手了，只能眼睁睁地看着两个人同时被自己推进水里。

　　简轻语愣了愣，待回过神时已经扑通掉进水中。当略有些腥味的湖水没过口鼻，她开始疯狂挣扎，然而越挣扎呛的水越多，呼吸也越发艰难。

　　心口像被烧灼了一般火辣辣的疼，沉浮之间勉强看到简慢声也在垂死挣扎，她试图去拉对方的手，可却连自己都无法控制。

　　终于，她的身体越来越沉，彻底淹进了水中，当意识快要模糊时，她隐约听到岸上传来小乞丐的拼命呼救声，接着便是有人跳进水里的声音。

　　……有人来救她了吗？

　　迷迷糊糊之间，她看见一道暗影朝自己游来，被湖水泡得没有温度的手指捏住她的下颌，对着她的唇渡了一口气过来。

　　简轻语猛地清醒，下意识又想挣扎，却被反绞了手抱进怀里。她艰难地睁开眼睛，却只能与对方衣袍上的四爪恶蟒对视，恐慌之间一只大手拍了拍她的后背，她后知后觉地意识到这人是谁，顿时放松下来。

　　她不再挣扎，对方也就放开了她的手，搂着她的腰朝上浮去。当脸终于浮出水面，简轻语猛地吸了一口气，接着便要咳嗽。

　　陆远眼神一凛，直接捂住了她的嘴，压低了声音道："若不想嫁我，便闭上嘴。"

　　简轻语："？"咳嗽跟嫁他有什么关系？

　　陆远扫了眼她迷茫的脸，抱着她朝前游去。当注意到他在把自己往湖中央带时，简轻语顿时慌了："你要做什么？"

　　"淹死你！"陆远面无表情。

　　简轻语惊恐地揽住他的脖子。

　　陆远没想到她会真的信，顿时无言："……带你上岸。"

　　"可那边才是岸！"简轻语看向自己落水的地方，此刻那边火把绵延，聚集了许许多多的人。

她话音一落，突然想起跟着自己落水的简慢声，顿时挣扎起来："不行，我们得回去，慢声也落水了！"

"别动！"陆远斥了一句，"简慢声已经被李桓救上岸了。"

"……真的？"简轻语蹙眉。

"嗯，"陆远警告地看她一眼，"离岸边还远，我带着你游很吃力，你最好老实些！"

简轻语闻言，顿时乖乖攀住了他。

陆远的表情这才好一些，没有搂着她的那条胳膊奋力往前划。他们朝着安静的湖对岸游，越游便离热闹越远，四周也越来越黑。

简轻语心中恐惧，搂着陆远的手微微发颤。

正当她越来越紧张时，陆远突然开口："方才我那些话，并非出自真心。"

简轻语愣了一下："什么话？"

陆远低头看向她，见她真心不解，表情顿时不好了："不记得便算了。"

简轻语顿了顿，因为他这臭脾气，反倒是想起来了，一时间有些不自在："没事儿，我都习惯了。"

听到她用"习惯"二字来形容，陆远抿唇："以后不高兴就说，我会道歉，不用你习惯。"

简轻语："……"发什么疯。

"听见了没有？"陆远不悦。

简轻语讪讪："哦……听见了。"

"能做到吗？"陆远问。

……怎么可能做得到。简轻语讪讪，正当想转移话题时，陆远搂着她腰的手突然一松，她顿时要往下沉，吓得八爪鱼一般攀上了他。

陆远表情愉悦："能做到吗？"

简轻语："……"

"再不回答，我可就要……"

"能能能，能做到！"简轻语着急地回答。

陆远这才满意，重新搂上了她的腰。恢复安全的简轻语哀怨地看他一眼，默默抱紧了他。